청춘 파산

청춘 파산

김의경 장편소설

민음사

사당동

팀장이 상단에 큰 구멍이 난 봉지를 한 뭉치 집어 들며 말한다.

"먼저 봉지 더미를 손으로 마구 비비세요. 그리고 한 뭉치를 통째로 손에 걸고서 봉지 입구를 벌린 다음 수첩을 반으로 접어 빠르게 넣습니다. 넣고 그대로 땅에 떨어뜨리면서 동시에 다음 봉지의 입을 벌릴 준비를 하는 겁니다. 착, 탁, 턱. 이렇게 입으로 중얼거리며 하세요. 한 박자 늦으면 아직 멀었단 거예요."

팀장의 손놀림은 신의 경지다.

"몇 년 하셨어요?"

"7년 정도? 반년마다 했으니까……."

"열네 번이네요? 달인이 될 만하시네요."

아르바이트할 때는 책임자의 호의를 사 둬야 하므로 적당한 립서비스는 필수지만 아첨할 생각은 없다. 나는 진심으로 직업적 달인들을 존경한다. 직업적 달인이라기보다 직업적 예술가란 말이 적당하지 않을까. 김 팀장만 해도 그렇다. 이 사람이라고 자신이 '수첩 봉지 넣기 달인'이 될 줄을 상상이나 했을까? 상가수첩을 배포하는 회사에 취직해서 어쩔 수 없이 익힌 기술인 것이다.

열흘간 일당 3만 원을 받고 하기로 한 일명 '상가수첩 아르바이트'는 생각보다 만족스럽다. 회사를 그만두고 다섯 달 만에 하는 일이라 그런지 출근길에는 기묘한 쾌감까지 느꼈다. 이른 아침 전철에 올라타 건너편에 앉아 꾸벅꾸벅 조는 중년 남자를 본 순간, 측은함이 밀려들면서 그동안 내가 '저들'을 잊고 있었다는 깨달음이 전해졌다. 몇 달 전 회사에 다니고 있을 때였다면 전철에서 만난 그를 주접스럽다고 생각했을 텐데 동질감이란 참으로 기이한 것이다. 딴생각을 하느라 내려야 할 역을 놓친 바람에 중간에 내려 환승역에서 역무원의 눈을 피해 뜀틀을 한 다음 다시 플랫폼으로 돌아가는 동안에도 괜히 신이 났다. 다섯 달 만의 출근길이란 조금 과장하자면 10년 만에 첫사랑과 재회하는 것과 비슷했다.

"낙성대역에서 내려 7번 출구로 나간 다음 마을버스 7번을 타고 일곱 정거장 가서 내리세요. 내려서 길 건너 70미터 정도 올라오시면 잿빛 건물 1층에 미소식당 간판이 바로 보일 거예요. 미소식당 안으로 들어오세요. 회사 이름은 강진기획인데 이사 온 지 얼마 안 돼서 아직 간판을 못 갈았습니다."

아르바이트 구인 사이트에서 유독 이 게시물에 눈이 간 것은 바로 이 보물찾기 같은 길 찾는 방법 때문이었다. 7의 연속이라니. 일당은 7만 원이 아니라 고작 3만 원이란 건 그다지 중요하지 않게 여겨졌다.

초라한 사무실의 높은 책장에는 해가 지난 상가수첩들이 빼곡히 꽂혀 있었다. 그곳에 모인 알바생도 나를 포함해서 일곱 명이었다. 알바생을 제외한 사무실 직원은 세 명. 일당이 좀 아쉽다고 생각하며 봉고차에 올라탔다.

"인주 씨는 여기서 일할 거예요. 남자애들은 나르고 인주 씨는 담고. 그래서 남자애들이 만 원 더 받아요."

다른 친구들은 벌써 4일째라고 한다. 내 앞에는 100개씩 약 스무 뭉치. 그러니까 2000개의 상가수첩이 나란히 쌓여 있다. 어제는 봉천동이었고 오늘은 사당동이란다. 일하는 장소는 매번 봉고차 안으로 똑같지만 창밖 배경은 매일 달라진다.

뭉치를 동여맨 노란색 노끈을 가위로 자르고 하나하나 최대한 빠르게 봉지에 넣는다. 일이 끝나는 대로 집에 가기 때문에 화장실 가는 횟수도 줄이고 집중한다.

아침에 통성명을 한 중후와 현서가 한바탕 돌리고 들어오자 팀장이 말한다.

"너네가 제일 느려."

"뻥치지 마세요. 그렇게 해서 속도 높이려는 거 모를 줄 알고요? 중후는 이틀 전의 중후가 아니랍니다. 찬바람과 함께 약아졌지요."

중후가 바람처럼 싹 빠져나가자 팀장과 기사 아저씨가 피식 웃는다.

40분 동안 차 안에는 내 손과 봉지가 살을 부딪는 소리밖에 들리지 않는다. 팀장이 침묵을 깨고 기사 아저씨에게 말을 건다.

"예전엔 알바가 넘쳤는데 요즘은 구하기도 힘들어요. 사이트에 올리면 하루 만에 20~30명이 전화했는데 요즘은 서너 명이에요."

"그래? 다들 편한 일 찾는 거여. 그래도 저기 수산 시장 가 보면 트럭에 새벽 4시 반부터 나와서 6시, 7시까지 기다리는 애들 많은데 얘기 들어 보면 다 20~30대야. 그런 애들도 있지만 요즘은 젊은 애들이 패기가 없어. 고생하기 싫은 거지. 우리 땐 안 그랬어."

"지난겨울에 탈북자 두 명이 왔거든요. 저기 임 부장님 소개로. 근데 일 잘하더라고요."

"걔네들은 엄살은 덜하지."

앳되어 보이는 두 아이가 벌벌 떨며 다가와 차 문을 연다. 팀장이 손짓하며 말한다.

"수고했다. 빨리 타. 타라니까!"

두 아이는 엉거주춤 느린 동작으로 올라탄다.

"책 담아."

차가 이동해 3분쯤 달린다. 두 아이는 오늘 처음으로 몸을 녹이는 셈이다. 비쩍 마른 두 아이는 이번에 수능을 치렀다는데 중학생 같아 보인다.

"다 담았어? 빨리빨리 해. 너네가 제일 느려. 다른 애들은 왔다가 또 갔어."

"우리 구역이 복잡해서 그래요."

팀장이 볼펜으로 지도를 가리키며 말한다.

"아니야. 쟤네는 여기, 여기, 여기 다 돌았어. 너희한테 제일 간단한 구역 주는 거야. 여기는 넘어가지 말고 하고 와."

아이들이 나가자 기사 아저씨가 말한다.

"어이구, 쟤네는 정말 안쓰러워서 못 보겠어. 솜털이 그대로잖여. 내가 대신 돌려 주고 싶네."

벌써 탈락자가 발생한다. 얼굴이 동그랗고 순해 보이는 아이다. 역시 이제 막 고등학교를 졸업했다는 동그리는 지도 보는 것이 서툴렀다.

다른 애들보다 10분은 늦게 맡은 구역을 돌리고 온 그에게 팀장이 말한다.

"왜 이리 늦어?"

"지도 보는 게 서툴러서요."

"제대로 하고 있는 거냐?"

"사실…… 저도 좀 불안해요. 제대로 하고 있는 건지."

동그리가 머리를 긁적인다.

이런, 바보. 좀 더 해 보겠다고 해야지. 그렇게 빨리 무능력을 시인하다니. 팀장은 그럼 적성에 맞는 일을 찾아보라고 하고는 일당을 손에 쥐어 주고 아이를 돌려보낸다. 돌아서는 동그리의 발걸음은 그리 무겁지 않다.

동그리를 보니 십수 년 전의 내가 떠오른다. 지금은 꽤 노련한 알바생이 된 나도 열아홉 살 때는 어디에서도 환영받지 못하는 어리바리였다. 심지어 하루에 아르바이트 세 개를 잘린 적도 있었다.

눈까지 내린 겨울날이었다. 수능 시험을 보고 얼마 안 되어 알바 구하기에 들어간 나는 동네에서 일자리를 구하다 지쳐, 아침 일찍 일하는 알바 자리가 많다는 신촌으로 갔다.

나는 그 번화한 거리에 늘어선 수많은 간판들을 둘러보며 어디로 들어가야 할지를 고민했다. 지금이야 사이트를 통해 알바를 구하는 것이 일반적이지만 당시에는 거의 전적으로 전단지에 의존했다. 카페나 호프집, 당구장이 있는 건물 1층에 알바생 구인 전단이 붙곤 했다. 급한 곳은 동네 전봇대에도 붙였다. 정말 급하면 《벼룩시장》 같은 지역신문에 구인 광고를 냈다. 전화를 하고 나서 업소를 찾아가면 그새 사람을 구해 버린 경우가 다반사였으므로 가장 빠른 방법은 구인 전단이 붙은 업소에 들어가 사장을 만나는 것이었다.

못난 얼굴은 아닌데도 소심한 편이었던 나는 '용모 단정'이라는 조건이 붙은 곳엔 가지 않았다. 자기들은 단정한 용모로 내게 시급을 줄 건가? "성실하고 시간 약속 잘 지키는 분만 오세요." 이런 전단이야말로 열아홉 살의 내 마음을 사로잡는 구인 광고였다. 하지만 나는 그들이 내건 최소한의 요구 조건도 충족시키지 못하는 불량품이었다.

신촌 번화가에 위치한 선물 가게 앞에 구인 광고가 붙었는데 서빙보다는 간단해 보여 곧장 면접을 봤고 즉시 채용되었다. 사실 나는 자타가 공인하는 '착해 보이는' 인상 덕분에 면접에서 퇴짜를 맞는 경우는 드물었다.

내가 할 일은 생각보다 '엉뚱'했다. 물건을 진열하는 일이 주된 업무인 줄 알았는데 높은 곳에 서 있는 것이 대부분이었다. 오전에는 한두 시간 다른 직원과 밖에서 크리스마스카드를 팔다가 가게 안으로 들어와 모서리에 놓인 원형 의자 위에 올라가서 아래를 내려다보는 것이다.

"연말이라 그런지 도둑이 늘었어. 이상한 사람 보이면 크게 소리쳐. 호루라기를 불거나."

나는 사장이 건네준 흰색 호루라기를 만지작거리며 고개를 끄덕였다.

선물 가게에는 좀도둑이 판을 쳤다. 중고생들은 재미로 팬시 용품을 몰래 주머니에 넣어 나가고 어른들은 시계 같은 고가품을 한번 차 본다고 하고선 그대로 나가 버렸다. 그들의 행동이 너무 자연스러워 아무도 그가 계산을 하지 않았다고 생각하지 않았다. 더군다나 이렇게 양쪽 모서리에서 알바생들이 내려다보는데 도둑질을 할 정도로 간 큰 사람이 있을 것 같지는 않았다. 사장의 의도도 그런 것 같았다. 나를 일종의 시시티브이 용도로 고용한 것이다. 당시에는 가게에 시시티브이를 설치하는 것이 그리 흔한 일이 아니었다.

다리가 아픈 건 말할 것도 없고 엄청나게 지루한 일이었다. 나는 졸다가 떨어지면 어쩌나 걱정하면서 사람들을 유심히 관찰했다. 도둑이 많다고 생각하고 내려다보니 죄다 도둑 같았다. 둘이서 온 사람보다는 혼자 온 사람들을 중점적으로 지켜봤는데 생각해 보니 2인조 도둑이 더 그럴싸할 것 같아 커플들로 시선을 옮겼다. 때마침 바퀴벌레 커플이 레이더망에 잡혔다. 남자가 여자를 감싸듯이 섰고 여자는 웃으며 남자 쪽으로 몸을 기울였는데 여자가 남자의 손을 가려 무엇을 하는지 알 수 없었다. 그 순간 무심코 남자의 건너편에 선 여고생이 눈에 띄었고 그 애가 주변을 살피며 귀고리를 집어 코트 주머니에 넣는 것을 목격했다. 내가 도둑질을 한 것처럼 가슴이 마구 뛰었다. 그런데 나는 목에 뭐가 걸린 것처럼 말이 나오지 않아 발만 동동 굴렀다. 그 애가 밖으로 나간 후 사장이 내게 와서 물었다.

"야, 쟤 훔쳤지?"

내가 우물쭈물하는 사이 사장이 밖으로 나가 여고생을 찾다가 안으로 들어와 소리쳤다.

"너 봤으면서 왜 소리 안 질러?"

"그게……."

"호루라기라도 불었어야지!"

결국 나는 세 시간 만에 잘렸다. 사장은 애써 미소 지으며 적성에 맞는 일을 찾아보라고 했다. 얼결에 고개 숙여 인사까지 하고 나온 나는 100미터 정도 걷고서야 억울해졌다. 주머니에 든 호루라기를 발견하고 돌려주고 올까 하다가 내가 가지기로 했다. 그리고 세 시간 만에 사람을 잘라 버린 경솔한 사장이 호루라기를 도둑맞은 것을 알고 분개하길 바랐다. 어차피 그 일은 나랑 안 맞았어, 자위하며 불과 네 시간 전에 힘든 일이라고 폄하했던 카페 서빙 일을 하기로 결심했다. 바로 눈앞에 두 장의 카페 알바 구인 광고가 있었던 것이다.

나는 한 건물의 2층에 있는 '엔젤스라이프'와 지하에 있는 '쿨데이'를 밖에서 들여다본 후 조금 덜 붐비는 쿨데이로 들어갔다. 서빙 일 해 봤느냐고 묻는 사장에게 해 본 적은 없지만 열심히 하겠다고 말했다. 그곳은 시급이 2500원으로 우리 동네 카페보다 500원은 많았다. 그렇게 두 번째 직장을 구한 시각은 1시 반이었다. 하지만 굽이 있는 구두를 신은 것이 화근이었다. 두 시간쯤 서빙을 하니 발이 아팠다. 집에서도 부엌일이라고는 해 본 적이 없는 나는 쟁반에 컵을 올리고 나를 때마다 균형을 잡기가 힘들었다. 음료 두 잔까지는 괜찮았다. 세 잔 이상을 나를 때는 들기도 전에 불안감이 엄습했다. 쟁반 위의 음료를 들어 테이블로 옮길 때도 불안하긴 마찬가지였다. 머그컵을 가득 채운 커피를 내려놓을 때 커피가 테이블에 조금 흐르기도 했는데 노골적으로 짜증을 내는 손님도 있었고, 당황한 내 얼굴을 보고 미소 지으며 괜찮다고 말하는 손님도 있었다.

20분이 지나자 점심시간 직후라서인지 손님이 급격히 늘었다. 같은 제복을 입은 여자 일곱 명이 들어왔다. 아메리카노 세 잔에 녹차 한 잔, 파르페 한 개, 키위 주스 두 잔을 쟁반에 올리고 동시에 날라야 했다. 쟁반을 손에 들고 걸으며 숨을 한 번 들이마신 순간, 다리가 교차되면서 쟁반이 흔들렸다.

카페 안의 모든 사람이 안쓰러운 눈길로 나를 쳐다봤다. 함께 일하는 언니가 쓰레받기와 빗자루를 가져와 쓸어 담았고 사장은 "어머, 얘가 왜 이래?" 하며 짜증을 냈다. 죄지은 얼굴로 일하고 있는 내게 사장이 다가오더니 상냥하게 말했다.

"여긴 붐비는 곳이라서 능숙한 사람이 필요해. 일한 시간보다 더 넣었으니까 다른 데 알아봐라."

가방을 들고 계단을 올라오는데 대걸레를 든 알바 언니가 나를 따라 나왔다. 그녀가 계단을 닦으며 말했다.

"잘된 거라고 생각해. 여기 사장 엄청 짠돌이거든. 노동량에 비하면 시급이 높은 것도 아니고. 나 여기서 다섯 달 일했는데 커피 한 잔 못 얻어먹었어. 저쪽 골목으로 가면 전통찻집이 하나 있는데 그런 데가 나을 거야. 예전에 내가 해 봤는데 손님이 적거든."

터벅터벅 걷다 보니 정말로 '천일야화'라는 전통찻집 간판이 보였다. 유흥가라고 할 정도로 화려한 신촌에서 전통찻집은 보기 힘들었다. "저녁 알바 구함. P.M 5:00~10:00" 마치 날 기다리고 있었다는 듯 구인 광고 종이가 펄럭였다.

지하로 내려가니 50대 중후반 정도로 보이는 개량 한복 차림의 남자가 카운터 앞에 앉아 있었다. 용건을 말하니 그가 반색하며 테이블에 앉으라고 했다. 그가 차를 준비하는 동안 찻집을 둘러보니 손님이라고는 저쪽 구석에 중년 남녀 한 쌍

뿐이었다. 사장은 두 달이나 알바를 못 구해 애를 먹었다면서 자신이 오전 타임에 일하니 내가 5시에 와 혼자서 손님을 대접하면 된다고 했다. 대추차, 인삼차, 녹차, 구기자차, 모과차, 칡차 등 당시의 나에겐 생소한 차 이름들이 나열된 메뉴판을 보니 자신감이 떨어졌다. 이런 차들은 웬만해선 먹을 일이 없었다. 나는 그가 두 번 설명했는데도 조금 헷갈렸다. 그는 바보라도 할 수 있는 일이라며 사흘간은 자신이 함께 있을 테니 그 이후로는 나 혼자서 하라고 했다.

한 시간쯤 지나자 20대 여자 둘이 들어왔다. 그들은 전통찻집에 들어와 커피를 주문했다. 원두커피를 내려 서빙을 하며 첫 손님은 무사히 받았구나, 안도했다. 하지만 한참 후에 들어온 손님들이 주문한 대추차, 칡차, 수정과를 대접할 때는 애를 먹었다. 나는 수정과와 식혜를 구분하기 힘들어 식혜를 가져갔다. 사장이 내게 짜증을 냈다.

"몇 살인데 수정과랑 식혜를 구분 못 해? 너 학교 다닐 때 공부 못 했지? 수정과에 잣 띄우라고 했어, 안 했어?"

속에서 뭔가 치밀어 올랐다. 천재도 아니고 한 번 들은 것을 무슨 수로 기억하겠는가. 나는 그때 난생처음 막연히 고용주와 피고용인 간의 부조리한 관계에 대해 생각했다. 그래도 꾹 참고 끝나는 시간까지 버텼다.

10시가 되려면 20분가량이 남아 있었다. 사장이 설거지를 하며 말했다.

"재밌는 얘기 좀 해 봐라. 내가 왜 가게 이름을 천일야화라고 지었는지 아냐? 내가 이야기에 환장한 사람이거든."

서빙 아르바이트를 하며 재미있는 이야기를 해야 한다는 얘기는 난생처음 들어 봤다.

"뭐, 그동안 아르바이트한 이야기라도 좀 해 봐."

내가 우물쭈물 아무 말 못 하자 그는 내 업무 능력을 트집잡기 시작했다.

"그건 그렇고 정말 걱정이다. 그래 갖고 알바하겠니?"

나는 참지 못하고 눈을 동그랗게 뜨고 하고 싶은 말을 모두 뱉어 내고 말았다.

"근데 절 언제 봤다고 머리가 좋다 나쁘다 하세요? 한 번듣고 할 줄 아는 사람이 몇이나 돼요? 그리고 찻집에서 재미있는 얘기는 도대체 왜 해야 하죠?"

이번엔 내가 퇴짜를 놓은 셈이었지만 결과적으로 잘리고말았다. 그는 입을 쩍 벌리고 황당한 표정을 짓더니 집에 돌아가는 내게 오늘 일당을 넣을 테니 계좌 번호를 찍어 달라는 문자를 삐삐로 보냈다.

전철역을 향해 걷는데 눈이 쏟아졌다. 동시에 눈물이 흘렀다. 이 세상에서 내가 가장 쓸모없는 인간처럼 느껴졌다. 지금생각하면 하루에 세 개나 되는 아르바이트를 구한 것도 황당하기 짝이 없는 일이다. 지금은 한 달 동안 아르바이트를 구하지 못하는 사람도 부지기수니까. 그런 내가 지금은 능구렁이 알바생이 되었다. 경험해 본 알바만 서른 가지가 넘는 나는 웬만한 말에는 눈 하나 깜짝하지 않으며, 지나치게 비상식적인 고용주에게는 침착하게 할 말 다 하고 나와 버리는 깡까지 갖추게 되었다. 어찌 되었건 그 깡을 발휘할 일도 좀처럼 없다는 것이 아르바이트가 나를 변화시켰다는 증거일 것이다. 나는 최근 몇 년간 알바에서 잘린 적이 한 번도 없다. 하긴 대체로 단기 알바를 하니 잘릴 기회가 없는 것인지도 모른다.

팀장은 애들이 늦어지자 감시하러 가야겠다며 차 밖으로 나간다. 그사이 기사 아저씨가 말을 걸어온다.

"계속 나올 거지?"

"네. 그러려구요."

"이 상가수첩이 역사가 오래된 거야. 벌써 25년이야. 옛날에 같이 하던 사람들이 1980년대 1990년대 거치면서 이거 계속했는데 봉급은 얼마 안 되는데 수당이 많아. 매출을 많이 올리고 영업을 많이 하면 배당금이 나왔거든. 그래서 옛날에 몸담고 있던 양반들 중에 돈 번 사람들은 빠져 버리고 돈 못 벌고 직장 없고 나이 많은 사람들이 남아서 이 짓을 하고 있는 거야."

"어머, 그래요? 25년이나 된 줄은 몰랐어요."

"이게 엄청 규모가 줄었어. 예전엔 다섯 배는 되는 물량을 돌렸지."

나는 다섯 배나 되는 상가수첩이 눈앞에 쌓인 광경을 상상하며 그랬다면 아저씨의 뒤통수가 보이지 않았을 것이라고 생각한다. 지금 하루에 돌리는 수첩은 대략 4000개다. 내 손으로 봉지에 넣는 것만 해도 2000~3000개다. 아저씨가 뒤를 돌아보며 덧붙인다.

"봉지 파지 내지 마. 하나에 2원이야. 일당에서 제하는겨."

아저씨가 아마도 날 본래 나이보다 훨씬 어리게 본 모양이다. 20대 초반의 알바생들이라면 더 이상 파지를 내지 않으려고 애쓰겠지만 나는 아저씨의 말문을 막히게 만든다.

"저 세 장 파지 냈는데 그럼 4원 거슬러 주시는 거죠?"

난 속으로 중얼거린다. '아저씨 저 경력 10년 이상의 베테랑 알바생이에요. 왜 이러세요.'

내 인생은 알바와 함께 흘러왔다. 사람들은 성년의 날이 되거나 성 경험을 하면 어른이 된다고 생각하는 것 같다. 하지만 나는 아르바이트를 해야 어른이 된다고 생각하는 사람이다. 상품 옆에 서서 손님에게 상품을 권하는 당신은 부모에게 받은 용돈으로 그 물건을 사는 사람보다 한 발짝 앞서 있다.

중후가 다가와 앞쪽 차 문을 연다. 기사 아저씨가 웬일로 히터를 틀어 주며 말한다.

"춥지? 바람이 안 불어서 좀 나아."

"안 춥습니다."

현서가 중후에게 바람이 부는지 묻는다. 중후는 좀 분다며 손을 비빈다. 팀장이 두 아이에게 다시 구역을 정해 주며 돌아왔을 때 차가 없으면 전화하라고 한다.

현서가 "추워요." 한다.

팀장은 단호히 말한다.

"걸으면 땀나."

현서가 가방을 뒤로 숨기며 더 넣으면 가방이 터질 것 같다고 한다. 팀장이 능글맞게 웃으며 말한다.

"안 터져. 이 정도 안 지면 남자 아니잖아?"

"남자 아니어도 돼요."

"장갑 누구 거냐? 누가 놓고 갔지? 고맙게시리."

중후는 내 자리 옆에 놓인 핑크색 장갑을 얼른 집어 들고 밖으로 나간다. 중후가 다시 돌아오자 팀장은 너무 많이 담지 말라고, 다음 구역은 양이 적다고 말한다. 중후가 눈을 크게 뜨며 말한다.

"그럴 때도 있는 거예요?"

두 아이와 팀장이 나가자 기사 아저씨는 히터를 끄며 내게 훈계를 시작한다.

"사무실 옆에 차가 있으니까 8시 반에 와서 봉지 담아. 다른 애들은 더 힘드니까."

나는 네, 라고 대답하지만 절대로 그럴 생각이 없다. 남자애들보다 시급을 적게 받는데 그럴 이유가 없다. 9시에 와서 차에 시동 걸 때 시작해도 충분하다. 단기 알바에 목숨을 걸겠는가.

"다섯 명, 여섯 명씩 선착순으로 불러. 그럼 60∼70명이 와. 그럼 순번대로 잘라서 해. 근데 끝까지 나오는 애는 많지 않아."

팀장이 들어오자 아저씨가 그에게 캔커피를 건네며 묻는다.

"요즘은 영업 잘 돼?"

"요즘은…… 잘 안 되죠."

"상가수첩이 25년인가, 30년인가?"

"30년 넘었죠."

"그래?"

중딩들이 다시 들어온다. 팀장이 앞에서 담아 가라고 하니 중딩들은 추워 죽겠다고 한다.

"아침에 12도라고 하더만."

"내일도 추우면 엄마가 하지 말래요."

팀장이 어린애를 놀리듯 비꼬는 투로 묻는다.

"하지 말래? 그래서 안 할 거야?"

"아니요. 할 거예요. 며칠 뒤 엄마 생신이거든요."

기사 아저씨는 저 나이는 아직 여자 친구보다 엄마를 생각하는 나이라고 기특하다고 한다.

"사실 악기도 사고 싶어서요. 교회에서 연주해요."

"무슨 교회 다니냐? 타! 타고 올라가자."

"강남교회요. 저희가 제일 늦죠?"

팀장이 고개를 끄덕인다.

"아이, 따라잡아야 하는데."

주먹을 불끈 쥐며 말하는 것이 귀엽다.

"잘 잡아라. 안 넘어가게."

오르막길을 올라가는 차 안에서 중딩 둘이 수첩들을 두 손으로 받치고 벌써부터 내일 걱정을 한다. 내일도 추울까? 모르지.

아이들이 내리자마자 기사 아저씨가 고개를 돌려 자신의 실수를 정정한다.

"30년이 넘었대. 이게 가장 오래된 광고야. 최초의 광고지. 찌라시 그런 것보다 더 오래됐을 거야. 자부심을 가져."

"아, 네. 근데 너무 추워서 자부심을 못 느끼겠어요."

"히터에 비닐이 빨려 들어갈까 봐 못 틀어. 조심해."

돈이 아까워서겠지, 생각하며 묻는다.

"내용이 지역마다 다른가요?"

"비슷하지. 지역마다 광고주들이 있거든. 사람 사는 거야 비슷하니까."

팀장이 토를 단다.

"지역마다 다르죠. 부자 동네하고 가난한 동네는 수첩 내용도 달라요."

어떻게 다른지 물으려는데 문이 열리며 중후가 묻는다.

"누나, 이게 끝이에요?"

팀장이 2시 50분에 끝이라고 말하자 아이들의 속도가 빨라진다.

원래 5시가 끝나는 시간인데 3시에 끝난다. 마지막으로 중후와 현서가 자기 구역을 다 돌리고 차에 타자 차가 이동한다. 중후가 내 귓가에 속삭인다.

"차라리 봉지 넣기가 낫겠다. 누난 죽었다 깨어나도 몰라요. 얼마나 힘든지. 누나, 내일 하루만 나하고 바꿔 하자, 응?"

나는 웃으며 고개를 젓는다.

오늘은 모두들 지하철역에 내려 준다고 한다. 시간이 많이 남으면 사무실에 가서 퇴근하고 대체로는 이렇게 가까운 지하철역에 떨궈 준다. 오늘은 특별히 대접해 주는 셈이다.

아이들이 모두 봉고차에 올라타자 기사 아저씨는 사당역으로 차를 몰면서 말한다.

"너희들 여기가 왜 사당동인지 아냐? 옛날 여기에 큰 사당이 있어서 사당동이야."

"사당이 뭐예요?"

"그것도 모르냐? 조상의 신주를 모시는 곳이야. 여기가 조선 시대에는 경기도 사당리였는데 1980년부터 동작구가 된 거야."

"그게 대체 무슨 소리예요? 예전엔 경기도였는데 지금은 서울이 되기도 하는 거예요?"

"그럼. 이놈아, 높으신 놈들이 지금부터 여기는 인천이다, 하면 내일부터 인천인 거지. 여기 혹시 정씨 있냐? 옛날에는 동래정씨 문중이 대대로 살았어. 유서 깊은 양반 가문이여."

"아저씨, 요즘 그런 게 어디 있어요? 천방지축마골피. 다 아무 상관없다고요."

팀장이 사당동도 처음부터 이렇게 붐비지 않았는데 1980년대 초에 재개발해서 아파트 단지도 많이 들어서고 하니까 사람들이 몰려든 거라고 한다. 중후가 "그래요?" 하자 팀장은 방배동도 예전에는 늪지대였다고 한다. 중후는 그럼 다 늪지대로 내버려 두지 왜 이렇게 높이 쌓아 올렸는지 모르겠다고 한다. 예전엔 늪이었는지 모르지만 사당동은 현재 중산층들이 주로 살고 있는 동네다. 아저씨가 동작대교는 강남과 강북을 잇는 다리라고 하자 중후가 말한다.

"그럼 아저씨, 저 다리만 넘어가면 깻잎 머리 한 여자애들

볼 수 있는 거예요? 저 같은 강남 스타일 남자들은 강북 깻잎 머리 스타일 여자를 좋아하거든요."

"이 녀석아, 안 그래도 남북이 갈린 나라가 강남, 강북 갈라야겠냐?"

"기사님, 원래 세상이 그런 거예요. 제가 나이는 어려도요, 세상을 좀 알아요. 어딜 가나 나누더라고요. 저는 고등학교 내내 열등반이었어요."

중후와 아저씨의 입씨름을 듣고 있으니 하루의 피로가 저절로 풀린다.

집으로 돌아가는 길에 전철 안에서 연신 졸다가 홍대입구역에서 내린다. 몸살이 나려는지 어깨와 목 부분이 쑤신다. 그래도 명색이 모델인데 이 모양으로 가면 안 될 것 같아 전철역 화장실을 찾아 들어간다. 다크서클이 짙지만 화장을 할 순 없다. 미술 학원 선생이 스킨과 로션 외에는 바르면 안 된다고 했다. 나는 머리를 한 번 빗은 후 서둘러 소극장 근처 구석진 곳에 위치한 미술 학원에 들어가 숨을 몰아쉬곤 의자에 앉는다.

이러다 목 디스크가 생기는 건 아닐까. 두 시간째 내 목은 학생들의 손에 달려 있다. 대여섯 명의 학생들이 나를 빙 둘러싸고 내 얼굴을 이리저리 뜯어본다. 얼굴을 살짝 찌푸리며 노려보는 아이도 있다. 꼼짝 않고 앉아 있은 지 30분, 시선을 한곳에 고정하고 귓가의 음악에 집중하려 애쓰지만 금세 답답해진다. 음악보다 효과가 큰 건 상상력이다. 기분 좋았던 일을 떠올려 보거나 미래에 일어날 일들을 상상하며 몸과 머리를 분리한다.

그나저나 이승기를 닮은 남자애에게 나도 모르게 자꾸만 시선이 간다. 그 애가 다가와 연필을 내 얼굴에 들이대며 비율을 잴 때 살짝 가슴이 설레기까지 했다. 하지만 그 애의 귓불에 난 솜털을 보니 설렘의 일부는 슬며시 모성애로 변해 간다. 저렇게 조각 같은 얼굴을 한 아이가 내 얼굴을 본뜨고 있다니. 역할을 바꿔 내가 조소를 하고 싶은 심정이다.

이 아이의 10년 후 모습을 그려 본다. 호성도 십수 년 전에는 저렇게 파릇파릇했을 거다.

선생님이 잠깐 나가자 승기가 녹차 팩을 컵에 넣고 위 아래로 흔들며 내게 다가온다.

"누나 몇 살이에요?"

"나? 한번 맞춰 봐."

"음…… 서른넷, 다섯?"

"어머, 어떻게 알았어? 다들 서너 살 적게 보는데."

승기가 빙그레 웃으며 답한다.

"우리 몸 중에서 가장 평등한 부분이 어딘 줄 알아요? 목이에요, 목. 얼굴은 속일 수 있어도 목은 못 속여요. 제가 두상 조소하면서 느낀 게 그거예요. 사람이 호강하고 살면 열 살도 어려 보일 수 있지만 목은 그 사람 나이만큼이나 머리를 받치고 있으니 주름이 안 생길 수 없는 거예요."

"그럼 식물인간은 제 나이의 목을 갖지 못하겠네?"

승기는 고개를 갸웃거리며 말한다.

"아, 그건 한번 알아봐야겠네요."

밤 늦게까지 일을 하고 나오니 목에 주름 하나가 더 는 것 같다. 일곱 시간이나 긴장해서 머리를 받치고 있었더니 금방이라도 몸져누울 것 같다. 다시는 이딴 알바 하지 않겠다고 중얼거리지만 집에 다다를 즈음이 되어서는 그래도 몇 번 더 할 수 있겠다는 생각이 든다.

집에 오자마자 호성에게 낮에 있었던 일을 늘어놓는다. 호성은 내 이야기를 배꼽을 잡아 가며 듣는다.

"오빠도 한번 해 볼래?"

"뭘? 두상 모델? 내가 하면 안 돼. 애들이 내 얼굴만 쳐다볼걸. 그거 입시 미술이라며."

"노땅을 누가 탐내냐."

더 얘기하려다 그만둔다. 석 달 전 회사를 그만둔 호성은 의욕 상실 상태다. 상사와 갈등을 겪다가 사직서를 냈는데 생각보다 이직이 쉽지 않아 애간장을 태우고 있다. 그때부터 월세도 내가 전담해 왔다. 아쉽지만 적금도 깨고 단짝에게도 손을 벌렸다. 내가 회사를 그만두었을 때는 그가 날 부양했으니 불평할 수도 없다.

"참, 뭐 왔더라."

호성이 주머니에서 뭔가를 꺼내 건네준다. 나는 그의 표정에서 무언가 불길한 낌새를 느끼며 우편물을 열어 본다.

[내용증명]

최고서

백 인 주 귀하

1. 안녕하십니까? 귀하의 사업 번창을 기원합니다.

2. 귀하는 2000년 10월 동대문에서 채권자로부터 금원을 빌려 간 이후 아직 이렇다 할 변제 의사가 없어 아래와 같이 최고하오니, <u>2012. 01. 14</u>까지 실현성 있는 변제 계획을 밝혀 주시기 바랍니다.

3. 법원의 판결에 따른 귀하의 채무금은 2012. 01. 06 현재 아래와 같습니다.

2008.06 판결문 10,000,000+2000.10.3부터 현재까지의 법정이자 10,564,383+법적 비용 300,000−최근 회수금

400,844=20,463,539원

4. 위 최고 기한을 어길 시 채권자는 아래와 같은 법 조치를 취할 것입니다.

1) 전 금융기관 계좌 압류-일차적으로 귀하의 주변 금융기관 계좌를 압류하였으나, 추가로 전국의 금융기관으로 확대하여 신용 대출 등 금융거래를 제한할 것입니다.

2) 직장 급여 압류

3) 채무 불이행자 명부 등재-은행 대출 및 카드 사용이 제한됩니다.

4) 재산 명시 명령 신청-법원에 신고해야 하며, 위증 또는 불응 시 법원에 구류 처분.

5) 급여 및 가산 압류-기본적인 생활용품 외 모든 물품이 압류됩니다.

6) 채권 회수 전문 업체에 양도-회수 전문가들이 귀하를 방문하게 됩니다.

7) 20:00~08:00 시간대를 제외한 모든 시간 귀하의 소재지 방문 독촉

8) 행안부를 통한 귀하의 모든 조사

9) 채무 면탈 행위에 대한 형사 고소 검토

5. 귀하의 채무 회피 기간이 너무 오래되었으나, 위 금액은 채권자와 협의 후 상담 조정될 것이오니 일차 채권자에게 연락 바랍니다.

(전화 없을 시 방문하겠슴.)

- 평안하십시오. -

2012. 01. 06.

채권자 강운호 (010-320-10××)

수신 : 백 인 주

서울시 서대문구 연희동 215-× B101

피식 웃음이 나온다.

"웃기고 있네."

호성의 말에 따르면 담배를 피우려고 현관문을 열었는데 현관문 앞에 편지 봉투가 붙어 있었다. 우표가 붙어 있는데도 우편물 봉투에는 "백인주 씨 오늘 다녀갑니다. 2012.01.06 15:20 전화 주시오. 다시 올 것입니다."라고 적혀 있다. 삐뚤삐뚤한 글씨체 하며, 사채업자 치고는 너무 어설프지 않은가 싶어 헛웃음이 난다. 최고서에도 오타 작렬이니 할 말이 없다.

나는 즉시 서부지방법원 홈페이지에 접속해 사건 번호를 검색한다. 오늘 날짜로 채권자 강운호가 보정서를 제출했다는 것을 알 수 있다. 며칠 전에 내가 '채권압류 해제 및 추심명령 포기 신청'을 법원에 제출했다는 것을 알았을 것이고 자기가 질까 봐 직접 우편물을 문 앞에 붙이고 간 것이 틀림없다. 이렇게 하면 나를 불안하게 할 수 있을 것이라고 생각했으리라.

아빠에게 전화를 걸었더니 아빠는 태연하게 말한다.

"그놈들이 할 수 있는 건 그게 다야. 전국의 모든 은행 계좌를 압류하겠다고? 그럼 그렇게 하라고 해. 압류하는 데 돈이 꽤 들거든. 8시 이후로는 못 오게 되어 있으니까 걱정할 거 없어. 그냥 차분하게 있어."

"찾아오면 어떡해?"

"찾아오면 말해. 당신이 돈 가져가지 않았느냐고. 그런데 난 당신을 모른다. 당신에게 준 게 아니라 당신이 가져간 거라고. 세상 좋아졌어. 이제 그놈들이 말 한마디도 함부로 못 해. 만약 그놈이 너한테 욕을 하거나 행패를 부리면 그건 우리한테 더 유리한 거야. 물론 법에 빠삭한 놈들이라 최대한 너하고 마주치지 않으려고 할 거야. 심리적인 압박을 주려고 문 앞에 붙이고 그러는 거니까. 혹시라도 마주치면 법대로 하자고 해."

그 말이 사실인지 호성이 집 안에 있었는데도 벨은 울리지 않았고 우편물은 문에 붙어 있었다. 서류에서는 그 어떤 위협적인 말도 찾을 수 없다.

아빠가 이렇게 태연해진 것도 얼마 되진 않았다. 10년 전

채권자들에게 멱살 잡히기를 예사로 하던 아빠가 이제는 태연하게 법이 우리를 보호해 준다고 말한다. 법대로 하자고 해. 아빠는 이제 이 말을 자주 한다.

지난해 4월 말, 나는 근 10년 만에 전입신고를 했다. 집안이 풍비박산 난 이후 처음으로 한 전입신고였다. 주민등록증도 바꿨다. 2001년 스물네 살 때 재발급받은 이후로 처음이었다. 알아볼 수 없을 정도로 사진이 훼손된 데다 조각난 플라스틱 위에는 투명 테이프가 덕지덕지 붙어 있어서 주민등록증을 본 주민 센터 직원은 안경을 들어 올리며 말했다.

"2001년? 최근 본 주민등록증 발급일자 중 가장 오래됐네요. 무슨 섬에 들어가서 살았어요?"

나는 히죽 웃으며 아무 말 하지 않았다. 국가 공인 시험을 치를 때마다 심사 위원의 의혹 섞인 눈초리를 받는 불편함을 더 이상 감수하지 않아도 된다고 생각하니 기분이 좋았다. 지난 10여 년 동안 그토록 조심했는데도 딱 한 번 주민등록증이 조각났다. 뒷부분에 투명 테이프를 붙여 사용했는데 매니큐어를 지우다 실수로 주민등록증 사진 위에 아세톤을 떨어뜨리는 바람에 사진을 완전히 알아볼 수 없게 되어 버린 것이다. 일을 다 마치고 주민 센터에서 나오다가 다시 직원에게 다가갔다.

"참, 한자 바꿔 주세요. '주' 자가 이 '주' 자가 아니거든요."

나는 주머니 속의 껌 종이를 꺼내 '주인 주' 자를 적어 건

넀다. 내 이름은 엄연히 人主임에도 난 10여 년 동안 人柱라고 적힌 주민등록증을 소지했다. 인생의 주인이 되라고 외할아버지가 지어 주신 이름이었다. 1995년에 내가 살던 동네의 동사무소에 근무했던 부주의한 직원은 '주인 주' 자를 '버틸 주' 자로 바꾸어 버렸다. 설마 이름 때문인가. 지난 14년 동안 나는 정말로 인생을 버렸을 뿐이라는 생각이 들었다.

전입신고했다는 것을 실감하게 해 준 것은 투표용지였다. 난생처음 받아 본 투표용지. 지난 10년 두 번의 대통령 선거에 나는 모두 참여하지 못했다. 가족 모두의 주소가 어머니가 잘 아는 지방의 교회로 올라가 있었기 때문이다. 친구들이 생애 첫 대통령 선거투표라고 호들갑을 떨며 투표한 2002년에 나는 혹시라도 부재자 신고를 하면 사채업자들이 나를 찾아낼까 봐 투표할 엄두를 못 냈고, 2007년에는 사채업자로부터 아무런 보호도 해 주지 못하는 국가의 국민으로서 투표하고 싶은 생각이 들지 않았다.

면책을 받은 후 많은 것이 바뀌었다. 무엇보다 내 행동에 큰 변화가 있었다. 나는 등을 곧게 펴고 걸었고 안경 밑으로 주변을 둘러보지 않게 되었다. 더 이상 모자를 눌러쓰지 않아도 되었다. 미행하는 자가 없는지 살피기 위해 외출 시 주머니에 늘 소지하던 작은 손거울을 빠뜨렸을 때, 다시 집으로 뛰어 들어가지 않아도 되었다. 10년 만에 출옥한 죄수처럼 낯선 편안함을 만끽했다. 물론 면책을 받은 후 한 달이 지나서의 일이었다.

2009년 여름, 나는 직장에 몸이 아프다고 거짓말을 하고 빠져나와 인천지방법원으로 향했다. 분명히 2월에 파산 면책 선고가 났는데 왜 또 인천까지 가야 하느냐고 투덜대는 내게 엄마는 주소지가 인천으로 되어 있어서 어쩔 수 없다고 했다. 1시쯤 법원에 들어갔더니 사람들이 우글우글 모여 있었다. 앳되어 보이는 20대 여학생부터 아이들을 동반한 젊은 엄마, 사나워 보이는 50대 여자, 사기꾼처럼 생긴 60대 아저씨, 천진한 미소를 짓고 있는 30대 남자까지 공통점이라고는 찾기 힘든 사람들이었다. 한참 동안 도떼기시장처럼 시끄러웠다. 직책이 무엇인지 알 수 없는 남자가 "조용히들 하세요! 여기 상 받으러 오셨습니까?" 하니까 잠시 조용해졌다가 다시 시끄러워졌다. 하지만 판사복을 입은 남자가 들어오자 갑자기 조용해졌다. 판사는 망치를 두드렸고 우리는 모두 일어나 뭔가를 입을 모아 읽었다. 엄마는 법원 밖으로 나오며 눈물을 찔끔거렸다. 엄마는 파산 면책 선고가 모두 났는데 채권자 중 한 명이 재산 명시를 요구해서 오늘 내가 이곳에 온 것이라고 했다. 나는 그제야 내가 그 안에서 뭘 하고 나왔는지 알았다. 하루 벌어 하루 그것도 근근이 먹고살고 있으니 재산이 없다는 것을 판사 앞에서 선서한 모양이었다.(그때만 해도 법에 대해 무지해서 나는 내가 정확히 무엇을 하고 있는지도 제대로 몰랐다.) 그날 집으로 돌아오면서도 나는 기가 막혔다. 한 달에 30만 원 이상 용돈을 써 본 적이 없고 신용카드라고는 단 한 번도 사용해 본 적이 없는 내가 신용불량자가 되고, 개인파산자가 되고, 거의 10년이 다 되어서 파산 면책 결정을 받다니. 거기다 재산 명시인지 뭔지까지. 나도 모르는 사이 풍랑에 휩쓸려 무인도에 내던져졌다가 돌아온 기분이었다.

하지만 면책을 받았으니 더 이상 아무 일 없으리라 생각했던 건 내 착각이었다. 전입신고를 한 지 한 달도 안 되어 '××자산관리대부 주식회사'와 같은 이름도 기이한 회사로부터 이상한 문서가 날아오기 시작했다.

승계집행문부여신청서

사건 : 서울중앙지방법원 2007 가소 2819×× 대여금

원고 : 허 경 욱

　　　서울시 ××구 ××동 대우푸르지오아파트 11×-××××

　　　위 승계인(채권양수인)

　　　××자산관리대부 주식회사

　　　서울 서초구 방배동 1××-×× 장광빌딩 101호(우, 137-060)

　　　사내이사 차승진

피고 : 백 인 주(7812××-20×××××)

서울시 서대문구 연희동 215-× B101

위 당사자 간 귀원 2007 가소 2819×× 대여금 사건에 대하여 귀원에서 2007년 10월 17일 선고한 판결이 확정되고 위 원고 승계인(채권양수인)은 2011년 12월 10일 위 원고로부터 확정 판결에 의한 청구권을 양수받았으므로 원고 승계인 ××자산관리대부 주식회사를 위하여 집행문을 부여하여 주시기 바랍니다.

첨부서류

1. 등기 배달 조회서	1부
1. 채권양도통지서(사본)	1부
1. 채권양도, 양수계약서(사본)	1부
1. 주민등록초본	1부
1. 법인인감, 사용인감, 등기부등본, 위임장	각 1부

2011년 5월 10일

위 원고 승계인(채권양수인) : ××자산관리대부 주식회사

사내이사 차승진

서울중앙지방법원 귀중

이 서류를 받기 이틀 전에도 약 1500만 원의 양도금을 갚으라는 내용의 채권양도통지서를 받았다. 그때만 해도 잘못 온 것이겠거니 했는데 법원 우편물이라서 조금 긴장했다. 나는 서랍을 뒤져 확정증명원에 나온 채권자 목록을 확인했다. 다행히 허경욱이란 이름이 보였다. 허경욱의 채권을 ××자산관리대부 주식회사에서 건네받은 것 같았다. 나는 인터넷에서 ××자산관리대부 주식회사를 검색해 전화를 걸었다. 그리고 먼저 그들의 팩스 번호를 요구했다. 나는 팩스 버튼을 누름과 동시에, 2009년에 파산 면책을 받았고 채권자 목록에 분명히 나와 있는데 이런 우편물을 보낸 당신들은 불법적인 일을 하고 있는 것이라고 차분하게 말했다. 팩스를 받아 본 사내이사 차승진은 뭔가 착오가 있었던 것 같다며 죄송하다고 말했다. 나는 다시 한 번 이런 일이 있다면 법적으로 처리하겠다고 또박또박 말하고 전화를 끊었다. 처음엔 법원 등기물만 받아도 신경이 바짝 곤두서고 당황했는데 이젠 제법 여유가 생겼다. 그들은 면책 사실을 알고도 내게 이런 우편물을 보내 위협하는 것이고 실제로 심리적 압박감으로 돈을 갚는 사람들이 있는 것 같았다. 내게는 어림없는 일이었다. 더 분명히 하려면 법원을 통해 서류를 주고받아 그들에게 면책받았다는 것을 분명히 하는 것인데 경고를 했으니 같은 일이 재발하진 않을 것이다.

숨 돌릴 새도 없이 며칠 후, 집주인이 문을 두드리더니 최정현이란 사람이 자신에게 보냈다는 법원결정문을 건네주었다.

서울서부지방법원

결　정

사　　건 : 2011타채94×× 채권압류 및 추심명령

채 권 자 : 최정현(4112××-10×××××)

　　　　　서울 강남구 도곡동 ××아파트 ×동 ×호(135-857)

채 무 자 : 백인주(7812××-20×××××)

　　　　　서울 서대문구 연희동 215-× B101(120-110)

제3채무자 : 박경영

　　　　　서울 서대문구 연희동 217-×(120-110)

주　문

채무자의 제3채무자에 대한 별지 목록 기재의 채권을 압류한다.

제3채무자는 재무자에게 위 채권에 관한 지급을 하여서는 아니된다.

채무자는 위 채권의 처분과 영수를 하여서는 아니된다.

위 압류된 채권은 채권자가 추심할 수 있다.

청구금액

금　3,000,000원 어음금

금 6,540,411원 이자금

합계 9,540,411

이 유

위 청구 금액의 변제에 충당하기 위하여 서울남부지방법원 2002가소 126×××호 어음금 사건의 집행력 있는 판결 정본에 의한 채권자의 신청은 이유 있으므로 주문과 같이 결정한다.

정 본 입 니 다.

2011. 5. 13.

법원주사보 김진숙

2011. 5. 13.

사법보좌관 김 훈 길

주의 : 1. 채권자가 채권을 추심한 때에는 집행법원에 서면으로 추심신고를 하여야 합니다. 추심신고를 할 때까지 다른 채권자의 압류, 가압류 또는 배당 요구가 없으면 추심신고에 의하여 추심한 채권 전역이 추심채권자에게 확정적으로 귀속됩니다. 그러나 추심신고 전까지 다른 채권자로부터 압류, 가압류 또는 배당 요구가 있으면 이미 추심한 금액을 공탁하고 다른 채권자들과 채권 금액의 비율에 따라 안분하여 배당을 받도록 규정되어 있음을 유의하시기 바랍니다.

(민사집행법 제236조, 제247조 1항 2호)

2. 추심신고서에는 사건 번호, 채권자·채무자 및 제3채무자의 표시, 제3채무자로부터 지급받은 금액과 날짜를 적기 바랍니다.

한마디로 집주인이 우리 집 보증금 중에서 9,540,411원을 최정현에게 줘야 한다는 소리였다. 보증금이 1000만 원이니 이 종이에 적힌 대로라면 차후 집주인에게 50만 원도 돌려받지 못하게 생겼다.

　나는 서랍을 뒤져 채권자 목록을 확인했다. 하지만 최정현이란 이름은 없었다. 엄마에게 전화를 걸었다.

　"최정현? 그게 누구지?"

　잠시 후 엄마는 작게 중얼거렸다.

　"그 사람은 김경순하고 아는 사람인데 혹시……?"

　엄마 말에 따르면 엄마는 부도가 나 구속되었을 때 경찰서에서 일수쟁이인 김경순을 만나 형사가 보는 앞에서 돈을 주고, 빚을 다 갚았다는 각서까지 받았다. 하지만 김경순은 채권을 최정현에게 넘겨준 것 같다. 사채업자들에게 그런 일쯤은 아무것도 아니라는 것이다. 그럼 그 각서는 어디에 있느냐고 묻자 10년도 더 전의 일이라 어디에 있는지 모른다고 했다. 엄마가 구속될 당시 아빠에게 줬다는데 아빠는 이사 다니는 중에 분실된 것 같다고 했다. 나는 짜증이 났지만 크게 걱정하진 않았다. 집주인이 우리에게 보증금을 다 까먹을 때까지 월세를 내지 말고 살다 나가라고 했고 무엇보다 집이 호성의 명의로 되어 있으니 문제될 것이 없었다. 우리는 법적인 부부가 아니었다. 결혼을 미루어 온 것은 호성에게 피해를 주지 않기 위해서이기도 했다. 나는 한 달 전에 혼인신고를 하려다 미룬 것을 다행이라고 생각하며 안도의 한숨을 내쉬었다. 아빠는 내 통장에 돈이 없는 이상 당장 그 사람이 할 수 있는 일은 없다며 각서를 찾아볼 테니 며칠 기다리라고 했다.

사흘 뒤, 집에 돌아와 텔레비전을 보다가 무심코 압류 딱지를 발견한 나는 박장대소했다. 이틀 전에 집 안에 들어와 압류 딱지를 붙인 것을 나는 모르고 있었던 것이다. 워낙에 값나가는 물건이 없어서 딱지 붙일 곳도 없었는지 엘시디 모니터, 컴퓨터 본체, 냉장고, 세탁기, 서랍장에만 딱지를 붙여 놓았다. 정면에 붙이지 않아서 눈에 띄지 않았던 것이다. 십수 년 전에도 당했던 일이라 크게 놀랄 것도 없었다. 모두 돈을 주고 가져가라 해도 가져가지 않을 고물이니 압류 딱지가 붙는다고 겁날 것도 없었다.

엄마는 이틀 뒤 내게 전화를 걸었다. 엄마가 최정현에게 전화해 본 바로, 최정현은 채권의 '전주'였다. 최정현의 아내가 남편의 돈을 김경순에게 빌려 준 것인데 최정현의 아내는 몇 년 전에 병으로 죽었고 최정현이 집에서 계약서를 발견하고 돈을 갚으라고 한다는 것이다. 분명한 건 엄마는 김경순에게 돈을 다 갚았고, 추측해 보자면 최정현이 다 알고서도 모르는 척을 하고 있는 것 같았다.(무엇보다 그의 허락 없이 아내가 돈을 김경순에게 빌려 줬을 리 없다.) 그놈들은 평생 그 짓을 해 먹고살아 온 놈들로 사람이 눈앞에서 죽어 나가도 눈 하나 깜짝하지 않을 놈들이라고 한다. 최정현이란 사람은 수십 년간 동대문시장에서 사채놀이를 하고 있는데 그의 주 고객은 동대문시장 상인들과 술집 여자들이다. 그는 돈을 대는 전주로 직접 사람들을 찾아다니며 돈을 받지는 않아서 엄마가 그 사람 얼굴을 본 것은 딱 한 번뿐이다. 최정현은 자기 아랫사람을 시켜 총으로 사람을 위협한 적도 있었다. 사람에게 쏘진 않았지만 돈을 빌려 준 사람 집에 찾아가 의자에 총을 쏴서 위협해 돈을 뜯어내곤 했다. 엄마가 구치소에 있을 때 최정현이 형사와 함께 면회를 온 적이 있다는 말을 듣고 나는 입이 딱 벌어졌다. 최정현은 자신의 돈을 들고 잠적한 김경순을 고소하려 했고 엄마에게 참고인 자격으로 진술을 해 달라고 부탁했다. 그가 돌아간 후 엄마에게는 3만 원의 영치금이 전해졌다.

"망할 놈, 겨우 3만 원으로."

엄마는 분한 목소리로 이렇게 중얼거렸다. 그러고는 10년도 더 지나 그는 나에게 법원결정문을 보낸 것이다. 그는 예전의 일을 기억하지 못하는 것일까? 집주인이 며칠 전 최정현이라고 추정되는, 머리가 희끗한 노인이 우리 집 앞에서 서성대며 이 집에 백인주라는 60대 할머니가 사는지 물었다고 한 것을 보니 최정현은 나와 엄마의 이름도 구분하지 못하는 것 같다. 엄마의 추측이 맞는 것 같다. 아무리 그래도 자신이 영치금까지 넣어 주고 구치소에 면회 갔던 사람을 헷갈려 하는 것을 보면 최정현은 수없이 많은 사람들에게 같은 짓을 하고 있는 게 분명하다. 그에게 나는 수백 개의 리스트에 포함된 한 명일 뿐이다.

나는 호성의 명의로 된 통장을 사용하고 있었고 내 이름으로 된 통장에는 100만 원도 들어 있지 않으니 걱정할 것이 없었다. 그렇게 적은 돈은 채권자들이 함부로 건드릴 수 없다는 글을 인터넷 카페 게시판에서 본 적이 있었다. 하지만 어떻게 전화번호를 알았는지 최정현은 호성에게 전화를 걸어 협박하기 시작했다.

호성은 내가 미리 충고한 대로 대범하게 전화를 받았다.

"백인주는 제 친구예요. 우편물 때문에 주소만 여기로 해 둔 겁니다. 대체 누군데 이상한 우편물을 보내고 그러십니까?"

"친구라고요? 애인 아니오? 백인주가 1978년생 여자 맞죠? 거기 살고 있는 거 맞죠?"

호성은 버벅대기 시작했다.

"누, 누군데 그런 걸 물으십니까? 어쨌든 인주는 내 친구…… 데 얼굴 못 본 지 꽤…… 됩니다. 우편물만 대…… 신 받아 주고 있습니다."

최정현은 단호한 어조로 말했다.

"살지도 않는 사람 주소를 등록해 놓으면 주민등록법 위반 이니 내가 고소하겠소."

호성은 '고소'란 말에 당황해 쩔쩔매며, 그러면 백인주의 행방을 수소문해 보겠다고 말하고는 전화를 끊었다.

"왜 그렇게 버벅거려? 겁이나 잔뜩 먹어서는."

나는 괜히 호성에게 화를 냈다. "내가 언제!"

호성은 담뱃갑을 손에 들고는 문을 쾅 닫고 나가 버렸다. 아빠는 코웃음을 쳤다.

"주민등록법 위반? 내가 네 엄마 도망 다닐 때 그놈들한테 그 소릴 얼마나 많이 들었는지 아냐? 그거 다 거짓말이야. 겁 줘서 돈 갚게 하려고 그러는 거야. 빚 독촉 때문에 주소지 다른 데로 해 놨다고 처벌할 수 있는 법은 있지도 않고. 또 전화 하면 경찰에 전화한다고 해. 그놈들은 할 수 있는 게 그거밖에 없어. 압류 딱지도 붙였으니 더는 할 게 없어. 그렇게 하는데도 돈 좀 들었을 거다. 예전처럼 집에 찾아오거나 직장에 찾아오면 그놈들 다 잡혀 가. 세상이 달라졌으니까 겁낼 것 없어. 그냥 차분히 있으면 돼."

아빠는 어느새 반변호사가 되어 있었다. 수년 전, 아빠도 그놈들에게 시달림을 당했다. 직장에 수시로 찾아와 결국 아빠는 회사를 그만두었다.

아빠 말대로 최정현은 전화를 몇 번 더 하다가 잠잠해졌다. 그런데 깜짝 놀랄 만한 일이 일어났다. 우체국 통장에 넣어 놓은 돈을 다른 통장으로 이체하려는데 돈이 인출되지 않았다. 분명 40만 원이 들어 있었는데 인출 가능 금액이 0이라고 나왔다. 우체국에 전화하니 우체국 직원은 강운호란 사람이 통장을 압류한 상태라고 했다. 압류가 들어오면 본인에게 알려 줘야 하는 것 아니냐고 했더니 우체국 직원은 우물쭈물하며 법원에 전화해서 알아보라고 했다. 예전에 통장 압류가 들어올 때는 통장 주인에게 먼저 통보가 간다는 말을 들었는데 이게 대체 어떻게 된 일일까? 기억을 더듬어 보니 그것 역시 인터넷에서 본 정보였다. 나는 인터넷 정보를 맹신하는 건 위험하다는 것을 뼈저리게 느꼈다.

엄마에게 전화를 해서 강운호가 누구냐고 물었다.

"아, 그 사람 빠뜨렸지."

엄마는 말꼬리를 흐렸다.

"그때 하도 정신이 없어서…… 그리고 내가 그 사채업자들 주소를 다 어떻게 아니?"

왜 빠뜨렸느냐고 버럭버럭 소리를 지르자 엄마는 전에 파산 신청을 도와준 법무사한테 부탁할 테니 걱정하지 말라고 했다.

다음 날 점심때 법무사로부터 그동안 그들이 보낸 법원결정문을 스캔해 메일로 보내라는 전화가 왔다. 강운호는 최근에는 우편물을 보낸 적이 없었으므로 나는 우체국에 전화해 알아낸 강운호의 전화번호와, 5월에 최정현이 보낸 문서를 스캔해 보내고는 맥주를 한잔 마신 후 곯아떨어졌다.

법무사를 믿은 건 실수였다. 그는 일을 처리해 주는 대가로 내겐 너무 큰돈을 요구했고 내가 그 돈을 구하지 못해 안절부절못하는 사이, 통장의 돈은 빠져나갔다. 강운호가 내 돈을 강탈하는 데에는 일주일도 걸리지 않았다. 정확히 400,844원. 거래 내역을 조회해 보니 거래국에는 금융압류반, 내역에는 압류 지급이라고 찍혀 있었다. 갖고 싶은 물건이 있어도 꾹 참고 모은 돈을 생면부지의 노인네에게 빼앗긴 것이 너무 분했다. 그림이 잘 그려진다는 비싼 붓과 고급 먹을 사려고 모아 둔 쌈짓돈이었다. 무엇보다 일을 대신해 줄 생각도 없으면서 시간을 끈 법무사에게 화가 났다.

법무사는 파산 신청을 했을 때 여동생과 나 두 사람 각기 150만 원 그리고 착수금으로 50만 원씩 총 400만 원가량의 돈을 챙겼다. 그 돈은 엄마가 석 달간 영화관에서 청소부로 일해 모은 돈이었다. 그 돈은 채권자 목록에서 빠뜨린 채권이 있을 경우와는 아무런 상관이 없는 돈인 모양이었다. 나중에 알았지만 강운호는 내 주소지 근처의 은행과 제2금융권 회사 여섯 군데를 무작위로 추출해 '제3채무자용 채권압류명령 및 추심명령결정정본'을 발송했다. 하지만 나는 법원 서류를 받앉을 때 이미 면책이 났으므로 심각하게 생각하지 않았고 법무사가 꾸물거리는 사이에 돈을 빼앗긴 것이다.

최정현도 질세라 행동을 재개했다. 전에 보낸 문서와 동일한 내용에 아래의 별지를 덧붙여 보내 심리적 압박을 가했다.

[별 지]

압류 및 추심할 채권의 표시

채무자가 제3채무자에 대하여 가지는 서울 서대문구 연희동 215-× B101호를 임대하면서 지급한 보증금 중 임대차 계약이 끝났을 때나 중도 해지 시 돌려받을 채권 중 금 9,540,411원의 청구 채권임(주택임대차보호법에서 정한 금액을 공제한 금액을 적용)

또다시 바보처럼 넋 놓고 앉아 있다가는 이 집의 보증금도 빼앗길 판이었다. 한숨을 내쉬는데 옆에서 호성이 막걸리를 병째 들이켜고 있었다. 나는 호성의 눈치를 보며 내가 다 알아서 할 테니 걱정하지 말라고 했다. 호성이 피식 웃으며 말했다.

"뭘 알아서 해? 보증금 뺏기면 너하고 나 길거리에 나앉는 거야."

보증금 1000만 원은 호성이 600만 원, 내가 400만 원으로 호성의 돈이 더 많았지만 호성의 말이 서운해서 나도 목소리를 높였다.

"무슨 일이 있어도 오빠 돈은 보전해 줄 테니까 걱정하지 마."

"채권자 목록에서 누락했다면서? 그럼 돈 줘야지 어떡할 건데?"

"그래서 어쩌라고? 내 빚도 아니고 집안 빚인걸. 오빠가 변호사 사 줄 것도 아니면 가만히라두 있어 주면 좋잖아."

"돈이 문제가 아니라 안 그래도 집에서 너하고 결혼하는 거 반대하는데 혹시 우리 엄마한테 찾아갈까 봐 걱정돼서 그래."

나는 가까스로 눈물을 삼키며 평생 결혼 같은 건 안 해도 상관없으니 이번 기회에 도망가라고 눈을 부릅뜨고 독한 말을 뱉어 냈다.

호성이 문을 쾅 닫고 나간 후 나는 잠시 멍하니 앉았다가 남자 같은 건 필요 없다고, 평생 혼자서 행복하게 살 테니 걱정 말라고 중얼거리다가 설움이 복받쳐 소리 내어 울었다. 그러다 갑자기 손으로 내 뺨을 한 대 치며 "울지 마!"라고 읊조렸다. 소주 반 병을 비운 후 뜨거운 샤워기 아래에서 물줄기를 맞으며 소리 내지 않고 울었다. 고등학교 때 빨간 입술의 그 여자가 왔다 간 이후 다시는 소리 내어 울지 않기로 결심한 터였다. 내 잘못이 아니니까, 내가 진 빚이 아니니까 나는 울지 않기로 했다.

빨간 입술의 여자는 예고도 없이 우리 집에 숨어들었다. 그 여자는 처음에는 자신의 본성을 철저히 숨겼다. 나는 그녀를 '이모'라고 불렀다. 검은 모피 코트를 즐겨 입던 그녀는 늘 가면처럼 짙은 화장을 하고 있었는데 입술에는 늘 새빨간 립스틱만 발랐다. 그녀는 잘 웃었고 화술이 뛰어났다. 이모는 종종 우리 집에 놀러와 나와 여동생과 함께 놀아 주었다. 나도 여동생도 이모를 좋아했다. 엄마도 이모를 좋아했다. 엄마는 오래도록 이모와 함께 일하고 싶어 했다. 그 여자는 종종 엄마에게 돈을 빌려 주었다. 그러니까 사채업자들과 엄마를 연결해 주었다. 그 여자는 절대로 위험한 돈이 아니라고 강조했다. 빨간 입술이 토해 내는 말들은 달콤했고 엄마를 작은 위기에서 건져 주었다. 하지만 그 여자는 언젠가부터 일수쟁이 일을 하고 다녔다. 엄마에게 이자를 내라고 독촉하는 일을 한 것도, 경찰서에서 거짓 진술을 해 엄마를 구치소에 집어넣은 것도 그 여자였다.

엄마가 빚쟁이들을 피해 다닐 때 그 여자는 시도 때도 없이 집 안을 들락거렸다. 집에 덩치 큰 남자들을 서너 명 데려와 아빠를 협박하며 엄마의 행방을 캐물었다. 그들은 커다란 소음으로 자신들이 왔다는 것을 알렸다. 1분도 늦지 않고 초침이 자정을 가리키는 순간, 대문을 수십 번 두드리며 엄마의 이름을 불러 댔다. 이웃들이 다 알도록 수치심을 줘서 돈을 갚게 하려는 수작이었다. 나와 여동생은 이불 속에서 귀를 틀어막고 견디다가 어쩔 수 없이 문을 열어 주곤 했다.

그 여자는 나와 여동생에겐 눈길도 주지 않고 아빠에게 욕설을 퍼부어 댔다. 아빠가 엄마가 어디에 있는지 모른다고 말해도 소용없었다. 그들은 집 안의 물건을 때려 부수고 때론 아빠에게 폭력도 휘둘렀다. 우리는 벌벌 떨며 그들이 지치기를 기다리는 수밖에 없었다. 그 여자는 집에 돌아가기 전에 나에게 예전의 이모로 돌아가 빙긋 웃으며 한마디를 건네곤 했다. 열심히 살아야 한다.

내가 첫 정규직 직장을 얻자마자 트렁크에 짐을 챙겨 회사 근처 고시원에 둥지를 틀었을 때도 빨간 입술은 끈질기게 나를 따라붙었다. 꿈속에서 빨간 입술은 나에게 비웃음을 흘리고 비난을 던지다가 때론 내 몸에 달라붙어 이빨을 박고는 거머리처럼 피가 날 때까지 물고 늘어졌다. 나는 내 몸에 황산이라도 부어 빨간 입술을 녹여 버리고 싶었다.

새삼 빚 때문에 놓쳐 버린 사랑들이 생각났다. 결혼까지 생각했지만 내 사정을 안 후로 태도가 돌변한 남자에게 변명 한 번 없이 뒤돌아섰던 내가 사실은 샤워기 밑에서 피눈물을 흘렸다는 건 나만 아는 비밀이다. 운명의 짝이니 하는 말을 쏟아 낸 남자도 빚 앞에선 맥을 못 췄다. 어쩌다 운이 좋아다 상관없다고, 살면서 함께 갚아 나가자고 하는 남자도 만나 봤지만 부모가 찾아와 헤어질 것을 종용했다. 그렇게 헤어진 남자들을 그리워해 본 적은 없었다. 하지만 또 다른 사랑을 시작하는 것은 날이 갈수록 힘들어졌다. 호성과 지금까지 헤어지지 않고 만날 수 있었던 것은 파산 면책을 받았기 때문일 것이다. 우리는 동거를 시작하기 전에 한 달 동안 헤어져 있었다. 나는 내 사정을 알고는 놀라며 찜찜한 표정을 짓는 호성에게 불같이 화낸 다음, 아무런 말도 없이 전화기를 바꾸고 거처를 옮겼다.

호성은 수소문해 나를 찾아냈고, 동거를 시작한 이후로는 두 번 다시 헤어지지 않기로 약속했다. 그때만 해도 파산 면책을 받기 전이라 결혼 같은 건 상상도 할 수 없었다. 호성은 우선 간단히 결혼식을 올리고 혼인신고는 나중에 하자고 했지만 나는 그냥 같이 살자고 했다. 2년쯤 지나자 호성의 부모님이 나의 존재를 알게 됐고 어서 결혼식을 치르라고 하셨다. 우리가 머뭇거리자 호성의 부모님은 의아스러워 했고 호성은 어쩔 수 없이 내 사정을 털어놓았다. 예상한 대로 호성의 부모님은 절대로 안 되는 결혼이라고 했다. 나를 찾아와 좋은 말로 자기 아들과 헤어져 달라고 했다. 낙담한 내게 호성은 부모님 일은 자신이 알아서 할 테니 자기만 믿으라고 했다. 그가 못 미더운 것은 아니었지만 나는 이미 머리로는 그와 헤어질 준비를 하고 있었다. 하지만 내 몸과 내 마음은 그와 헤어지고 싶지 않다고 말하고 있었다. 이번만큼은 놓치고 싶지 않았다. 내가 진 빚도 아닌데 왜 호성과 헤어져야 하는지 알 수 없었다.

나는 즉시 인터넷 서점에 접속해 파산 면책과 관련된 책들을 깡그리 사 모았다. 세상은 삭막한 곳, 어쨌든 내가 무지했기 때문에 일어난 일이었다.

나는 고3 수험생처럼 서적을 파고들었다. 약관 대출, 화의 사건, 배드뱅크, 유치권, 질권, 가등기담보권, 환치권, 별제권, 상계권…… 법률 용어들이 난무했으므로 모르는 단어는 인터넷으로 검색을 하며 윗부분에 손으로 직접 주석을 달았다. 법대생들이나 볼 법한 딱딱하고 어려운 책도 있었지만 법에 무지한 사람들이 볼 수 있게 쉽게 풀어 쓴 책도 있는 것을 보니 이 땅에 파산이니 개인 회생이니 하는 것을 해야 하는 사람이 꽤 많은 모양이었다. 더 정확히 말하자면 나처럼 법무사 따위 살 돈이 없는 사람들 말이다. 실제로 한 권의 책은 '스스로 신청하는 개인 파산'이란 부제를 달고 있었다. 뒷부분엔 온갖 법원 서식들이 첨부되어 있어 실전 연습도 할 수 있었다. 나는 그림을 그리는 시간과 아르바이트를 하는 시간을 제외하고는 온통 독서에 몰두했다. 수험생처럼 간절한 마음으로 공부하고 나니 아침이 밝아 오고 있었다. 나는 하루로 그치지 않고 몇 달간 법 공부를 하기로 마음먹었다. 그리고 올해가 가기 전에 그들에게 반격을 가하기로.

여섯 달 후, 나는 지속적으로 호성에게 전화를 걸어 괴롭힌 최정현에게 먼저 가벼운 펀치를 날렸다. 나는 법원에 '채권압류 해제 및 추심 명령 포기 신청서'와 '진술서'를 제출했다.

채권압류 및 집행취소신청

사　　　건 : 2011타채94×× 채권압류 및 추심명령

채　권　자 : 최정현(4112××-10×××××)

　　　　　　서울 강남구 도곡동 ××아파트 ×동 ×호

채　무　자 : 백인주(7812××-20×××××)

　　　　　　서울 서대문구 연희동 215-× B101

제3채무자 : 박경영

　　　　　　서울 서대문구 연희동 217-×

위 사건에 관하여 인천지방법원 2007하면106××호(2007하단105×× 파산선고) 면책결정이 2009.02.23.자 확정되었으므로 별지목록 기재 채권에 대하여 채권압류 및 집행취소를 신청합니다.

첨 부 서 류

---

1. 진술서   1통

1. 채권압류 및 추심명령결정문   1통

1. 면책결정문정본 및 위 결정부본   각 1통

1. 면책결정확정증명원   1통

1. 집행취소신청서부본   1통

1. 채권자 목록   1통

2011. 11. 25.

위 채무자 백 인 주 (인)

서 울 서 부 지 방 법 원 귀 중

진 술 서

본 진술서는 지난 2011.07.03. 일에 귀 법원이 본인에게 보낸 (채무자용)채권압류명령 및 추심명령결정정본(사건 2011타채94× ×)과 관련된 것입니다.

본인은 첨부 서류(면책결정문 정본)에서와 같이 지난 2009.02. 23. 자로 총 25건에 달하는 본인의 채무에 관해 인천지방법원의 면

책결정을 받은 바 있습니다. 그러던 중에 위의 귀법원이 보낸 결정문을 받고 무척 당황할 수밖에 없었습니다. 왜냐하면,

첫째, 본인은 이미 모든 채무(총 25건)에 관한 면책결정을 적법하게 받았으며

둘째, 위 사건에 채권자로 나와 있는 최정현은 제가 얼굴도 이름도 모르는 생면부지의 사람이기 때문입니다. 본인은 지난 2007년에 파산신청을 할 때 모든 채권자의 이름을 최소한 제가 기억하고 있는 한, 한 명도 빠뜨리지 않고 모두 신청하였습니다. 더욱이 300만 원의 어음을 최정현에게 준 적은 더더구나 없습니다. 결정문을 받고 하도 답답해서 오래된 기억을 더듬어 보니 2000년도 초(확실한 연월은 알지 못합니다.)쯤에 사채업자인 김경순이라는 사람에게 300만 원의 어음을 준 적이 있으나 김경순과는 당시 모든 채무가 정산된 것으로 기억하고 있습니다. 그때 김경순에게 수취인을 공란으로 하여 어음을 준 것 같은데 혹시 그것이 최정현에게 불법으로 전달된 것은 아닌가 하는 짐작을 해 보지만, 그것도 어디까지나 저의 짐작에 불과한 것입니다. 그러나 분명한 사실은 저는 최정현이라는 사람을 알지 못하고 돈을 빌린 적이 없다는 사실입니다. 만약 제가 돈을 빌린 채무자였다면 파산신청을 할 때 총 25건의 채권자 목록에 최정현의 이름을 누락할 이유가 전혀 없습니다.

제가 채무자가 된 사유는 사업을 하는 엄마의 부탁으로 제 명의로 돈을 빌렸기 때문인데, 그 당시 제가 세상 물정 모르는 20세 정도의 어린 나이였고, 또 채권자가 굉장히 많아서 채권자의 이름을 일일이 기억 못 했을 수는 있습니다. 그렇지만 최정현은 제가 모르는 이

름입니다.

현재 저는 세입자로 살고 있는 친구의 집에 얹혀살고 있는 실정입니다. 따라서 제 친구와 계약한 집주인 박경영(제3채무자)은 이번 사건과는 전혀 무관한데도 제3채무자가 된 것이 이해가 되질 않습니다. 더욱이 최정현은 역시 무관한 제 친구에게 전화를 하는 등 심리적인 압박을 가하고 있는 실정입니다.

면책결정이 난 지 3년이 다 되어 가는데 이런 일이 생기고 또 법에 대하여 잘 알지 못하는 터라 답답하고 당황스러울 뿐입니다.

이러한 저의 사정을 참작하시어 선처하여 주시기를 간절히 부탁드립니다.(끝)

2011. 11. 25.

위 진술인 백 인 주 (인)

아빠에게 조금 조언을 얻긴 했지만 100퍼센트 내가 작성한 진술서였다. 법무사에게 갖다 바칠 돈도 없었을 뿐더러 법무사 나부랭이를 이젠 믿을 수도 없었다. 공부한 대로라면 법원에서는 최정현에게 보정명령등본을 발송할 것이고 최정현은 내가 보낸 진술서에 대해 보정(부족한 부분을 보태어 바르게함)을 해야 한다. 그러니까 내가 한 말이 전부 거짓이라는 것을 증명해야 한다는 소리다.

　며칠 후 법원에서 내게 보정명령등본을 발송했다. 내가 더 보정할 것이 있나? 하고 화들짝 놀랐는데 최정현이 백인주에게 갖는 채권이 면책받은 채권인지를 소명하라는 보정 명령이었다.

서울서부지방법원
보정명령

　사　　　건 : 2011타채94×× 채권압류 및 추심명령
　채　권　자 : 최정현
　채　무　자 : 백인주(7812××-20×××××)
　제3채무자 : 박경영
　귀하는 이 명령이 송달된 날로부터 7일 안에 다음 흠결 사항을 보정하시기 바랍니다.

흠결 사항
　이 사건 채권자 최정현이 채무자 백인주에 대해 가지는 채권이 면책받은 채권인지를 소명하시기 바랍니다.

2011. 12. 5.
사법보좌관　김 영 조

문의 : ☎02-3271-13××

◆ 송부 문서에는 반드시 사건번호 및 연락처를 기재하여 주시기 바랍니다.

예전 같으면 한 번 읽어서는 정확히 무슨 뜻인지 알기 힘든 법원결정문이었지만 공부를 열심히 한 덕에 어떻게 대응해야 할지 그림이 그려졌다.

사　　　건 : 2011타채94×× 채권압류 및 추심명령

채 무 자 : 백인주(7812××-20×××××)

　　　　　　(서울 서대문구 연희동 215-× B101)

채 권 자 : 최정현(4112××-10×××××)

제3채무자 : 박경영(서울 서대문구 연희동 215-× B101)

발　　　신 : 백인주(채무자) 연락처 : 010-37××-62××

수　　　신 : 서울 서부지방법원 민사신청과 제2사법 보좌관(단독)

제　　　목 : 보정 명령

본건은 귀법원이 저에게 보낸 보정 명령(2011.12.05일자)에 대한 회신입니다.

본인이 지난 2011.11.25일자로 귀법원에 보낸 채권압류 및 집행 취소신청에 별첨 서류로 동봉한 면책결정문정본에서와 같이 본인은

이미 지난 2009.02.23일자로 면책결정이 확정되었습니다. 그러나 함께 별첨서류로 동봉한 채권자 목록에는 최정현의 이름이 누락되어 있습니다. 그 이유는 지난번 진술서에서 진술한 바와 같이 최정현은 저에게 생면부지의 인물로 그에게 300만 원을 빌린 적이 맹세코 없기 때문에 파산신청 당시에 당연히 채권자 대상에 포함시키지 않았던 것입니다.

최정현이 집행권원으로 제기한 서울남부지방법원의 2002가소 126×××호 판결에 관해서는, 제가 그 당시 법률 상식에 무지하여 김경순이라는 사채업자에게 수취인을 공란으로 하여 준 약속어음에 최정현의 이름을 사용한 것으로 지금은 확신하고 있습니다. (그것이 어떻게 최정현에게 전달되었는지 그 경위는 알 수 없지만.) 왜냐하면 저는 그 당시에 김경순 말고는 그 누구에게도 300만 원의 약속어음을 발행한 적이 결코 없기 때문입니다.

비록 귀법원이 그 약속어음을 근거로 위의 결정을 내린 것이 적법하더라도, 본인이 주장하고 싶은 것은 최정현이 채권자가 아니라고 확신했고, 또 실제 돈을 빌린 적이 없기 때문에 면책대상에 최정현을 채권자로 넣지 않은 것이지 일부러 혹은 악의로 누락시킨 것이 결코 아니라는 사실입니다. 저로서는 최정현이 채권자임을 알면서도 그 이름을 누락시킬 이유가 전혀 없는 것입니다.

저는 현재 직장을 구하지 못한 취업준비생입니다. 최정현은 제가 얹혀살고 있는 친구 집에 압류를 하여 가구와 가전제품에 딱지를 붙였고, 또 친구에게 전화하여 돈을 갚으라고 괴롭히고 있는 실정입니다. 이러한 상황 때문에 나중에 취업이 된다고 해도 계속 괴롭힘을 당할 걸 생각하면 차라리 취업 준비도 포기하고 싶을 정도로 불안합니다.

이러한 저의 사정을 참작하시어서 귀법원의 채권압류 및 집행취소신청을 허락하여 주실 것을 간곡히 부탁드립니다.

2011. 12. 7.

위 채무자 백 인 주(인)

서 울 서 부 지 방 법 원 귀 중

나는 밤새 정성스럽게 작성한 보정서를 즉시 법원에 제출했다.

신림동

오늘은 신림 2동인 모양이다. '신림 2동, 서림동'이라고 나란히 적힌 빨간색 상가수첩이 차 안에 가득 쌓여 있다.

"서림동은 뭐고 신림 2동은 뭐예요?"

"아, 2008년인가 이름이 바뀌었어요. 근데 예전 이름에 더 익숙한 사람들이 많으니까."

기사 아저씨가 그 말을 듣더니 익숙한 게 가장 좋은 거라며, 다 쓸데없는 짓이라고 한다.

서림동 수첩을 다 돌린 후 차는 잠시 이동한다. 여기는 온통 고시원 천지다. 연철이 주변을 둘러보며 말한다.

"야, 여기 사람들 패션이 우리하고 똑같다. 삼선 슬리퍼만 빼면. 다들 알바로 상가수첩 돌리나 봐."

서점 앞에는 사법시험 서적을 광고하는 종이들이 덕지덕지 붙어 있고 고시생들도 스트레스는 푸는지 노래방도 보인다. 학원 건물에서 줄줄이 내려오는 추리닝 차림의 학생들까지. 역시나, 이곳은 그 유명한 신림동 고시촌 '대학동'이다. 수많은 젊은이들이 법조인의 꿈을 키우며 청춘을 반납하는 곳. 우리나라의 대표 대학인 서울대학교가 있어서 대학동이라는 이름이 붙었다고 한다.

팀장은 이곳도 예전처럼 북적대지는 않는다고 한다. 사법시험이 폐지될 예정이기 때문에 요즘에는 고시생뿐 아니라 직장인들이 속속 들어오고 있어서 고시원을 원룸으로 개축하기도 한다고 한다. 나는 공사 중인 건물을 물끄러미 올려다본다.

팀장이 수첩을 담으며 말한다.

"사법시험이 1월인가 2월인가? 며칠 안 남았네. 다들 초조하겠네."

그러자 중후는 "그래요?" 하더니 자기 같은 열등생도 시험 때면 먹을 게 당겼다며 탕수육, 치킨 많이들 시켜 먹을 테니 집집마다 걸지 말고 그냥 저 사람들한테 가서 직접 주면 안 되겠느냐고 한다. 팀장은 아무 대꾸도 하지 않았지만 중후는 긍정의 뜻으로 생각했는지 수첩을 한 무더기 들고 그들에게 다가간다. 팀장 입에서 "저 망할 놈의 자식!"이 튀어나올

즈음, 중후는 학원 앞에 모여 담배를 피우던 네다섯 명의 고시생에게 상가수첩을 건네고도 모자라, 학원 문고리에도 상가수첩을 턱 걸어 놓고 유유히 차를 향해 걸어온다. 차에 올라타는 중후의 머리를 팀장이 한 대 후려치자 중후는 팀장이 자신의 유능함을 질투하는 거라고 투덜댄다. 때마침 차 옆을 지나가는 사람을 보며 중후가 말한다.

"와, 저 사람 몸매 죽인다. 나도 저렇게 돼야 하는데."

연철이 남자를 돌아보며 말한다.

"목표로 삼을 게 없어서 고시생 몸매를 목표로 삼냐?"

"공부하면서 아령 드나 보지. 짱 뽀대 난다. 만져 보고 싶어."

"변태 새끼."

차가 다음 골목에 멈춰 서자 팀장이 아이들의 대화를 끊는다.

"시끄러! 다 내려."

와르르 남자애들이 바람처럼 빠져나간다. 애들이 언덕을 따라 올라간 후 기사 아저씨가 허허 웃으며 지금은 행동이 잽싸지만 조금 있으면 나무늘보 된다고 한다.

팀장은 춥다는 애들에게 "뭐가 춥냐, 하나도 안 춥다."고 했으면서 애들이 시야에서 사라지자마자 잽싸게 차 안으로 뛰어 들어와 손바닥을 비벼 댄다. 기사 아저씨는 나와 팀장이 히터를 켜 달라고 할 때마다 히터를 켜면 남는 것이 없다며 거절한다. 그러고 보니 어제 본 중딩들은 보이지 않는다. 결국 기권한 모양이다.

10분도 안 되어 중후가 차 안으로 들어와 손바닥을 비벼 댄다. 연철은 손바닥을 비빌 힘도 없다며 눈을 지그시 감고 고개를 뒤로 기댄다. 중후 친구인 현서는 잔머리가 잘 돌아가는 것 같다. 추운 날은 아프다고 뒤늦게 문자를 보내온다. 덕분에 중후와 연철이 친해졌다.

팀장이 차 뒤로 가 트렁크 문을 열더니 차 안으로 수첩 몇 뭉치를 더 가져다 놓고 손뼉을 친다.

"자, 한판 더 뛰자."

"팀장님이 하실 거예요?"

"너네가 내 아바타니까 너네가 하면 내가 한 거나 같지."

그때 노숙자로 보이는 남자가 중후에게 다가와 돈을 달라며 손을 내민다. 그가 지나가자 중후가 말한다.

"양심도 없지. 구걸할 데가 없어서 몸 버려 가며 일하는 나한테 달래?"

"몸 버리기는. 내가 포주냐."

"꺄악, 난 순결을 잃었어!"

중후가 소리 지르며 자신의 구역으로 간다. 우리 모두 그 애를 보며 낄낄댄다. "저 자식 굶어 죽진 않겠어. 어찌 저리 말을 잘해? 스무 살짜리가."

"요즘 애들 다 그렇죠. 주워들은 게 많아서."

수없이 늘어선 고시원 간판들을 돌아보며 봉지에 수첩을 담고 있으려니 고시원 총무로 일하던 때가 떠오른다. 얼마 전 그 고시원이 있던 자리를 지나는데 간판이 술집으로 바뀌어 있었다. 순간 가슴이 휑해지며 그때 거기에서 만난 애들은 뭘 하고 있을지, 다들 시험에 합격했는지 궁금해졌다. 그곳에서 일하던 동안에는 인색한 원장이 언젠간 망하고야 말 거라고 생각했지만 이젠 그 사람도 조금 그립다.

4년 전, 나는 한 고시원에 커다란 가방을 내려놓았다. 대체로 고시원 총무는 시험을 준비하는 사람들이 했지만 내게 준비하는 시험 같은 건 없었다. 나는 다만 그동안 살던 고시원보다 더 싸게 들어갈 방을 찾다 얼결에 일하게 된 경우였다. 또 다른 이유라면, 어떻게 알았는지 전입신고를 하지 않고 4년이나 산 고시원에 대부업체로부터 우편물이 날아왔기 때문이었다. 옷 같은 건 미련 없이 모두 헌옷 수거함에 버리고 정말 필요한 것만 쌌더니 짐이라고 해 봐야 트렁크 하나에 다 들어갈 정도였다. 보증금 없는 원룸 따위는 없으니 일찌감치 그즈음에 새로 다니게 된 직장 근처의 고시원들을 둘러봤다. 하지만 고시원 총무로 취직한 지 하루 만에 내 방에 들어

앉은 낯선 여자를 보고 기겁을 했다. 전입신고도 하지 않았는데 어떻게 된 거지? 새벽에 이사했으므로 미행당했을 리 없다고 생각하고 방심한 것이 실수였다. 가련해 보이는 고양이상의 그 여자는 이제껏 나를 찾아왔던 사채업자들과는 달리 조용조용히 말했다.

"몰래 들어오느라 답답해서 혼났네. 너 회사 관둔 이후로 줄곧 미행했어. 나도 너하고 같은 처지야. 그래도 넌 나처럼 액수가 크진 않으니까 나처럼 유흥가로 돌리진 않는 거야. 하지만 과연 언제까지나 그럴까?"

나는 덜덜 떨지 않으려 애쓰며 가까스로 서 있었다. 그녀가 담배를 피워도 되느냐고 묻더니 창문을 열고 담배를 피웠다. 나는 혹시라도 원장이 들르진 않을까 가슴이 조마조마했다. 그녀가 소매를 걷었을 때는 나도 모르게 작게 신음소리를 내뱉었다. 그녀의 팔뚝에는 주삿바늘 자국과 담뱃불 자국이 여러 개 나 있었다.

"도망갈 생각 마. 어디까지고 쫓아갈 놈들이야. 매달 월급의 반만 넣어. 그럼 건드리지 않을 거야. 매달 내가 이렇게 올게, 네 친구처럼. 나 몹쓸 병 걸렸어. 더 이상 그 짓 못 시키니까 수금 시키는 거야. 너 사라지면 나도 힘들어. 좀 도와줘. 부탁이야."

그녀가 방에서 나간 후 한참 동안 몸을 움직일 수 없었다.

그녀의 얼굴에 퍼진 곰팡이 같은 어둠이 질식할 것처럼 끔찍했다. 무슨 짓을 당했기에 저런 얼굴일까. 남의 처지를 생각할 때가 아니다. 나는 스스로에게 정신을 차리라고 질책한 후 방 안을 뒤져 한동안 사용한 적이 없는 가발을 찾았다. 그리고 열 시간도 안 되어 사가정역의 한 출구에 짐짝처럼 멀뚱히 서 있었다.

어떻게 해서 여기로 왔는지 기억나지 않았다. 고시원에서 빠져나와 도망치는 사람 같지 않게 자연스럽게 걸어 전철역에 닿은 후 하이힐을 신은 채로 마구 뛰었다. 술집 여자로 보일 정도로 진한 화장을 하고 노출이 심한 옷을 입었으니 혹시나 그들이 고시원 앞에 차를 대고 있었다 해도 나를 추리닝 차림의 고시원 총무라고 생각했을 리 없었다. 지하의 단란주점에서 나오는 여자인 줄 알았으리라. 맘씨 좋아 보이는 고시원 원장이 얼마나 황당했을까 생각하니 씁쓸했다. 그녀는 출산을 앞두고 있어 총무를 구한다고 했는데, 죄책감마저 들었다. 원장에게 급한 일이 생겨 일을 못 하게 되었다는 문자를 남기고 즉시 전화기를 처분했다.

서울에는 집을 가진 사람이 없는 건지 그곳에도 고시원이 즐비했다. 어디든 거주지를 정해야겠다는 생각에 좀 얌전한 옷으로 갈아입은 후 지하에 있는 고시원으로 들어갔다. 지하는 원체 좋아하지 않지만 왠지 지하가 더 안전할 것 같다는 생각이 들었다. 벽을 바른 연노란색 벽지가 조금 위로가 되었다. 그 고시원 복도에도 총무 구인 광고가 붙어 있었다.

들어가 문의하려는데 원장으로 보이는, 머리가 희끗한 남자가 면접 보러 왔느냐고 물었다. 내가 우물거리자 그는 앉으라고 하더니 길게 말을 늘어놓았다.

"오후 총무 구하는데 저녁 7시에서 다음 날 8시까지예요. 청소하는 아줌마는 따로 있으니까 밥해 놓고 방 보러 오면 보여 주고 가끔 열쇠 잃어버리는 사람 있으니까 문 따 주면 돼요. 밤 12시에는 들어가 자고 아침 7시 정도 일어나서 밥하면 되고요. 월급은 30인데 방을 공짜로 주니까 60~70 버는 것과 마찬가지야. 어때?"

그는 내가 벌써 총무라도 된 줄 아는지 어느새 반말이었다. 짧은 시간에 빠르게 머리를 굴렸다. 어차피 저녁엔 할 일이 없어서 시간 때우는 게 태반인데 고시원 총무도 나쁘지 않을 것 같았다. 그때 모자를 눌러쓴 여학생이 들어와 총무를 구하느냐고 물었다. 원장은 빙긋 웃으며 벌써 구했다고 답했다. 나는 나가기 전에 원장에게 물었다.

"그런데 여기가 무슨 동이죠?"

면목 3·8동. 일자리를 구한 과정만큼이나 생뚱맞은 동명이었다. 원장은 이곳이 면목 3·8동이 된 것은 얼마 되지 않는다고 했다. 알고 보니 동이 축소되면서 면목 3동과 면목 8동이 하나로 합쳐져 면목 3·8동이 된 모양이었다. 면목동이란 이름부터가 재미있었다. 원장은 우스갯소리로 면목 없는 사람들이 몰려와 살면서 면목동이 되었다고 했지만 나는 며칠 뒤 인터넷 검색을 해 보았다. 이곳 면목동에는 조선 시대에 말 목장이 있었는데 말 목장의 문이 있던 곳이어서, 그러니까 목장을 앞에 두었다는 뜻에서 면목동이 된 것이다. 이곳이 예전에는 목장이었다니. 괜히 낭만적인 분위기에 휩싸인 나는 주말이면 근처로 나가 목장의 흔적을 찾아보곤 했다. 그러다가 중랑천을 발견했는데 중랑천을 따라 걷다 보면 강물처럼 방향이라도 알고 흘러가면 좋겠다는 생각이 들어 쓸쓸한 기분이 들곤 했다.

첫날은 근처 찜질방에서 자고 다음 날 바로 고시원에 짐을 풀었다. 새로 들어간 회사에서 먼 거리였지만 냉장고에 텔레비전이 있는 방이 생기니 세상을 다 얻은 듯했다. 하지만 아무리 생각해도 이 방이 30~40만 원짜리 방 같진 않았다. 나중에야 알았지만 총무 급여도 다른 곳보다는 적은 편이었다. 하지만 등본을 떼어 오라는 둥 까다롭게 굴지 않아서 불만을 품을 수 없었다. 그 방에 머문 이후 한동안은 악몽에 시달렸다. 다시 나를 찾아낸 사람들에게 납치당해 유흥가로 내몰리는 꿈을 꾼 날이면 잠에서 깨어나서도 한참 동안 호흡을 가다듬기 힘들었다. 얼굴 없는 사람들이 내 팔을 잡고 강제로 끌고 가 차에 태워 입에 테이프를 붙이고 손목을 묶어 작은 방에 가두는 꿈. 그런 꿈은 너무나 생생해서 꿈이란 것을 확인하고 나서도 저절로 떨리는 몸을 진정할 수 없었다.

나는 내친김에 이곳에서 엄마가 틈날 때마다 전화기에 대고 노래를 부르는 공무원 시험 공부라도 할까 생각했지만 금세 그런 기분이 달아나고 말았다. 고시원 총무는 좋은 말로 하면 총무고 나쁜 말로 하면 식모였다. 총무가 공부에 집중하기는 사실상 불가능했다.

원장은 내게 특별한 임무를 내렸다. 자기가 다른 건 다 참아도 남녀가 합방하는 꼴은 못 본다는 것이었다. 하지만 남녀 층 구분이 없는 3층짜리 고시원에서 남녀가 합방하는지 여부를 총무가 알아내기는 어려웠다. 하루 종일 시시티브이를 들여다보고 있지 않고서야. 그에 대해 물으니 대답이 또 기가 막혔다.

"층 분리한 고시원이랑 안 한 고시원 중에 어느 쪽 입주율이 더 높을 것 같아?"

"다른 곳은 같이 있으면 불편하니까 분리한 거 아닌가요? 입주율도 낮을 것 같아요."

"아니야, 아니야. 다른 곳은 모르지. 하지만 이렇게 대학가는 혼합층이 더 높아. 중학생들도 남녀공학이 더 성적이 좋다잖아. 욕실도 남녀 같이 쓰게 했더니 더 깨끗하잖아? 모르긴 해도 같은 층에 맘에 드는 이성이 사는데 설마 방 빼겠어?"

역시 음흉한 인간. 남녀의 그런 심리를 이용하는 주제에 합방을 감시하라는 건 또 뭔가.

"예전에 기가 찰 일이 있었어. 3층 사는 녀석이 지 여자 친구를 두 달이나 방에서 재운 거야. 재우기만 했어? 아주 살림을 차렸더만. 방 안에 버너까지 갖다 놓고 아주 지랄을……."

원장은 그들의 문 앞에서 남녀의 웃음소리를 몇 번 들은 적이 있었지만 애인을 데려온 것이겠거니 하고 몇 번 눈감아 줬다고 했다. 하지만 버너 사용은 금지되어 있는데도 그들이 안에서 라면을 끓이다가 화재경보기가 울렸고 그 바람에 덜미가 잡혔다고 했다. 바퀴벌레 한 쌍이 불을 얹은 채로 일을 치르다가 일을 냈다는 것이 원장의 주장이었다.

"뜯어 놓은 라면 봉지, 뻔하잖아?"

쓴웃음을 지었지만 남의 일 같지 않았다. 이 좁은 고시원에 기어 들어와야 하는 연인이 안쓰러웠다. 연애 초반에는 불을 얹은 것 따위 쉽게 잊기 마련 아닌가.

"이해가 안 가. 어떻게 불 얹어 놓은 걸 잊어버리고 그 짓을 해? 요즘 것들은 개념이 없어. 지저분해. 우리 때는 안 그랬어. 여자는 결혼할 것이 분명한 사람하고만 했다고."

"그럼 원장님도 결혼할 것이 분명한 여자하고만 했어요?"

"그야, 남자는 다르지."

원장은 능글맞은 웃음을 짓더니 남녀의 차이에 대해 일장 연설을 늘어놓았다. 대충 요약하자면 여자의 궁둥이 속에 있는 자궁은 단 한 개의 난자를 가지고 있지만 남자의 거시기 속 정자는 수억 마리고 성격까지 급하므로 그건 어쩔 수 없는 일이란 것이었다.

입실자 중 친해진 사람은 두 명 정도였다. 모두 열 달 이상 거주한 사람들이었다. 보증금이 없는 고시원의 평균 거주 기간은 여섯 달 정도로 입실자들은 대개 다른 고시원이 좋다고 하면 금세 빠져나갔다. 이러니 방이 두 개 이상 비면 원장의 잔소리가 늘어났다. 입실자 관리를 안 한다느니 내 공부에만 관심이 있고 고시원 개선에는 관심이 없다느니, 이럴 줄 알았으면 회사원은 고용하지 않았을 거라느니. 나는 어쩔 수 없이 주말이면 거리로 나가 고시원 홍보 전단을 붙였고 나중에는 미리 홍보해서 빈방이 생기지 않도록 신경을 썼다.

미영이가 쌀을 조금씩 빼 간다는 것을 알게 된 건 어느 날 새벽이었다. 한밤중에 악몽에서 깨어난 나는 부엌에서 부스럭거리는 소리에 겁을 먹었다. 새벽에 밥을 먹는 사람들이 가끔 있었지만 밤에 이태원 클럽에서 일한다는 남자 입실자가 지난주에 방을 뺐기 때문에 불길했다. 게다가 당시는 세간을 시끄럽게 한 고시원 방화범 사건이 채 잊히기 전이었다. 한 입실자가 걱정이 됐는지 신원이 보증된 입실자를 받는 거냐고 물었을 때 나는 그렇다고 답했지만 신원보증은 개뿔, 방세 밀리지 않고 낼 사람인지만 분명히 하고 입실자를 받는 실정이었다. 원장의 명령이기도 했고 총무의 입장에선 어쩔 수 없었다. 만실일 경우 인센티브가 주어졌는데 언제 나갈지 모르는 사람들에게 등본을 떼어 오라고 하면 바로 옆 건물에 있는 고시원으로 옮겨 갈 것이 분명했다.

나는 발소리를 내지 않고 살금살금 부엌 쪽으로 갔다. 머리를 질끈 동여맨 여자는 미영이었다. 방세가 싼 지하방에 사는, 임용고시를 준비 중인 인근 대학 사범대생 미영이.

"미영아, 뭐 해?"

미영이의 손에 들린 검은색 봉지가 바닥에 떨어지자 쌀알이 와르르 쏟아졌다. 꽤 많은 양이었다. 미영이는 얼굴이 벌게져서는 아무 말도 못 했다. 나는 진정하라고 하고는 정수기에서 뜨거운 물을 두 잔 받아 식탁에 앉은 미영이 앞으로 내밀었다.

"집에 보내 주려고 그랬어요."

"집에? 집안 형편이 어렵니?"

미영이는 할머니 손에서 자랐고 배 다른 남동생이 하나 있다고 했다. 어머니는 할머니에게 아이들을 맡기고 재혼한 눈치였는데 미영이는 중학교 1학년인 남동생을 무척이나 아끼는 것 같았다. 솔직히 어이가 없었다. 1960년대도 아니고 쌀을 훔치다니. 하지만 어린 남동생이 종종 고시원으로 찾아와 쌀이 떨어졌다고 하니 어쩔 수 없다고 했다. 그러고 보니 원장이 몇 달 전부터 쌀이 유난히 빨리 동난다고 했었다. 나는 어이도 없고 미영이가 딱하기도 해서 매달 미영이를 대신해서 쌀을 퍼 주겠다고 했다. 돈을 아끼려고 온갖 비품을 최저가 품을 사용하는 주제에 휴게실 벽에는 "우리 고시원에서는 입실자들의 건강과 행복을 위해 최고급품만을 사용합니다."라고 써 붙인 원장의 고시원에서 쌀을 조금 빼낸다고 안 될 이유가 뭐란 말인가. 그러면서 원장은 고시원에 찾아와 용돈을 달라는 늦둥이 중학생 아들에겐 미영이가 낸 한 달 치 방세를 덥석 쥐어 주곤 했다. 다 같이 아이 키우는 입장인데 원장도 그 정도는 이해해 줄 것 같았다. 게다가 따지고 보면 미영이의 남동생이 세상에 태어나 쌀도 없이 배를 곯게 된 건 원장 같은 성격 급한 남자들 때문이 아닌가.

미영이는 종종 밤에 내 방으로 숨어들곤 했다. 지하 방은 창문이 없어서 가슴이 답답하고 불이 날까 봐 무섭다고 했다. 가끔 소방방재청에서 나와 지하 방의 화재 위험성에 대해 경고하곤 했지만 원장은 신경 쓰지 않는 눈치였다.

또 한 명 친해진 사람은 나보다 나이가 많은 아줌마였다. 돌싱이었으니 아줌마라는 호칭은 맞지 않지만 그녀는 고시원의 최고 연장자로 성격이 화끈했다. 오후 3시쯤에 나가서 새벽 2시가 넘어 들어왔는데 종종 내게 간식거리를 사다 주는 유일한 사람이었다. 문제는 그녀의 나이였다. 그녀는 마흔세 살이었는데 원장은 고시원 물을 흐린다며 마흔 살 이상의 입실자에게는 퇴실을 권하라고 했다. 대학생들이 자기 옆방에 아줌마 아저씨가 살면 좋겠어? 다른 데로 가라고 해. 연장자들만 받는 고시원도 있으니까. 어딜 가든 물 흐리게 생긴 원장이나 요구할 법한 규정이었다.

나는 어느 날 새벽, 잠을 자지 않고 있다가 언니가 퇴근했을 즈음 언니 방의 문을 두드렸다. 노크해도 대답이 없어서 문을 열고 들어갔다. 그녀는 콧노래를 부르며 샤워 중이었다. 그 방은 지하에서 2층까지의 3층짜리 고시원 전체를 통틀어 다섯 개밖에 안 되는 샤워룸 중 하나였다. 방세는 가장 싼 방의 두 배가 넘었다. 그때 그녀가 문을 열고 나왔다.

"죄송해요. 문이 열려 있어서."

"어머, 총무님 무슨 할 말 있어? 그럼 내가 옷 입고 1층 방으로 내려갈게."

자정 이후로는 내 임무도 끝나므로 사무실이 아닌 1층의 내 방에서 만나야 했다.

그녀는 금세 샴푸 향기를 풍기며 내려왔다. 손에는 캔 맥주를 들고 있었다. 그녀가 콧소리를 내며 침대로 올라왔다.

"우리 총무님 술친구 필요한 거 아니야? 밤늦게 날 다 찾아오고."

그 무렵 언니의 귀가 시간이 더 늦어져 한동안 잠잠했지만 언니랑 가끔 새벽에 술잔을 기울이곤 했다. 언니는 다양한 일을 하는 사람이었다. 의류 판매원, 생산직 노무자, 건물청소까지, 안 해 본 일이 없었다. 당시에는 이런저런 공장을 전전하는 눈치였다.

"나도 20~30대에는 더 쉬운 일 했어. 근데 나이 드니까 정말로 할 일이 없어. 나야 대학도 못 나왔고 처음부터 전문식을 꿈꿀 형편도 아니었지. 젊을 땐 중소기업 사장 비서도 했어. 그때가 좋았지. 좋은 데도 따라가 보고. 구애하는 남자도 꽤 있었고."

언니는 꿈꾸는 얼굴이었다. 언니는 그때도 매력적인 얼굴이어서 예전엔 꽤나 인기가 있었을 것 같았다. 언니는 술만 한 잔 들어가면 옛날 얘기도 곧잘 했지만 자신이 왜 지금 혼자 지내는지, 왜 집도 없이 고시원을 전전하는지에 대해서는 말해 주지 않았다.

"그런데 언니 이제 마흔셋이네. 고시원은 좀 불편하지 않아요?"

"누군 이러고 싶어서 이러니. 사실…… 에이, 이런 말 안할래. 우울하다."

"뭔데요? 말해 봐요."

내가 채근하자 언니는 맥주를 한 모금 마신 후 말했다.

"사실 내가 빚이 많아. 내 빚도 아니고 전남편 빚이거든. 그리고 그 사람이 날 찾고 있다더라고. 하도 주먹질을 해서 이혼했는데 하여간 끈질긴 놈이야. 사실 조연희란 이름 가명이야. 비밀 지켜 줄 거지?"

나는 고개를 끄덕였다. 언니가 다시 밝게 웃었다.

"무엇보다 직장이 이 근처잖아. 그리고 젊은 애들하고 사는 거 얼마나 좋니? 젊어지는 기분이라고 할까. 넌 안 그래?"

나는 그렇지 않았다. 30대 초반이라 아직 20대의 날것 같은 젊음이 그립다기보다 그런 건 당분간 덮어 두고 싶었다. 나는 결국 해야 할 말을 하지 못했다. 빚 때문에 고생하는 사람은 빚처럼 어딜 가나 널려 있었다.

연희 언니에게 퇴실을 통보한 것은 원장이었다. 언니와 원장은 새벽에 목청을 높여 가며 싸웠는데 언니는 인권침해라며 고소하겠다고 했다. 원장은 그 말에 겁을 먹었는지 밀린 한 달치 월세를 내지 않아도 되니 짐을 정리해 달라고 했다.

연희 언니와는 작별 인사를 하지 못했다. 내가 휴게실을 정리하는 사이 조용히 방을 빠져나간 모양이었다. 하지만 언니의 방 책상 위에는 내게 남긴 쪽지가 있었다.

"지금 너를 힘들게 하는 것들이 언젠가는 시간에 묻혀 사라질 거야. ─ 조연희가"

나도 얼마 못 가 고시원 총무 생활을 청산했다. 때마침 미영이에게 주려고 가득 퍼서 내 방에 놓아둔 쌀을 원장이 발견한 것도 이유 중 하나였다. 나는 아무렇지도 않게 내가 산 쌀이라고 했는데 원장이 믿을 리 없었다. 그 망할 놈의 노인네는 쌀값으로 2만 원을 제하고 월급을 줬다. 고시원을 그만두던 날 나는 미영이와 서로 연락처를 주고받았다.

봉고차가 한 아파트 단지 안으로 들어선다. 수첩을 봉지에 담다가 무심코 고개를 들어 보니 커다란 나무가 보인다. 겨울이라 잎은 떨어졌지만 하늘로 손을 뻗고 있는 모습이 봄, 여름, 가을의 모습을 상상하게 만든다.

기사 아저씨가 뒤를 돌아보며 아이들에게 어서 장군님께 인사드리라고 한다. 무슨 소린가 했더니 저 나무는 이름하여 '서울 신림동 굴참나무'로 문화재로 지정된 귀하신 몸인데 고려 때 강감찬 장군이 지나가다가 지팡이를 꽂은 것이 저 나무가 된 것이라고 한다. 수령이 1000년이 넘었다고 아저씨가 덧붙이자 중후와 연철은 나가지 말라는 팀장의 명령에도 밖으로 뛰어나가 나무 앞에서 사진을 찍는다. 중후가 차로 뛰어 들어오며 정말 1000년이 넘었다고 써 있다며 호들갑을 떤다. 연철은 1000년이라니 왠지 무섭다고 한다.

"맞아. 구미호도 아니고. 세상에 1000년 묵은 것치고 독하지 않은 건 없을 거야."

울타리가 쳐져 있긴 하지만 1000년 먹은 어른 대접을 충분히 받고 있진 못한 것 같다. 나무 근처에는 오토바이가 세워져 있고 쓰레기 수거함도 놓여 있다. 숲도 아닌 도시, 그것도 아파트 단지 내에서 오랜 시간 서 있는 나무. 나는 왠지 측은해져서 나무를 올려다본다.

신림역으로 향하는 길에 팀장이 말한다.

"여기도 묘한 동네예요. 지하철 2호선 개통하면서 관악구에서 가장 번화한 곳이 됐거든요."

기사 아저씨도 거든다.

"여기에 27만 명이 살아. 큰 동네지. 나무가 무성해서 신림동이고. 삼성동은 옛날에 밤골이었어. 밤나무가 많았대."

밤나무가 우거진 과거의 모습을 상상해 보지만 유흥업소와 상가가 밀집한 현재의 모습에서는 그림이 그려지지 않는다.

생각난 김에 퇴근길에 오랜만에 미영에게 전화를 건다. 손이 꽁꽁 얼어 신림역에 들어서자마자 전화기 폴더를 열기가 힘들다. 미영은 꺄악, 소리를 지르며 반가워한다. 임용고시를 포기한 미영은 취업 준비에 여념이 없다고 한다. 너무 많이 떨어져서 요즘은 식충이가 된 것 같다고도 한다. 나는 미영에게 한마디 하고는 전화를 끊는다.

"언니는 이제 프리터야."

청담동

누가 뭐래도 이곳 청담동은 부자들의 집합지다. 주변 동네도 모두 부자 동네다. 남쪽으로는 삼성동, 북쪽으로는 성수동, 자양동, 그리고 서쪽으로는 그 유명한 오렌지족의 압구정동이다. 그래도 부자가 되기를 꿈꾸는 사람들은 청담동을 최후의 종착지로 삼고 있지 않을까. 연예인들과 어깨를 나란히 하고 걸을 수 있는 동네. 고급 빌라에 살면서 햇볕을 쪼이는 권리라는 일조권 때문에 이웃과 시끄럽지 않게 법정 소송을 벌일 수 있는 동네.

팀장은 여기가 서울에서 가장 군더더기 없는 동네라고 말한다. 그러고 보니 이곳은 다른 동네와 비교해 10여 년 전과 크게 변한 게 없는 것 같다. 워낙 군더더기가 없어서인지 세

부적인 변화는 어떤지 몰라도 전체적인 분위기는 큰 변화가 없어 보인다. 하지만 그 거리를 지나는 순간, '그곳'이 없어졌다는 것만은 단숨에 알아보았다. 그곳이 있던 자리에는 당구장이 들어서 있다. 나는 팀장에게 저 골목은 내가 돌리겠다고 하고는 수첩을 손에 들고 그곳을 향해 다가간다. 동생들이 진심으로 감사의 함성을 퍼붓는다.

"우후, 역시 멋진 누나!"

지하로 내려갔는데 정말로 흔적도 없다. 스튜디오가 있던 자리에는 플라워숍이, 레스토랑이 있던 자리에는 당구장이 들어서 있다. 혹시나 근처로 이사 갔나 싶어 상가수첩을 펼쳐 식당 목록을 훑어보지만 보이지 않는다.

대학 2학년을 마치고 나는 휴학계를 제출했다. 일자리를 알아본 동네는 청담동이었다. 왜 하필 그곳이냐고? 이유는 간단했다. 그곳이 돈 많은 인간들이 드나드는 곳이니 팁을 받아도 짭짤하지 않겠는가. 고급스러운 음식점과 카페가 줄줄이 늘어선 거리의 맞은편에 서서 간판들을 천천히 둘러보았다. 삐까뻔쩍한 건물들 하며…… 벌써 돈 냄새가 묻어나는 것 같았다. 다 그만그만한 가게들이었지만 유난히 시선을 잡아끄는 간판이 있었다.

'천상의 목소리'로 들어가는 길은 지하로 나 있었다. 지하로 내려가니 '천상의 목소리'라는 레스토랑 옆에 '천상의 스튜디오'라는 간판을 붙인 사무실이 있었다. 유리문에 적힌 천상의 목소리라는 글자를 손으로 밀고 들어가니 막 졸고 있던 아저씨가 일어나 자세를 바로잡았다. 아저씨가 일어남과 동시에 출렁거리는 뱃살이 굽이치는 소리가 들렸다. 게슴츠레한 눈을 씀벅이던 그는 소리까지 내며 하품을 쩍 하더니 "어서 오세요."라고 했다. 나는 그에게 다가가 아르바이트를 구하러 왔다고 말했고 싱겁게도 3초 만에 내일부터 일하러 오라는 말을 들었다.

레스토랑 내부를 천천히 둘러보았다. 이름과는 달리 평범한 인테리어의 레스토랑이어서 조금 실망했다. 청담동 레스토랑이라고 다 고급스러운 건 아닌 모양이었다.

당장에 돈이 급했으므로 나는 그곳에서 일하기로 했다. '천상의 목소리'는 인테리어도 평범했지만 그곳에 드나드는 손님들도 특별할 것이 없었다. 커피도 팔고 식사도 파는 특별한 목적이 없는 레스토랑이었는데 손님도 지나치게 없어서 일하는 내내 시계를 쳐다보고 있어야 했다. 일터에서는 일이 많은 것보다 적은 것이 더 힘들다는 것을 그때 알았다.

이곳의 주 손님 층은 주변 회사원들이었다. 점심시간인 12시가 되면 한두 명씩 사람이 몰려들다가 1시가 되면 자리가 꽉 찼다. 가격은 별로 비싸지 않은 4000원 선이었고 제육볶음이니 카레덮밥, 된장찌개 같은 것이 주 메뉴였다. 게다가 오늘의 메뉴라는 것이 있어서 하루에 요리하는 음식은 두 가지로 정해져 있었다. 손님들은 좋든 싫든 두 가지 중 하나를 먹어야 했다. 음식 맛 역시 평범했는데 손님들은 상대적으로 싼 식사 값에 커피나 콜라, 사이다 같은 후식 음료가 공짜로 나오기 때문에 찻값을 아끼려고 이곳을 찾는 것 같았다. 어쨌든 하루 중 가장 바쁜 시간은 그때뿐이었다. 그때가 지나면 퇴근 시간인 저녁 5시까지 파리와 모기 말고는 손님이 없어서 시급을 받는 것이 미안할 정도였다. 멋진 제복을 입고 스테이크, 와인 등을 서빙하는 것을 상상했던 내 기대와는 완전히 어긋나고 있었다.

그곳에서 일한 지 일주일이 되던 날 레스토랑 사장님을 보게 됐는데 뜻밖에도 그녀는 이름이 꽤 알려진 성우였다. 커다란 덩치의 그 여인은 온 국민이 사랑한 동그란 과자의 광고 멘트를 녹음해 일약 스타급 성우가 된 사람이었는데, 최고 미녀 스타들의 목소리를 도맡아 녹음하는 꽤 유명한 성우였다. 알고 보니 레스토랑 옆에 있는 스튜디오도 그녀가 운영하는 곳이었다. 그제야 레스토랑이 왜 그렇게 한가한지 알 것 같았다. 그녀가 중점을 두는 것은 성우 사무실이었으므로 레스토랑은 그리 신경 쓰지 않는 것이다.

그녀는 늘 긴 생머리를 고수했고 언제나 공주처럼 우아해 보이는 옷을 입고 사뿐사뿐 걸으며 레스토랑의 이곳저곳을 돌아다녔다. 일주일에 사흘은 디자인만 조금씩 다른 레이스 달린 흰색 드레스를 입어서 '웨딩드레스'라는 별명까지 갖고 있었다. 아마도 독신 여성이라 그런 별명이 붙은 것 같았다. 하지만 사장님답게 아르바이트생들에게 이것 해라 저것 해라 하는 등의 스트레스를 주지는 않았다. 그녀는 그런 사소한 일에 신경 쓸 틈이 없었다. 그녀는 단 10분의 노력으로 500만 원의 목소리 값을 얻어 내는, 말 그대로 천상의 목소리의 소유자였던 것이다.

'천상의 목소리'를 책임지고 있는 구성원들은 모두 개성이 넘쳤다. 겨우 세 명밖에 되지 않았지만 모두들 직급이 분명했다. 사장님을 대신해서 레스토랑을 책임지고 있는 40대 뱃살 아저씨는 실장님으로 불렸다. 불룩 나온 배와 넘실대는 턱살처럼 항상 여유가 넘치는 사람이었는데 자기가 왕년에 호스트바에서 일했다는 것을 무슨 대단한 자랑거리처럼 말했다. 알바생들이 웃으면서 설마…… 하는 눈치를 보이자 그는 자신의 배를 내려다보며 예전에는 이 배가 있는 자리에 '왕' 자가 새겨져 있었다고 너스레를 떨었다. 그는 자신이 일하던 호스트바에 자주 오던 한 탤런트 이야기를 하며 자신이 그녀의 파트너를 세 차례나 했다는 말을 그녀가 텔레비전에 비칠 때마다 했다. 엄청난 허풍선이에, 성우 사장님이 오면 자신이 룸에서 자고 있는 것이 아니라 시장에 재료를 사러 갔다고 말하라고 아르바이트생들을 교육시킬 만큼 직장 일에 별로 의욕적이지 않은 사람이었지만, 딸아이에 대한 애정은 대단해서 두 시간 단위로 딸아이에게 전화를 걸어 하고 있는 일이 무엇인지를 확인할 정도였다. 그와 요리사님은 정말 죽이 잘 맞았는데 남자는 나이가 들어도 애라는 말을 증명하는 듯했다. 그들은 툭하면 카운터는 내게 맡긴 채 둘이서 고개를 맞대고 목소리를 낮춰 어젯밤에 채팅으로 만났다는 여고생 이야기나 마누라 몰래 경마에 걸어서 거덜 난 월급 이야기, 그리고 인터넷에 떠도는 여자 연예인들의 포르노 비디오에 대한 이야기를 했다.

요리사님에게 과장님이라는 직함을 붙여 준 사람도 실장님이었다. 요리사니 매니저라는 말보다는 화이트칼라들이 쓰는 직함을 쓰자는 것이 이유였다. 그들이 서로 이 과장, 손 실장 하며 부를 때면 왠지 이상했다. 대부분의 시간에 실장님은 룸에 들어가서 낮잠을 자면서 시간을 보냈고 과장님은 경마를 하거나 눈에 넣어도 아프지 않을 토끼 같은 자식들과 통화를 하며 시간을 보냈다. 과장님은 자신의 못 다 이룬 꿈을 세 아들이 이루어 줄 거라며 장차 최고의 만화가가 될 세 아이들 자랑을 오랫동안 늘어놓았다. 그가 생각하는 최고의 직업은 이현세처럼 돈과 명예와 일의 재미를 동시에 충족하고 사는 만화가였다. 그는 자신의 아들들을 이 작가님이라고 불렀다.

주방 아줌마는 가장 부지런한 축에 속하는 사람이었는데 그녀가 없으면 레스토랑이 어떻게 돌아갈까 싶을 정도였다. 그녀는 자신이 두 남자의 누님이라도 되는 듯이 그들을 이해하고 그들의 몫까지 일하려고 마음먹은 듯했다. 그녀 역시 현재의 생활을 불평 없이 유지하게 해 주는 믿음직한 아들이 있었다. 그녀의 직함은 주방 보조가 아니라 부과장님이있다. 그들은 건강하게 자라나고 있는 아이들을 바라보고 있다는 공통점으로 똘똘 뭉쳐 있었다. 나는 그들을 깍듯이 직함을 붙여서 불렀다. 덕분에 그곳에서 일하는 동안 맛있는 점심을 대접받을 수 있었다. 약간의 허점이 있는 인간적인 사람들을 관찰하면서 시간을 보내는 일도 나름대로 재미있었다. 그들은 인생이 갑자기 변할 리가 없다는 것을 잘 알고 있으면서도 미래의 꿈을 큰 소리로 떠들어 댔고 가끔씩 낮술을 마시며 서로를 위로했지만 자신들의 단조로우면서도 비슷한 일상에 큰 불만은 없는 것 같았다. 이들에게 어느 누가 뭐라고 할 수 있겠는가. 어느 누가 이들 나름의 안정된 행복을 빼앗아 갈 수가 있겠는가. 그런데 그로부터 몇 달 뒤 이 천국에 불청객이 찾아들었다.

그날은 사장이 점심을 먹으러 들르는 일주일의 두 번 중

하루인 목요일이었고 보통 때처럼 다이어트를 한다고 한 번 가져갔던 스파게티의 양을 반으로 줄여 오라고 내게 명령한 날이었다. 과장님은 "으이구, 30분 뒤에 다시 던 만큼 가져오라고 할 거면서."라고 이기죽거렸는데 신기하게도 30분 뒤 그녀는 너무 많이 덜었으니 다시 가져오라고 말했다. 그녀 앞에는 처음 보는 남자가 앉아 있었는데 "명선아." 하고 사장의 이름을 부르는 것으로 봐서는 사장의 친구인 것 같았다. 그는 사장 앞에서 사장을 찍은 사진을 여러 장 내보이며 이것이 가장 날씬하게 나왔다며 한 장을 적극 추천했고 사장은 "아니, 이게 더 날씬해 보이지 않아?" 하며 내가 보기엔 똑같은 두 장을 열심히 비교하고 있었다. 목에 걸린 카메라로 봐서 그는 아마도 사진 찍는 일을 하는 사람 같았다. 그러고 보니 복장이 소위 예술 하는 사람들과 비슷한 구석이 있었다. 쉰이 넘은 나이에 꽁지머리를 하고 베레모를 썼고 멜빵바지 차림이었다. 짧은 목에 선글라스를 달고 있는 모습이 웃음을 자아냈지만 너무나 예의 바른 모습 때문인지 그런 것조차 순수하게 보였다. 얼굴에 어딘가 비굴해 보이는 개기름이 흐르고 배가 불룩 나와서 임신한 여자를 연상시키는 우스꽝스러운 모습도 당시엔 잘 눈에 들어오지 않았다. 그는 레스토랑에 도착해서 사장을 기다릴 때도 내게 최고의 경어체를 쓰고 허리까지 굽실거리며 사장님 아직 안 오셨느냐고 물었고, 레스토랑을 떠날 때도 자기 커피 잔을 내게 직접 갖다 줄 정도로 예의를 차렸다. 하지만 첫인상이 맞아떨어지는 사람은 실장님 같은 사람밖에는 없다.

그로부터 사흘째 되던 날 아침, 그가 이전 날과 똑같은 복장에 빨간색 나비넥타이를 맨 채로 다시 찾아왔다. 짧은 다리로 잰걸음으로 걸어 들어온 그가 내게 다가와 손을 내밀며 이렇게 말했다.

"반갑습니다, 아가씨. 오늘부터 우린 같이 일하게 됐습니다. 사장님한테 말 못 들으셨습니까? 내가 이곳의 새로운 책임자라는 것 말입니다. 그런데 이름이……?"

그는 연신 자신의 직장 상사라도 대하듯이 등을 굽실거리고 내게 손까지 내밀며 이름을 물었다.

"백…… 인주예요."

"아, 인주 씨군요. 하하. 내 이름은 주구진입니다. 앞으로 잘 지내 보십시다. 우리 이 레스토랑을 크게 한번 일으켜 보자고요!"

얼결에 악수를 하고 이름을 밝혔지만 내시를 연상시키는 그의 행동에 웃음을 참기 힘들었다. 도무지 상황이 이해되지 않았다. 새로운 책임자라면서 알바생에게 최고의 경어체를 쓰는 것도 그렇고 몸에 밴 저 비굴한 행동과 표정은 또 뭐란 말인가. 게다가 파리와 모기를 귀빈으로 관리하고 있는 이곳을 크게 한번 일으켜 보자고? 어쨌든 그때까지 나는 그를 지나치게 겸손한 사람 정도로 생각했다.

갑자기 새로운 책임자가 들어와서 쥐구멍만 한 레스토랑에 책임자가 두 명이 되었고 레스토랑의 공기는 다른 성분이 섞인 것처럼 텁텁해졌다. 잘 보이진 않지만 먼지가 낀 것을 느낌으로 알아챌 수 있는 것처럼 천상의 목소리 구성원들은 날이 갈수록 표정이 달라졌다.

그는 어떤 땐 자존심 같은 건 한 가닥도 남아 있지 않은 사람 같았다. 그는 며칠 전까지 이름을 부르는 친구 사이였던 성우 사장님께 허리를 직각으로 굽혀서 인사를 했다. 그러고는 군대에 갓 입대한 이병등처럼 "나오셨습니까, 사장님!" 하고 구령 붙이듯이 인사를 했다. 그는 또 자신을 주 사장님이 아니라 '주구진 사장님.'이라고 불러 달라고 부탁했고 "인주야." 하고 부르는 과장님이나 실장님과는 다르게 날 "백인주 씨." 하고 무슨 대기업의 신입 사원 부르듯이 불렀다. 그의 지나치게 예의 바른 행동은 날이 갈수록 사람들을 불편하게 만들었는데 그는 욕 한마디 안 하고 사람들이 자신을 피하게 만드는 재주가 있었다. 나는 과장님과 실장님에게 노골적으로 따돌림을 당하는 그가 조금 안쓰러워 가끔 말동무가 되어 주었지만 그는 타인이 자신과 한 번 말을 섞고 나면 다시는 눈도 마주치고 싶지 않게 만드는 재주도 갖고 있었다. 일할 때가 아니면 천상의 식구들은 모두들 주방이나 룸에 틀어박혀 그와 얼굴을 마주하는 것을 피했으나 점심을 먹을 때는 어쩔 수 없이 모두가 빙 둘러앉아야만 했다. 그는 왕년에 자신이 청와대의 사진 기자였으며 유명한 연예인들의 사진을 독점적으로 찍었다고 떠벌리곤 했는데 자기 말을 잘 들으면 언젠가 자신의 제자나 마찬가지인 H나 C와 같은 왕년의 스타들을 이곳으로 초청해서 함께 점심을 먹게 해 주겠다고 진지하게 말하곤 했다. 과장님은 한시도 그와 얼굴을 마주하기가 싫어서 반찬도 없이 밥을 세 숟갈에 뚝딱 입속에 마구 쑤셔 넣고는 주방으로 들어가 전화로 경마를 하곤 했다. 그러면 부과장님도 잠시 그의 말을 들어주는 척하다가 과장님이 계신 주방으로 들어가서 다 씻어 놓은 그릇들을 매만지는 것이었다. 실장님은 언제 나갔는지도 모르게 자리에 없었다. 그러면 주구진 사장은 홀로 남은 나를 귀찮게 하기 시작했다. 하루는 자신이 왕년에 스타들의 사진만 찍은 것이 아니라 누드 사진도 찍었다면서 인주 씨도 그런 사진을 원하면 자신에게 말하라고 느물느물하게 말했다. 나는 온몸에 소름이 돋아서 내가 왜 그런 사진을 찍느냐고 버럭 소리를 질렀다. 그는 여자는 가장 아름다운 시절의 모습을 사진으로 남기고 싶은 것 아니냐면서 자기는 여자의 벗은 몸을 봐도 아무런 느낌이 없다고 자랑스럽게 말했다. 그 이후로 주방에서 그의 별명은 발기부

전이 되었다. 천상의 식구들은 그가 밖에서 들어오는 것을 보면 "발부 왔다!"라고 외치곤 했는데 그는 자신을 바보라고 부르는 줄 알고 불쾌해하는 눈치였다. 반면 그는 자신이 하는 성적인 농담이 다른 사람들에게 불쾌감을 준다는 걸 전혀 몰랐다. 제 딴에는 함께 일하는 사람들 간 분위기를 부드럽게 하기 위해 재미있는 이야기를 생각해 낸 것이었다. 게다가 스스로 독실한 기독교 신자라고 밝힌 그는 기독교 신자가 아닌 과장님이나 실장님을 지옥에 갈 사람이라면서 볼 때마다 "지옥, 지옥." 하며 손뼉까지 치며 부르고 독실한 신자인 부과장님에게는 "아줌마, 우리 함께 천국 가요." 하며 실실 웃기까지 했다. 그런 그를 좋아한다면 실장님과 과장님이 정신 나간 사람일 것이다. 잠깐 머물다 갈 나도 그의 얼굴만 보면 식욕이 떨어질 정도였다.

그의 전도 사업은 시간과 장소, 대상을 가리지 않았다. 그는 천상의 목소리에 오는 손님들에게도 반찬을 나르며 전도했고 아르바이트생을 고를 때도 기독교 신자만 뽑는다며 억지를 부려 사람을 구하지 못한 채 나만 힘들게 했다.

나가요 아가씨들에게까지 전도를 하려다가 뺨을 얻어맞기도 했다. 아침에 나와 함께 일하던 아르바이트생은 물론이고, 저녁 타임에 새로 온 여학생도 주구진 사장을 견디지 못하고 한 달도 못 채우고 그만두고 말았는데 그 이후로는 도무지 일할 사람을 구할 수가 없었다. 방학 동안 서빙 아르바이트를 구하는 학생들은 종교부터 시작해 가정환경, 부모님 직업, 심지어 첫사랑까지 꼬치꼬치 캐묻는 그를 보고 분위기가 심상치 않음을 직감하고 알아서 일자리를 거절했다. 면접 보러 온 학생들에게 전화를 해서 무슨 대기업의 사장이나 되는 듯이 "내일부터 일하러 오라."고 수년간 실직한 사람에게 구원의 손길 내밀듯 과장된 목소리로 말하면 하나같이 벌써 일자리를 구했다고 발뺌을 하곤 했다. 그래서 하는 수 없이 내가 저녁 타임까지 일하게 되었다. 그와 마주하는 시간이 많아지는 것이 께름칙했지만 복학 날짜는 다가오고 저축은 목표에 못 미쳐 지옥에 여행 왔다고 생각하고 인내심을 기르는 법을 배우기로 결심했다. 남자 친구인 종원이도 때마침 휴학을 해서 인근 자전거 대리점에서 알바를 시작한 것이 장기적인 아르바이트를 가능하게 해 주었다. 나는 점심을 먹고 그에게 달려가 주구진 사장의 황당한 행동에 대해 푸념하다 돌아오곤 했다.

그런데 저녁 시간에 일한 지 일주일쯤 되었을 때 레스토랑에서 이상한 낌새를 발견했다. 낮에는 점잖게 밥만 팔던 레스토랑이 밤이 되니 이상야릇한 옷을 입는 것이 아닌가. 그곳에는 사장님이 성우인 만큼 여러 방송사의 사장들이 자주 드나들었다. 그리고 그들이 오기 전에는 얌전하고 예쁜 아가씨들이 와서 무언가 열심히 준비를 하기 시작했다. 앳되고 청순한 인상의 여자아이가 양손에 종이 가방을 들고 들어왔다. 힐끗 보니 가방 안에는 옷이 들어 있었다. 그녀는 실장님과 아는 사이인지 고개만 까닥거려 인사를 하고는 핸드백을 내게 맡긴 다음 종이 가방을 들고 화장실로 들어갔다. 속이 안 좋았는지 시간이 꽤 오래 걸렸다. 잠시 후 화장실에서 두꺼비처럼 두껍게 분장을 한 야한 차림의 아가씨가 요염한 기운을 흘리며 나오는 것이 보였다. 가까이 다가오는데 깜짝 놀랐다. 아니, 방금 전에 들어간 그 어린애 아녀? 실장님은 그녀가 나보다 나이가 많다고 했다. 그녀는 높으신 분들에게 술을 따르러 온 '따라요' 아가씨였다. 실장님이 '따라요'가 전부 '나가요'를 겸하는 것은 아니라고 내게 작은 소리로 알려 주었다. 실장님은 자신의 전직과 같은 분야에서 일하는 아가씨들에게 동류의식을 느끼는지 집안이 어려워 어쩔 수 없이 하는 일일 것이라며 눈꺼풀에 잔뜩 연민을 담고 '불쌍한 아이들'이라고 했다. 지적인 아가씨만 찾는 까다로운 방송국 사장들을 상대할 수 있는 재색을 겸비한 여대생들이라나? 재색을 겸비해서 그런지 그녀들은 한창 바쁠 때는 발이 부르트도록 일하는 내가 시간당 2700원을 받는 것을 비웃듯이 한 시간 동안 손목을 몇 번 까닥거려 술을 따르고 노래를 부르며 허리를 몇 번 흔드는 것만으로 8만 원이라는 거금을 챙겼다.

하지만 정말 우스운 것은 역시 우리의 주구진 사장이었다.

처음에는 아가씨들이 오면 얼굴이 시뻘개져서 구석에 혼자 말없이 앉아 있더니만 아가씨들이 세 번째 온 날은 기념으로 사진을 찍어 주겠다고 덤벼서 인생의 험한 꼴은 다 겪었다는 아가씨들의 비수 같은 눈초리를 받았다. 그녀들은 그 일은 넘어가 주었지만 네 번째 방문한 날은 그렇지 않았다. 한동안 잠잠하던 전도 운동을 주구진 사장이 다시 시작한 것이다.

"저…… 나가요 아가씨들, 종교는 있습니까?"

"없어요."

껌을 쩍쩍 씹어 대던 아가씨는 귀찮다는 듯이 한마디 하고는 시계를 보았다.

"아니, 사람이 그럼 쓰나요? 교회를 다녀야죠. 아무리 이런 일을 한다고 해도 교회에 나가서 회개하면 모두 다 용서받을 수 있습니다. 내 말을 믿어요. 그리고 하나님은 교회도 안 다니면서 돈 많이 벌고 십일조 안 내는 사람보다 몸이라도 팔아서 십일조 내는 사람을 더 사랑하십니다."

그가 심각한 얼굴로 말을 마친 순간 나가요 아가씨들은 물론이고 뒤에 서 있던 우리들까지 얼굴이 석고상처럼 굳어 버렸다.

"아니, 이 영감탱이가 보자 보자 하니깐!"

퍽, 살과 살이 맞부딪치는 소리가 들리고 잠시 후 주구진 사장의 꽁지머리가 날갯짓을 하며 밑으로 가라앉았다. 과장

님은 터져 나오는 웃음을 손으로 막으며 주방으로 뛰어 들어
갔고 부과장님은 그런 과장님의 뒤통수에 못 말린다는 눈빛
을 보내며 따라 들어갔다. 실장님은 담배를 맛있게 빨아들이
고 있었다. 실장님이 내뿜는 담배 연기는 작은 구름을 만들
며 두둥실 위로 올라갔다. 나? 나는 아가씨의 핸드백을 개 목
쓰다듬듯이 슬며시 휴지로 쓸어 닦았다.

　　성우 사장님도 주구진 사장이 온 뒤로 레스토랑의 분위기
가 이상해진 것을 눈치는 챈 것 같았다. 하지만 별로 문제 삼
고 싶지 않은 눈치였다. 큰 씀씀이로 레스토랑이 문을 닫을 위
기에 놓여 초초해하던 성우 사장님이 이제 막 사진관을 말아
먹은 주구진 씨를 길에서 우연히 만났는데 그가 1000만 원이
라는 사업 지원금을 내기로 합의하고 동업자가 되었기 때문
이다. 그녀는 주구진 사장의 돈이 없으면 레스토랑을 계속 운
영하기가 곤란했고 천상의 식구들이 겪는 불편 따위는 신경
쓸 겨를이 없었다. 게다가 대단한 수완가인 그녀는 주구진 사
장에게 한 달치 월급 이외에 하루 매상의 3프로를 얹어 주겠
다고 제안해 그가 인간 이하의 추한 모습을 보이도록 부추겼
다. 3프로 제안이 있은 이후 주구진 사장은 마치 약 먹은 것
처럼 돌변했다. 그동안은 비록 사회부적응자 같기는 해도 주
변 사람들에게 좋은 평가를 받고 싶어 했기 때문에 지나치게
비상식적인 행동이나 말은 하지 않았다. 하지만 3프로 제안

이후 그는 '미친개'라는 새로운 별명을 얻었다. 그는 시시각각 3프로에 대해 생각하고 있는 듯했다. 3000원짜리 커피가 한 잔 팔리면 "90원." 하고 작게 중얼거리는 모습은 기가 막히다 못해 안쓰럽기까지 했다. 그는 내가 컵에 든 물을 흘리는 조그만 실수라도 하면 "으이구…… 이 바보 같은!" 하고 씨우적거리다 때로는 욕설을 퍼붓기도 했다. 그러고는 손님이 빠질 때쯤이 되어서는 선생님에게 혼쭐난 학생 얼굴을 해서는 아까는 내가 잘못했다며 용서를 빌었다. 이런 일이 반복되다 보니 나중엔 욕을 먹어도 아무렇지가 않았다. 욕할 때는 귀신에 씌이기라도 한 것처럼 펄펄 뛰다가도 잠시 후에 반성문을 제출하는 학생처럼 깊이 고개 숙여 사과하기 마련이었다. 그는 대부분의 천상의 목소리 식구들에게 그런 식이었다. 하지만 그가 유달리 적개심을 품고 있는 사람이 있었으니 바로 실장님이었다. 사람 좋은 걸로 치자면 천상의 목소리에서 실장님을 따라갈 사람은 없었다. 실장님은 게으르긴 해도 사람이 좋아서 레스토랑에 온 거지에게 만 원짜리를 건네주는가 하면 아르바이트생들에게도 삼촌처럼 다정하게 대해 주었다. 주변 회사원들이 이곳을 자주 회식 장소로 이용하는 이유도 그의 호쾌한 성격 때문이었다. 그는 알아서 나가요 아가씨들을 불러 주는 등 단골들에게 철저한 서비스 정신을 발휘하곤 했다. 그가 주구진 사장을 싫어하는 건 의심할 바 없었지만 면전에서 싫은 티를 내는 과장님에 비하면 꽤 점잖은 대접을 해 주는 셈이었다. 그런데 날이 갈수록 주구진 사장은 실장님을 못마땅해했다. 단순한 주구진 사장의 마음을 알아채는 것은 식은 죽 먹기였기 때문에 천상의 목소리 식구들은 금세 그 이유를 알아차렸다. 하지만 모두들 크게 신경 쓰지 않았다.

지나칠 정도로 조촐한 식사 시간이었다. 주구진 사장이 온 이후로 반찬은 날이 갈수록 형편없어지고 있었다. 과장님은 맛없는 반찬만 내놓은 다음에 주구진 사장이 산책을 나간 사이, 천상의 식구들에게 떡볶이를 만들어 먹이곤 했다. 그래도 주구진 사장은 반찬이 형편없어지는 이유를 레스토랑의 재료를 아끼려는 과장님의 배려로 받아들였다. 게다가 주구진 사장은 아무리 반찬이 형편없어도 두 볼을 불룩거리며 어귀어귀 먹어 치워 우리를 놀라게 했다. 그날 식사 시간은 주구진 사장의 '실장님 몰아내기' 음모의 서막이 오른 날이었다.

"과장님, 오늘 반찬은 참 조촐하네요. 너무 아끼시는 거 아네요?"

"아끼긴요? 전에는 요즘 매상이 안 좋다고 더 아끼라고 호통치시지 않았습니까?"

주구진 사장은 할 말이 생각나지 않는지 왼손으로 꽁지머리를 만지작거렸다. 옆에서 부과장님은 웃음을 참고 있었다. 느닷없이 주구진 사장은 실장님께 시비를 걸기 시작했다.

"손 실장님, 아직 몸도 건강한데 택시 운전 같은 거 해 보는 건 어때요?

"아니, 멀쩡한 직장 놔두고 왜 택시 운전을 하라는 겁니까?"

"내 말은 매일 룸에 들어가서 잠만 자고 하니까 이 일이 적성에 안 맞는 것 같아서……."

"이 일 저한테 적성에 차암 잘 맞아요. 주 사장님한텐 안 맞으신가 봐요?"

"안 맞고 잘 맞고가 어디 있나요? 사장이니 어쩔 수 없이 하는 거지요."

말끝마다 '요' 자를 붙이면서 얄밉상스러운 말을 잘도 해 대는 것이 더 얄미웠다. 지금쯤 실장님의 목구멍엔 '이름만 사장인 주제에.'라는 말이 걸려 있을 것이었다.

실제로 천상의 목소리에서 주구진 사장을 사장으로 생각하는 사람은 단 한 명도 없었다. 성우 사장님이 오면 모두들 깍듯하게 사장님 대접을 해 주었지만 주구진 사장은 생각 없이 집 안을 어슬렁거리는 똥개나 다름없이 취급했다.

성우 사장님의 대학 동창회가 코앞으로 다가왔다. 성우 사장님은 주구진 사장에게 동창회 준비에 신경을 써 달라고 신신당부했다. 주구진 사장은 동창회 날이 다가올수록 불안해하는 것 같았다. 어린아이처럼 손톱을 질겅질겅 씹기도 하고

달력을 오랫동안 바라보기도 했다. 왼쪽 다리를 떠는 버릇도 생겼다. 주구진 사장은 동창회가 열리기 사흘 전에 동창들의 이름이 적힌 명부를 앞에 놓고 잠깐 동안 간절히 기도하더니 전화를 돌리기 시작했다. 성우 사장님은 연예인들을 많이 배출한 대학의 연극영화과 출신이어서 명부에는 이름만 대면 알 만한 연예인이 꽤 되었다. 대부분이 50대 초반이었기 때문에 나는 별 관심이 없었지만 연예인을 가까이서 보게 된다고 생각하니 기분이 설렜다. 주구진 사장의 전화법은 매우 독특했다. 자신의 동창들에게도 '요' 또는 '했습니다' 따위의 경어체를 쓰는가 하면 빨리 끝내고 싶어 하는 그들과 통화를 길게 유지하느라 애쓰는 모습이 안쓰러울 지경이었다.

"안녕하십니까? 영화배우 김동구 씨, 전 당신의 대학 동기인 주구진입니다."

이렇게 말하면 그쪽에선 알 것 같다고 말하는 것 같았다. 그러면 그는 눈물이 날 것처럼 감동해서 이렇게 말했다.

"그렇지? 나 기억하지? 생각 안 나니? 너하고 나하고 학교 앞 떡볶이 집에 자주, 아니 한두 번 갔었잖아? 후문에 있던 호떡집에선 네 옆에서 호떡을 사 먹은 적도 있었는데. 그리고 신입생 환영회 때 나, 네 뒤에 뒤에 옆자리에 앉았어."

그만 통화를 끝내려는 친구에게 주구진 사장은 마지막 한마디를 덧붙였다.

"고맙다, 친구야. 역시 너밖에 없어. 넌 내 가장 소중한 친구야. 주말에 보자."

이런 식으로 그는 줄잡아 스무 명의 사람과 통화를 했다. 감동에 겨운 표정으로 수화기를 내려놓는 그의 눈엔 눈물이 가득했다. 나는 휴지를 한 장 뽑아 그의 손에 쥐어 주었다.

사실 그를 대하는 것은 다섯 살 먹은 어린아이를 대하는 것만큼이나 쉬웠다. "어이구, 착하지 우리 아가? 어르르르 까꿍!" 하고 몇 번만 얼러 주면 숨이 넘어갈 것처럼 까르륵거리다가도 금세 까르르 하고 웃었다. 나중에 과장님과 부과장님은 주구진 사장의 행동을 놓고 내기를 할 정도로 그를 놀려 먹는 데 재미를 붙였다. 과연 그의 손에 천상의 식구들 밥줄이 달렸다고 할 수 있을지 의문이었다.

드디어 동창회 날이었다. 성우 사장님은 자신의 성공을 동창들에게 자랑하고 싶었는지 아침부터 안 하던 참견을 했다. 유리창에 먼지가 꼈다느니 노래방 기계의 마이크가 더럽다느니 하며 이런저런 잔소리를 늘어놓았다. 그럴 때 그녀는 목소리만은 언제나 미녀 스타였기 때문에 조금 혼란스러웠다. 가짜 사장님으로 보이는 주구진 사장이나 진짜에 가까워 보이는 성우 사장님이나 어딘가 어색한 건 마찬가지였다.

성우 사장님은 소풍 가는 여고생처럼 얼굴이 발갛게 상기되어 있었다. 내가 실수로 유리잔을 깼을 때는 언제나처럼 여유롭고 자비로운 웃음을 지어 보였다.

"이런, 조심하지 않고. 어디 안 다쳤니? 얼른 쓸어 담아라."

그녀의 통통하게 살찐 다리를 받치고 있는 하이힐이 그날 따라 불안해 보였다.

동창들이 몰려오기로 약속된 시간이 20분 정도 남았을 때 어디에서 많이 본 얼굴이 레스토랑의 문을 열고 들어왔다. 당시 최고의 시청률을 기록하던 사극 드라마에서 지방 관리 역을 맡은 배우였다. 주연급 배우는 아니었지만 주연급 배우들보다 더 많은 광고 출연을 요청받을 정도로 연기력과 대중성을 인정받고 있는 배우였다. 스포츠 신문에선 그를 사극의 감초라고 치켜세웠다. 그는 성우 사장님의 이름을 큰 소리로 부르더니 서양식으로 포옹하며 인사를 했다. 그의 몸이 성우 사장님에 의해 고개만 빼고 완전히 가려졌다. 주구진 사장은 짧은 목을 흔들며 어디에다 시선을 두어야 할지 모르겠다는 표정을 짓더니 갑자기 주방으로 들어가 몸을 숨겼다. 잠시 후엔 최근 개봉한 영화에서 조폭 두목을 맡은 영화배우가 들어왔다. 그는 왕년에 장동건만큼의 인기를 구가하던 최고의 인기 배우였다. 부과장님은 여고생처럼 "엄마야, 김동구다." 하며 내 소매를 움켜쥐었다. 그의 얼굴에는 무게를 잡기 위해 미간에 주름을 만드느라 나이보다 빨리 생겨 버린 깊은 주름이 선명했지만 아직 왕년의 카리스마를 간직하고 있었다. 그는 실장님에게 차 키를 내밀며 자신의 비엠더블유 승용차를 주차해 줄 것을 부탁했다. 어깨에 힘이 들어간 그는 진짜 조폭처럼 보였다. 두 사람 다 성우 사장님을 누님처럼 대했다. 잠시 후 조폭 배우의 눈이 주방에서 얼굴만 빠끔히 내밀고 있던 주구진 사장에게 가 꽂혔다. 그 사실을 알아챈 주구진 사장은 죽다 살아난 사람처럼 갑자기 이쪽으로 달려나왔다.

"아니, 이게 누구야? 김동구 아닌가? 자네가 나오는 영화 잘 봤네. 검사 역이시 아마? 지네 참 멋있더군, 하하."

주구진 사장은 조폭 배우가 얼굴을 찌푸리기도 전에 옆에 있던 지방 관리 아저씨에게 "자네의 내시 연기는 정말 일품이더군." 하고 말했다. 분위기가 썰렁해지고 두 사람의 시선이 동시에 성우 사장님에게로 향했다. 도대체 이 녀석이 왜 여기에 있냐는 표정이었다. 성우 사장님은 입꼬리를 살짝 올리며 "어, 구진이가 내 사업을 좀 도와주고 있어."라고 설명했다. 그녀는 그들을 룸으로 안내했고 주구진 사장에게 이런저런 명령을 내렸다. 노래방 기계를 켜 달라고 했고 양주와 안주를 가져오라고 했다. 동창들이 하나둘 도착해 룸은 가득 찼다. 그들은 어느새 대학 시절로 돌아가 대학생들처럼 이야기를 나누고 있었다. 그들은 그 시절 유행하던 노래를 다 함께 합창하고 학창 시절의 별명으로 서로를 불렀다. 모두가 행복해 보였고 자신들이 이룬 사회적 성공을 자랑스러워하는 것 같았다. 그곳에 온 사람들은 아무도 주구진 사장을 기억하지 못하는 것 같았고 어떤 사람은 노골적으로 그를 싫어하는 티를 내기도 했다. 주구진 사장이 화장실에 간 사이 동창들이 말하는 소리가 들렸다.

"명선아, 어떻게 된 거냐? 도대체 저 인간이 왜 여기에 있는 거야?"

"어…… 어쩌다 보니 그렇게 됐어."

"그래도 그렇지 얘는, 우리가 졸업식 날 왜 그렇게 좋아했는데. 더 이상 저 인간 상판대기 안 봐도 되기 때문이었잖아? 쟤 요즘도 여자 누드 찍어 준다면서 쫓아다니나?"

한껏 멋을 낸 여자 동창이 깔깔대며 말했다. 조폭 배우가 담배를 빼어 물며 말했다.

"저 자식 여전하구나? 여기저기 빈대 붙는 건. 저 자식 나 처음으로 드라마 주연 맡았을 때 촬영장에 찾아와서는 '가장 친한 친구인 주구진이 생각 안 나십니까?' 그러더라니까? 참 내……."

다시 여자 동창이 말했다.

"그런데 얘, 너 저 인간 어딜 믿고 사업을 맡기니? 걱정 안 돼?"

"그래도 한고집 하고 한 번 시킨 일은 끝까지 하려고 애쓰잖아. 하루 매상의 3프로를 얹어 준다고 했더니 엄청나게 바지런 떨어. 매상이 꽤 올랐다니까?"

성우 사장님이 눈을 찡긋하며 여자 동창에게 웃어 보였다.

"그건 그렇고 내 생각엔 구진이가 수줍어서 화장실 간다고 나간 것 같다. 좀 잘해 줘라."

"싫어, 얘…… 정말 그때 생각만 하면 아직도 소름이 끼친다니까? 아름다우신 한영희 씨! 당신의 누드를 찍을 수 있게 허락해 주시겠습니까? 어쩜 저 꽁지머리는 그때나 지금이나 숱도 안 줄어들어."

"야 야, 밥맛 떨어지는 소리 그만하고 노래나 하자. 우리의 조폭 배우, 어서 한 곡 뽑아 봐라!"

노래가 서너 곡 흘러나왔을 때 성우 사장님이 문 사이로 고개를 내밀고 나를 손짓해 불렀다. 그녀의 도도한 하이힐의 굽이 부러져 있었다. 춤을 추다가 굽이 나간 모양이었다.

"얘, 이것 좀 고쳐 와라. 그런데 이 밤에 어디에서 수선하지?"

성우 사장님이 난감한 표정을 짓는데 주구진 사장이 갑자기 뛰어 들어왔다.

동창들이 말리는데도 그는 기어이 구두를 들고 밖으로 나갔다. 자신이 고쳐 올 테니 걱정하지 말라고 몇 번이나 말하면서.

두 시간 후 그는 숨을 헐떡이며 들어왔다. 하이힐 굽은 감쪽같이 붙어 있었다.

나는 주구진 사장의 부탁으로 룸 안에 들어가 성우 사장 님께 하이힐을 건넸지만 그녀는 물론이고 동창들도 다 취해 서 구두를 고쳐 왔는지 어쨌는지도 모르는 것 같았다. 성우 사장은 어리둥절한 표정으로 구두를 바닥에 내려놓고는 맨발 로 친구들과 춤을 추었다.

그 후로도 노랫소리가 두 시간이나 끊이지 않고 계속되었 다. 주구진 사장은 굳게 잠겨진 룸 밖에서 동창들이 부르는 노래를 따라 부르고 있었다. 자신이 짝사랑하던 여인이 노래 를 부를 때면 눈물을 글썽이기도 했다.

동창들이 돌아간 다음 주구진 사장은 집에 돌아가지 않고 동창들이 있던 룸에서 잠들었다. 그는 엄마에게 혼이 난 어린 아이처럼 의기소침해서 이불을 머리까지 뒤집어쓰고 있었다. 내가 곁으로 가서 바닥에 떨어진 쓰레기와 그가 먹다 버린 술병들을 주워 들고 방을 나가려는 순간 주구진 사장의 잠꼬 대인지 술주정인지 모를 말이 들려왔다.

"난 외롭지 않아. 외롭지 않다고……. 누가 뭐라고 해도 난 살아남고 말 거야. 이 전쟁터 같은 세상에서……."

주구진 사장은 곧 원래의 자신으로 돌아왔다. 그는 또다시 실장님에게 압력을 가하기 시작했다. 밥을 먹을 때마다 그러 는 것으로 부족해서 화장실에 가는 실장님을 따라가 볼일을 보는 실장님 옆에서 잔소리를 해 댔다. 그는 실장님이 없을 때 주문을 외듯이 중얼거렸다.

"한곳에 책임자가 둘이면 안 되지."

주구진 사장은 택시 운전이나 노점상을 하라는 잔소리가 먹히지 않자 성우 사장님에게 실장님의 험담을 늘어놓기 시작했다.

"아 글쎄, 그 사람이 도대체 일을 하질 않아. 낮에는 룸에 들어가서 낮잠 자고 아르바이트생에게 카운터를 맡겨 둬. 그러면서도 밥 먹는 시간은 귀신처럼 알고 기어 나온다니까? 아침에 장 봐 오는 건 또 어떻고? 내가 계산을 해 봤는데 사 온 것보다 늘 만 원 정도가 비어. 그리고 이건 내 생각인데…… 요즘 매상이 떨어지는 이유가 말이지……."

"뭔데? 말해 봐!"

다시 매상이 떨어지는 것을 걱정하던 성우 사장님은 귀를 쫑긋 세우며 대답을 채근했다.

"매상이 보통 때보다 3만 원씩은 모자라. 그런데 저 사람이 금고를 열고 조금 있다가 찬장 문을 여는 걸 내가 여러 번 봤거든? 혹시……?"

실장님은 담배를 찬장의 양주병들 뒤에 숨겨 두는 버릇이 있었다. 과장님이 귀신같이 알고서는 빼먹는다고 내게 비밀 장소를 과장님에게 알려 주지 말라고 당부했다.

결국 주구진 사장은 원하는 것을 얻어 내었다. 그의 계속

되는 모함이 평소 성우 사장님의 실장님에 대한 불만을 부채질해서 실장님 스스로 사표를 내게 하고야 만 것이다. 성우 사장님은 자기 밑에서 6년 동안 일한 실장님에게 여기보다 월급이 많지 않은 일터를 소개해 주었는데 폼에 죽고 폼에 사는 실장님은 그 제안을 받아들이지 않았다. 그 대신 그는 천상의 목소리 앞에서 붕어빵을 굽기 시작했다. 붕어빵 가게 이름은 '주거진 붕어빵'이었는데 붕어빵은 주구진 사장의 꽁지머리를 연상케 했다. 급기야 어느 날 저녁, 실장님이 각목을 들고 들어와서 주구진 사장을 내리칠 기세로 다음과 같이 말하는 사태가 벌어지고 말았다.

"야! 이 짐승만도 못한 주구진아! 너 정말 죽고 싶으냐?"

주구진 사장은 몸을 파들파들 떨고 눈물까지 뚝뚝 흘리며 "손 실장님, 제가 잘못했습니다!"를 리듬감까지 살리며 반복했다. 그의 꽁지머리는 파르르 떨며 꼬리를 흔들어 댔다.

4000개의 수첩을 모두 돌리고 나니 어느새 7시다. 애들이 투덜거린다.

"부자 동네는 이래서 짜증 나. 길거리에 인간들은 얼마 없는데 왜 이렇게 오래 걸려."

"보안이 심해서 그렇지."

"그러니까 부자들이 욕먹는 거예요. 수첩 하나 돌리려는 건데 도둑인 줄 안다니까."

졸다 보니 어느새 사무실이다. 나는 낙성대 전철역으로 들어가 노약자석에 앉아 코트에 달린 모자를 눌러 쓴다. 노약자석이고 뭐고 간에 당장에 내가 죽을 판이다.

그러고 보니 천상의 목소리를 그만두고 1년쯤 뒤에 나는 우연히 길에서 부과장님을 만났다. 부과장님은 주구진 사장이 성우 사장님에게 미움을 사서 레스토랑에서 쫓겨난 지 반년쯤 되었다고 했다. 지금쯤 그는 어디서 무엇을 하고 있을까?

신당동

잠시 졸다가 깼는데도 눈앞에 좌르르 펼쳐진 '신당동 떡볶이' 간판들로 여기가 신당동이라는 것을 알 수 있다. 몇 년 전, 툭하면 문신한 덩치들을 집으로 보내던 사채업자를 피해 이곳에서 여섯 달 정도 살았다. 잠깐 머물러서인지 거리가 낯설다. 신당 1동에 위치한 신당동 떡볶이 거리는 외국인에게마저 입소문이 났는지 금발 여성 두 명이 사람으로 가득 찬 떡볶이 집 문을 열고 들어간다.

"다들 자냐? 여기 와 봤어?"

"당연하죠. 떡볶이 먹으러 가끔 오죠."

중후가 수첩을 봉지에 담으며 말한다.

"근데요, 요즘은 전국에 신당동 떡볶이가 있어서 여기까지 안 와도 돼요."

팀장은 그래도 여기가 원조라 뭐가 달라도 다르다고 한다.

오늘은 중후가 기사 아저씨에게 먼저 동에 대해 묻는다.

"아저씨, 여기는 왜 신당동이에요? 정치인들이 많이 사는 동넨가요? 신당 창당을 많이 해서 신당동인가?"

아저씨는 "야, 그거 그럴듯하다." 하며 말을 시작한다.

"여기가 아마 광희문 밖에 있는 신당을 중심으로 무당들이 모여 무당 마을을 만들어서 그럴 거야. 너희들은 모르겠지만 1960년대 말까지만 해도 무당이 많았어. 그래서 '귀신 신' 자를 써서 신당이라 불렀어. 광희문 밖에는 공동묘지가 있었고. 그리고 또 뭐가 있더라……."

중후가 아저씨에게 이제 신당동이 떡볶이로만 유명한 게 아니라는 것을 알았다며 강의를 그만 듣길 바란다는 뜻의 말을 던졌지만, 기사 아저씨는 더 듣고 싶다는 말인 줄 알았는지 길게 이야기를 늘어놓는다.

"아, 생각났다. 광희문 교회가 있지. 예수도 신 아니냐. 그 교회가 유명해. 광희문 근처에 있는데 아주 오래된 교회야. 그리고 저쪽에 중구보건소, 중구소방서 있는 데는 무학동이야. 아저씨가 서울에서 가장 좋아하는 동이거든. 무학봉에 와서 학이 춤을 췄다고 해서 무학동이래. 학이 춤추는 동네야, 학이 춤추는 동네."

중후가 또 아저씨 기분을 맞춰 준다.

"이야, 우리 기사님이 은근히 낭만적이시네요!"

"나이가 들면 작은 것에서도 눈물이 나. 옛날 생각나고."

"정말요? 아…… 저도 얼른 나이 들고 싶어요."

팀장이 "어른 앞에서." 하며 중후의 머리를 때리려 하자 중후는 학이 춤추듯이 유연하게 피한다. 기사 아저씨가 신당동은 대구 달서구에도 있고 충남 천안시에도 있다고 하자 중후가 널리고 널린 게 이름인데 헷갈리게 왜 같은 걸로 짓느냐고 묻는다. 아저씨가 백미러로 중후를 한 번 쳐다본 후 말한다.

"신당동이란 말이 괜히 기분이 좋잖냐. 신명 나고. 아저씨가 왜 기억하고 있느냐면 대구는 워낙에 자주 다녀서 알고, 내가 예전에 거기 충남 신당동에 있는 천안개방교도소에 간 적이 있어. 그 교도소는 보통 교도소하고는 달라. 외박도 할 수 있고 공중전화도 쓸 수 있어. 그런 교도소는 한국에 딱 하나야."

"그런 데가 다 있어요? 그게 무슨 감옥이에요?"

"대신에 거기는 가석방이 가능한 초범이나 과실범 그런 약한 죄를 저지른 사람만 들어갈 수 있어."

중후가 조심스럽게 묻는다.

"근데 아저씨, 거긴 왜 가셨어요? 설마 죄를 지어서 가신 건 아니겠죠?"

"죄지어서 갔다, 왜? 이 녀석아!"

중후는 차가 멈추자마자 "상가수첩 알바생 구박해서 갔다 오신 거죠?" 하고는 잽싸게 뛰어나간다.

중후가 한바탕 돌리고서 차 안으로 들어와 구시렁댄다.

"제가 더 많이 돌았는데 아직도 안 왔대요. 아, 돌겠네. 현서랑 중간에서 만나기로 했거든요."

그러고는 쌓인 수첩들을 보더니 금세 씩 웃는다.

"아싸, 오늘 일찍 끝나겠다. 저 이제 어디 가요?"

"애들 와야지."

"역시 내가 유능해. 다들 왜 안 와. 걔네 연애하나 봐. 왜 안 와, 대체?"

팀장이 전화를 해서 현서에게 말한다.

"336-90번지. 그쪽에 있어. 거기 근처야. 파란 옷 입은 아가씨가 지나가고 있어."

그러자 저쪽 코너에서 현서가 불쑥 나타나 차 안으로 들어온다. 현서가 저쪽 팀은 벌써 끝나서 우리를 도와주고 있다고 하자 중후가 말한다.

"그런 걸로 자랑하지 말라 그래. 차라리 잘생겼다고 자랑을 하든가."

"주의하세요. 과속방지턱이 연속으로 있습니다. 아파트 단지나 어린이집 사고 다발 지역이나 사고 나면 안 되는 곳……."

중후가 내비게이션을 똑같이 따라하자 아저씨가 소리친다.

"이놈아, 헷갈리잖아!"

중후는 소리를 낮춰 따라하다가 팀장에게 묻는다.

"근데 팀장님, 저쪽 팀은 왜 잘해요?"

"숙련된 애들이 많아. 오래 한 애들."

"참 내, 그게 무슨 자랑이라고. 평생 수첩이나 돌리라고 해요!"

"그래 놓고 너도 다음 해에 또 오는 거 아니냐?"

"천만에요."

코너를 도는데 중후가 현서에게 저기 만두 파는 누나 예쁘지 않느냐고 한다. 팀장이 자기도 그렇게 생각했다고 한다. 근 스무 살 차이 나는 두 남자의 표정이 비슷해진다. 금세 만두가게가 등장한다. 남자들의 탄성이 터진다.

"와, 아!"

"정말 예쁘다."

"오, 중후 생각보다 눈 높은데?"

"이제 알았냐?"

김이 모락모락 나는 만두 앞에서 지루한 듯 핸드폰을 만지작거리는 어여쁜 아가씨를 보며 나는 11년 전 그곳을 떠올린다.

그러니까 둥둥 만두점, 스물네 살, 그리고 한입에 쏘옥 들어가던 만두. 떡볶이로 유명한 동네였지만 꽉 찬 만두처럼 사람이 가득해서 단연 눈에 띈 집이었다. 손님이 적은 곳이 알바하기에 편하지 않느냐고 생각하는 사람은 알바를 해 보지 않은 사람이다. 파리 날리는 카페에서 사장의 질척한 농담을 받아 본 적 있는 나는 고민할 것도 없이 만두점 안으로 걸어 들어갔다. 아르바이트를 구하러 왔다는 나를 사장은 얼굴 한번 보지 않고 채용했다. 손이 마음에 든다는 것이 이유였다. 황사가 심했던 그날 나는 마스크에 머플러까지 동여맨 상태였다.

"만두 잘 빚게 생겼구먼."

옆에 서 있던 남자애가 투덜댔다.

"만두피는 손도 못 대게 하면서."

사장은 만두를 만들건 안 만들건 만두 잘 빚게 생기면 좋은 거라고 남자애에게 말했다.

어쨌거나 나는 다음 날부터 바로 일을 시작했다. 다섯 평정도 되는 작은 만두집에는 알바생 두 명이 필요할 정도로 늘 부대꼈다. 만두 접시가 쌓이는 것처럼 사람들이 가게 안으로 밀려들었다. 만두 가게는 마치 거대한 만두 같았다. 나와 사장과 군남이, 손님들은 모두 만두 재료였다. 손님들이 밖으로 쏴 밀려 나가면 만두가 터지는 것처럼 하얀색 출입문이 열렸다. 그럼 또 줄을 서 있던 사람들이 쑤욱 밀려 들어왔다.

둥둥 만두점의 또 다른 특징은 말이 없다는 것이었다. 사장은 하루 종일 말을 거의 하지 않았다. 손짓으로 모든 것을 대체했다. 유리를 통해 안이 들여다보이는 조리실에서 작은 구멍을 통해 만두 접시를 건넸는데 접시가 세 개 이상 쌓이면 둥둥, 손으로 조리실 안에 있는 북을 쳐서 접시를 가져가라고 재촉했다.

하긴 말이 필요 없는 곳이기도 했다. 열 개의 테이블에는 앞에서부터 차례대로 1에서 10까지의 숫자가 적혀 있었고 손님들은 들어오는 대로 번호순으로 앉게 되어 있었다. 손님 한 명당 만두는 한 접시로 한정되어 있었으므로 '몇 인분 드릴까요?'라고 물을 필요도 없었다. 알바생들은 그저 차례대로 만두 접시를 테이블로 나르면 되었다. 그토록 마음 편한 알바도 없었다. 사장이 특별히 친절히 대해 준 건 아니지만 다른 알바와 다르게 알바하러 가는 시간이 다가오면 으레 찾아오는 우울감이 없었다. 만두 냄새 때문이었을까. 그 향긋하고 고소한 냄새에 중독되었는지 나는 일을 하지 않는 주말에도 사장의 눈을 피해 만두집 앞에서 만두 냄새를 맡다가 지나가곤 했다.

사장의 과거에 대해선 온갖 억측이 나돌았다. 왕년에 잘나가던 권투 선수였다는 것과 조폭이었다는 소문이 유력했다.

그의 잘려 나간, 왼손 넷째 손가락이 소문의 근원인 모양이었다. 선천적으로 말을 하지 못하는 그의 아내도 그 소문에 신빙성을 더했다. 빼어난 미인이었던 그의 아내가 미소 지을 때는, 어쩌면 이 여자는 이 세상 사람이 아닐지도 모른다는 생각이 들면서 화려한 뒷골목이 아닌 만두집에 만족하게 된 사장이 슬그머니 이해되기도 했다.

그녀는 하루에 한 번 가게에 들렀는데 정성 들여 싼 도시락을 만두집 안에 두고 말없이 사라지곤 했다. 사장은 그토록 자랑스러워하는 만두를 점심으로 먹진 않았다. 아내가 싼 심심한 도시락을 꺼내 하나씩 음미하듯 먹었다. 그는 무슨 일이 있어도 2시엔 점심을 먹었는데 손님이 한가득 있어도 상관하지 않았다. 유리창으로 안이 들여다보이는데도 사람들의 시선을 전혀 개의치 않고 밥을 먹었다. 그 이상한 미소는 또 뭐란 말인가. 밥을 먹고 나서는 득도한 부처라도 된 낭 마치 세상과 분리되었다는 듯이 입꼬리를 살짝 올리고 지그시 몇 분 동안 눈을 감고 가만히 있었다. 더 이상한 건 손님들이었다. 소문이 날 대로 났는지 그런 그에게 항의하는 사람 한 명 보기 힘들었다.

그는 그 이상한 의식을 마치면 또다시 만두 그릇에 만두를 올리기 시작했다. 오래된 흉터투성이 손으로 척척척, 척척 척척.

그곳에서 일한 지 석 달쯤 되었을 때 이젠 좀 친해졌으니까, 하는 생각에 첫날 했던 질문을 반복했다.

"근데 정말 레시피 안 가르쳐 주실 거예요? 전 만두 가게 같은 건 차릴 일도 없고 나중에 시집가서 신랑한테 가끔 해 주려고 그러니까 좀 알려 주세요, 네?"

"하긴 만두처럼 생겼으니 요리라도 잘해야겠지."

옆에서 군남이가 낄낄댔다.

"군밤처럼 생긴 주제에."

동갑내기 군남이와 만두를 던지며 싸우다가 잘릴 뻔한 적도 있었다. 사장이 그렇게 화를 낸 건 처음이었다. 처음이고 뭐고 간에 심지어 그는 짜증을 낸 적도 없었다. 만두를 나르다가 실수로 접시를 깨서 만두 2인분이 땅에 떨어져 굴렀을 때도, 군남이가 설거지를 대충 해서 만두 접시를 손님이 바꿔 달라고 했을 때도 사장은 무표정으로 일관했다. 그에게 세상일은 다 별것 아닌 것 같았다. 하긴 선녀와 사는 남자니 어련할까. 심지어 그는 대한민국 최고 미녀도 관심 밖이었다.

'대한민국 남자들이 밸런타인데이를 함께 보내고 싶어 하는 여자'인 그녀가 만두 가게로 성큼성큼 걸어 들어와 자리에 앉았을 때 나도 군남이도 눈을 크게 떴다. 군남이가 떨리는지 더듬거리며 걸그룹 밍키가 맞느냐고 묻자 밍키는 이 집 만두가 하도 유명해서 근처에서 촬영하다가 들렀다고 했다. 손님들은 만두는 먹지 않고 밍키의 짧은 치마 아래로 뻗어 나온 다리를 쳐다봤는데 사장은 그 애가 누군지도 모르는 것 같았다. 그런 그가 소리를 버럭 지르며 우리를 향해 둘 다 당장 여기에서 나가라고 했다. 자기는 다른 건 몰라도 만두를 던지고 갖고 노는 건 참을 수 없다고 했다. 이곳에서 만두 접시에 올라간 만두치고 쓰레기통으로 들어가는 만두는 없었다. 실수로 떨어진 만두는 길고양이 몫이었다. 그날 나와 군남이가 던진 만두는 군남이가 내게 던지려다 때마침 돌아온 밍키를 쳐다보느라 실수로 바닥에 떨어뜨린 것이었다. 사장은 아무리 땅에 떨어져 쓰레기통으로 들어갈 만두라도 던지며 노는 건 눈 뜨고 볼 수 없다고 했다.

밍키는 사람들을 의식하는지 마치 광고 찍듯이 만두를 먹었다. 집에선 허겁지겁 먹을 것이 분명하면서 호호 불어 가며 예쁘게 먹었다. 둥둥 만두는 미녀의 입맛에도 맞았는지 그녀는 먹다가 종종 눈을 지그시 감으며 맛을 음미했다.

밍키는 시계를 보더니 자리에서 일어나 계산을 하며 사장에게 물었다.

"신당동에서 왜 만두 장사를 하세요?"

사장은 늘 그렇듯이 만두의 유래부터 시작해서 만두가 떡볶이보다 뛰어난 음식임을 온화한 표정으로 설명했다. 밍키는 다 듣지 못하고 촬영이 있다며 밖으로 나갔다.

사실 나는 나중에 할 일이 없으면 만두 가게를 차릴 작정이었다. 물론 연일 만두소처럼 미어터지는 둥둥 만두점을 보면서 하게 된 생각이다. 사장이라면 이렇게 말했을 것이다. 할일 없을 때 차릴 수 있는 게 아니야.

"레시피라고 할 것도 없어. 다만 비밀 재료가 있지."

사장이 난데없이 칼을 갈며 말했다.

"그거 사람 고기로 만들었어. 우리 집 알바생들은 만두 맛을 위해 모두들 한 가지씩 공을 세웠지."

순간 군남은 손에 든 쟁반을 떨어뜨릴 뻔했다. 우리 둘 다 농담하지 말란 뜻의 미소를 지었지만 사실 나는 발가락이 저릿저릿, 온몸에 소름이 돋았다. 그의 말을 곧이곧대로 믿지 않았지만 금세 며칠 전에 찾아온 형사가 떠오르며 머리칼이 곤두섰다. 형사는 이곳에서 석 달 전에 알바를 했던 가출 고교생이 실종되었다며 사장에게 몇 가지 질문을 하고 돌아갔다. 사장은 그 녀석은 분명히 스무 살이었다며 "그렇다면 그 주민등록증이 위조된 것이란 말이야?"라고 중얼거렸다. 형사는 그 녀석은 겨우 고 1이라면서 혹시 이곳에 오면 꼭 연락해 달라고 했다.

"사장님, 설마 그 학생이 손님들 배 속으로 들어간 건 아니겠죠?"

한참이 지나 군남이가 허허 웃으며 묻자 사장은 아무 말 없이 씩 웃었을 뿐이었다.

하지만 사장이 살인을 한 적이 있을까, 라고 누군가 묻는 다면 나는 어쩐지 가능한 일이라고 답할 것 같다. 사장은 만두를 만들 듯이 커다란 동요 없이 사람을 요리할 것이다. 무표정한 얼굴로 척척척 척척척척. 그런 상상에도 불구하고 나는 그가 좋았다. 어쨌거나 그는 이유 없이 사람을 죽일 리가 없고 그가 죽인 사람은 세상에 해가 되는 암적인 존재일 테니. 그는 늘 입버릇처럼 말하곤 했다. 사람들 인간됨이 이 만두만 같으면 세상이 다 평화로울 거다.

사실 마지막 날, 사장은 내게 아무에게도 말해 주지 않았다는 만두 맛의 비법을 알려 주었다. 뭐냐고? 그건 말할 수 없다. 다만 호성이 내가 만든 만두를 먹은 다음 날, 함께 살자고 했다는 것만 말해 두겠다.

"만두 가게를 차리지 않겠다고 약속해라. 약속을 어기면 세상 끝까지라도 찾아가 널 만두소 재료로 쓸 테니."

그 말을 하던 사장의 입가에 퍼지던 경련이 아직도 생생하다.

봉고차 두 대가 중간에서 만나 밥집으로 향한다. 기사 아저씨는 밥 먹으러 가는 길에 손가락으로 성동공업고등학교와 한양공업고등학교의 위치를 알려 주며 1930~1940년 대에 세워진 역사가 오래된 학교라고 말한다. 또 손가락으로 한쪽을 가리키며 저기 신당 5동에는 박정희 대통령이 살던 집이 있다고 알려 준다. 너희들 박정희가 몇 대 대통령인지는 아냐? 아저씨는 문화재라는 그 집과 박정희 대통령에 대해 한참 동안 이야기하지만 아이들은 연예인 이야기를 하느라 별 관심을 보이지 않는다.

"신당동에 왔으니 떡볶이 먹어야지."

여팀장의 말에 두 팀 모두 떡볶이집 안으로 우르르 들어갔지만 남자애들은 떡볶이를 먹고는 수첩이 든 가방을 둘러멜 힘도 안 난다며 투덜댄다.

오늘따라 애들이 노동력을 착취당하는 것을 보니 코끝이 찡하다. 남자로 태어나지 않은 것이 다행이라는 생각도 든다. 그러고 보니 여자로 태어나서인지 죽을 것같이 괴롭다 싶은 노동을 한 기억은 없다. 고용주 입장에서도 여자를 힘쓰는 일에 쓰려고는 하지 않으니 그런 일을 제안받은 적도 없다. 하지만 고시원에서 만났던 연희 언니는 대신 여자들은 감정적인 부분에서 착취를 당한다고 했다. 성희롱을 예사로 당하는 것보다는 몸이 아작 나는 게 나을지도 모른다면서.

날이 어둑어둑해질 즈음에야 일이 끝난다. 아이들이 차로 돌아오기 전에 팀장이 나를 신당역 앞에 데려다준다. 팀장이 차 문을 열어 주고 수첩을 건네며 말한다.

"집에 가서 수첩 봐요. 책 읽는 거 좋아한다면서요."

나는 수첩을 받아들고 전철에 올라타기 전까지 플랫폼에
서서 무심코 그것을 들춰 보다가 전철에 타자마자 고개를 뒤
로 기대 지그시 눈을 감는다. 그러고 보니 가만히 앉아 책을
읽거나 음악을 들은 것이 대체 언제였는지 모르겠다. 빚에 시
달린 이후로 무언가에 조용히 몰두하는 것이 힘들었다. 늘 신
경을 곤두세운 채 하루하루를 무사히 흘려보내는 것에 의미
를 두어야 했다. 때때로 나 자신이 시라진 것 같은 기분이 들
었다. 목표 없이 하루하루를 사는 내가 마당에서 기르는 개
와 다를 게 없다는 생각이 들었다. 그때부터였을 것이다. 서점
에서 동서양 화가들의 화집을 들추어 보고 미술 전시회장을
기웃거리기 시작한 것이.

장충동

여팀장이 차 안으로 들어오자마자 수첩 뭉치를 마구 던진
다. 남팀장이 몸이 아파 못 온다고 해서 여팀장이 이 차 저
차를 빠르게 옮겨 다니며 지휘하고 있다.

"이거 가방에 넣어. 뒤에 가서 잔뜩 넣고 오른쪽 골목으로
들어가. 그거 들고 111동 올라가서 오른쪽."

효종이 "오른쪽요?" 하자 여팀장이 지도를 보며 고개를 끄
덕이고 말한다.

"여기서 만날지 여기서 만날지 모르는 일이니까 넌 그냥
이쪽으로 열심히 돌아. 밑에 왼쪽이야. 번지수 확인해."

"네."

"넌 이거 잡아."

"네."

"여보세요? 잠깐만. 짝꿍이랑 같이. 야! 더 가져가야 하지 않겠니?"

오늘도 여팀장은 절대로 느슨함을 허락하지 않는다. 중년의 여팀장은 오리털 파카에 야구모자, 장갑 등 남팀장보다 어딘가 더 전문가답게 보인다. 그녀는 물러터진 남팀장에 비할 바도 아니다. 남팀장이 학창 시절 어딘가 골려 먹기 쉽게 생긴, 맘씨 좋시만 어리바리한 체육 선생 같다면 여팀장은 깐깐한 여교장이다. 조금만 늦어도 호통을 친다.

효종이 수첩을 대여섯 권 더 손에 들고 언덕을 올라가자 여팀장은 작게 중얼거린다.

"100여 권 남지 않을까 싶은데. 저 뒤쪽까지 하면 2500세 대야."

우리는 아무 말 없이 두 시간 동안 손동작만 한다. 같은 여자인데 오히려 할 말이 없다. 눈이 안 보이는 사람이 소리만 듣는다면 비가 흥건히 고인 바닥을 두 사람이 찰방찰방 뛰어가는 소리인 줄 알 것이다. 물소리 사이로 여팀장의 목소리가 들려온다.

"지금 허리 아프죠?"

"네."

"난 지금 덜 아프거든. 왜냐, 자세가 계속 구부러져 있잖

아. 난 이렇게 등을 펴고 하고. 밑에 두 뭉치를 겹쳐 깔고 그 위에 올리고 해요. 언제부터 따라하나 보려 했지. 이렇게 말 하면 또 잔소리한다고 할 것 같고. 막노동할 때는 머리는 필 요 없어. 요령이 있어야 해요."

어느새 들어온 효종이가 거든다.

"맞아. 막노동이지, 막노동. 누님, 머리가 돌아가야 요령도 피우죠."

"야, 누나 앞에서 그러니? 말을 좀 돌려서 해야지."

효종을 한 번 흘겨본 다음 여팀장의 말대로 해 본다. 어쨌 든 여팀장은 마음에 든다. 사실 잔소리라면 저쪽 기사 아저씨 덕분에 닷새 만에 이력이 났다.

"와, 많이 빠졌네요? 한 번씩 돌리면 끝나겠다."

태식과 안성이 엄청 빠르게 돌리고 돌아오자 여팀장이 큰 소리로 말한다.

"사실은 뒤에 또 있습니다!"

여팀장은 빙그레 웃지만 남자들의 얼굴은 일그러진다.

"하긴 누님한테 뒤통수 맞은 게 어디 하루 이틀인가."

여팀장은 효종의 뒤통수를 한 대 갈긴다. 아무리 돌려도 뒤쪽 트렁크에 실린 수첩은 자가 증식을 하는지 줄어들 기미 가 보이지 않는다.

오르막길을 올라가느라 쉴 수 있게 된 남자애들의 표정이

나른해 보인다.

나는 아침부터 이렇게 기운이 빠지는 이유가 아마도 그것 때문이겠지, 생각하며 추억이 깃든 거리를 천천히 돌아본다. 오랜만에 신라호텔, 장충단공원, 장충체육관을 보니 기분이 이상하다. 장충단공원은 예전과는 사뭇 달라졌다. 그때만 해도 넓기만 넓었지 동네 공원처럼 소박한 모습이었는데 지금은 많은 사람들이 일부러 찾아오는 생태 공원으로 탈바꿈했다.

운전석에 올라타 핸들을 틀어, 걸어서 한 시간 반 정도 걸렸던 남산 산책로와 남산 기슭의 국립중앙극장, 그리고 국립중앙극장에 닿기 전에 보이는 유관순 동상에 가 보고 싶은 충동이 인다. 남산타워의 케이블카를 타고서 아래를 내려다보며 나눴던 수많은 꿈들. 그 이야기들은 아직 그곳에 남아 있을까. 남산 산책로가 질리면 방향을 틀어 약수역까지 걸어 갔더랬다. 약수역 근처의 버티고개를 지날 때 그가 버티고개가 버티고개인 이유를 말해 주었다.

"옛날 이 고개는 길이 좁고 다니는 사람도 없어서 도둑이 많았대. 그래서 험상궂고 성격이 나쁜 사람을 보면 밤중에 버티고개에 가서 앉을 놈이라고 했대. 순라군들이 야경을 돌면서 '번도!' 하면서 도둑을 쫓았는데 그 말이 나중에 번티, 그리고 버티가 된 거래."

"번티가 버티라고? 거짓말."

그는 더불어 약수동명의 유래까지 말해 주었다.

"진짜야. 성종 때는 소나무 숲을 베어 버렸어. 버티고개에 도적 떼가 많은 이유가 그곳에 소나무 숲이 무성해서 도둑놈들이 숨기 쉬워서라고 했어. 그 버티고개 마루에 버티약수라는 약수가 있었어. 그게 어찌나 맛있던지 그 고개를 지나가는 사람은 다 그 약수를 마셨대. 그래서 약수동이 된 거야."

나는 짐짓 믿는 양 고개를 끄덕여 주었지만 집에 돌아와서는 인터넷으로 검색해 보곤 했다. 그가 하는 말은 틀리는 법이 없었다. 워낙 재미있게 말도 잘했지만 그는 잡학 사전라는 별명이 붙었을 만큼 박학다식했다.

스물두 살, 스물세 살, 스물네 살, 그리고 스물다섯 살의 반년. 나는 이 동네를 줄기차게 드나들었다. 남자 친구인 종원이가 이곳에서 자취를 하고 있었기 때문이다. 우리가 만나게 된것도 따지고 보면 아르바이트 때문이었다.

오랜만에 고등학교 친구인 은하를 만나기로 했는데 은하는 그때 장충동의 카페에서 아르바이트 중이었다. 그날은 개강한 지 두 달쯤 지난 은하의 생일이었다. 은하는 수업이 없는 화요일 목요일 이틀만 아침 8시부터 오후 5시까지 아르바이트를 한다고 했다. 나는 2시쯤 그곳으로 가서 은하의 아르바이트를 도와주며 다음 아르바이트생이 오는 5시까지 기다리고 있었다. 4시쯤 되었을까. 은하가 누군가와 통화를 하더니 이곳으로 오라고 했다.

"같이 수업 듣는 친구야. 조별 발표가 내일이거든. 전해 줄 게 있어서."

그렇게 만난 종원이는 그날 얼결에 은하의 생일 파티에 함께했고 우리 셋은 이후로도 한두 번 같이 만났다. 첫인상이 다소 차가웠던 종원이와 그 이후로도 3년 반 동안 단둘이 만나게 될 줄은 미처 몰랐다. 새벽에도 찾아와 문을 두드려 대는 사채업자들을 피해 나는 종종 종원이의 자취방으로 숨어들었다.

장충단공원에 단풍이 붉게 물들었을 때 종원이는 오랜 시간 준비한 유학길에 올랐다. 나는 아무렇지 않은 듯 장충단 공원으로 나가 그해 가을 내내 단풍 사진을 수십 장 찍어 종원이에게 이메일로 보냈다. 우리는 한참 동안 이메일을 주고받았지만 계절이 바뀌듯이, 길이 변하고 사라지듯이 그냥 그렇게, 현재의 우리가 되었다.

까맣게 잊었다고 생각했는데 장충단공원 입구에 나란히 앉아 있는 연인의 모습이 마치 그때의 우리처럼 보인다. 아마도 길이 날 놀리는 모양이다. 나는 잊은 그때의 일들을 길은 기억하는 모양이다.

장충동은 장충동1·2가, 묵정동으로 나뉜다. 장충단길 주변에는 동의 명물인 돼지족발집이 밀집해 있어서 우리는 특별한 날에는 꼭 족발을 먹곤 했다. 이름도 재미있는 묵정동의 이름은 먹절골이라는 마을 이름에서 나왔다. 먹절골은 동네에 깊은 우물이 있어 늘 시커멓게 보여서 감정우물이라고 불렀고, 바로 먹절골의 감정우물이라는 뜻에서 동명이 나왔다. 종원이가 들려주던 이야기가 귓가에 들리는 것 같아 눈가가 뜨거워진다. 나는 숨을 한 번 들이마셨다가 내쉰다. 아마도 감정우물이라는 뜻을 담고 있는 묵정동 가까이에 있기 때문일 것이다.

길은 잊었을지 모르지만 나는 기억하고 있는 것이 하나 있다. 늘 내게 잘해 주었던 종원이가, 바보처럼 나만 쳐다봤던 종원이가, 나를 쫓아온 사채업자에게 자신의 한 달치 아르바이트비를 덥석 쥐어 주었던 종원이가 결국엔 나를 버렸다는 것. 그가 결국에는 빚에 허덕이는 나를 버리고 멀리 떠나갔다는 것 말이다.

그 사실을 인정하기까지 오랜 시간이 걸렸다. 나는 한 번도 그에게 왜 나를 두고 떠나는지 묻지 않았다. 나에겐 그럴 권리가 없다고 생각했다. 그가 출국하던 날 공항에서 그는 나에게 같이 가지 않겠느냐고 물었다. 하지만 그는 내 눈을 마주보지 못했다. 그에게 나는 이곳에서 내 힘으로 이루고 싶은 것이 있다고 했다. 가족을 버리고 갈 수는 없다고 했다. 물론 거짓말이었다.

혹시 신이 내게 다시 그 순간으로 돌아갈 수 있게 해 준다면 나는 그의 발치에 매달려 애원할 것이다. 나를 두고 가지 말라고. 네가 없으면 나는 견뎌 낼 자신이 없다고. 너만 내 곁에 있어 준다면 지옥 같은 현실을 잊고 살 수 있을 것 같다고. 네가 가면 나는 이 거리 저 거리로 보이지 않는 무언가에 머리채를 휘어잡힌 채, 마음이 너덜거리며 끌려 다닐 거라고. 다시 빨간 입술이 내 목에, 팔에, 다리에, 무릎에 들러붙어 물어뜯을 거라고. 살점을 뜯어 가고 그것으로도 모자라 내장까지 파먹을 거라고. 내 신장에, 간에, 허파에 구더기가 피어오를 거라고. 제발 날 두고 가지 말라고.

종원이가 떠난 후 석 달쯤 된 날이었던 것 같다. 나는 아르바이트를 하던 중에 쓰러져 병원으로 이송되었다. 나는 당시 호텔 식당에서 설거지를 하고 있었는데 뜨거운 김이 피어오르는 물이 그날따라 견디기 힘들었다.

그날 응급실에서 링거주사를 맞으며 생각했다. 아니, 아니다. 시간이 다시 되돌려진다면 종원이를 흠씬 두들겨패 줄 것이다. 치사한 놈, 겁쟁이, 나쁜 놈…… 입에 담을 수 없는 온갖 욕을 퍼부어 줄 것이다. 다시는 나를 떠올리고 싶지 않을 정도로 독하고 매운 말들을 퍼부어 줄 것이다. 죽을 때까지 지켜 준다는 말은 왜 했느냐고 따져 물을 것이다. 그러고는 그의 팔을 물어뜯고 다리를 물어뜯어 피가 흘러나오도록 할

것이다. 그의 몸에도 내 몸에 난 것과 똑같은 생채기가 새겨
지도록.

　그날 이후 나는 단 한 번도 종원이 때문에 울지 않았다.
아무렇지도 않게 아르바이트를 하고 조금씩이나마 돈을 갚으
며 끈질기게 살아남았다.

　유난히 견디기 힘든 날은 무료 전시회를 찾아다녔다. 전시
회장에 걸린 그림들은 늘 나를 반겨 주었다. 갈데없는 나를
그들은 두 팔 벌려 반겨 주었다. 나는 벽에 걸린 그림의 품에
안겨 울고 웃었다. 그때까지만 해도 내가 다시 그림을 그릴 수
있을 거라고는 생각하지 않았다.

　어딘가에서 사고가 났는지 차가 5분이나 정체되어 있다.
효종이 봉지에 수첩을 넣으며 내게 어느 팀이 빠른 것 같냐고
묻는다. 나는 이 팀이 한 시간은 빠른 것 같다고 말한다.

　"누나, 제가 다리 두 번 접질리고 나니까 속도가 느려졌어
요. 그리고 입원비가 3만 5000원. 정말 괜히 일했다니까. 일
한 이유는 단 하나, 여기에서 누님들을 만나기 위해!"

　효종은 말하는 것이 사랑스럽다. 눈가에 가득한 눈웃음 덕
분일까. 여팀장도 효종에게는 좀 덜 엄하게 군다.

　"으이구, 이쁜 것. 효종아, 절대 뛰지 마라."

　덩치 큰 태식이란 청년이 말한다.

"뛰면 다리가 먼저 구부러지는 게 아니라 머리가 먼저 부딪쳐. 텔레비전에서 실험했어."

효종도 투덜댄다.

"지난달에 저기서 치킨집 전단 돌리다가 난간에서 떨어질 뻔했어요. 죽을 뻔했죠. 난간 안 잡았으면 죽었어요."

여팀장이 효종의 얼굴을 두 손으로 감싸 쥐며 말한다.

"그래, 살아서 오늘 왔구나."

여팀장은 수첩 서너 개를 더 봉지에 담다가 시운하다는 듯이 말한다.

"너희가 그러니까 내가 너희를 사지로 모는 것 같잖아. 정말 그러다가 큰 사고라도 나면 어쩌니. 말이 씨가 되는 거야. 그러니까 말조심하고 다들 몸조심해."

애들이 가방에 책을 한가득 담아 우르르 밖으로 나가자 여팀장이 창을 내리고 담뱃불을 붙인다.

"사실 5년 전엔가 사고가 있었어. 얼음을 못 보고 오르막길에서 굴러떨어졌는데 다리 부러지고 얼굴이 째져서 피범벅에 말도 아니었지. 알바니까 산재보험이 나오는 것도 아니고. 으휴, 그때 부장 새끼가 병원비를 얼마나 아까워하던지. 내가 더 보태 줬지."

반장님이 뒤를 돌아보며 말한다.

"그때 강 부장이었나?"

"그 인간 지금은 뭐 하나 몰라. 어디서 또 누구 등골 빼먹고 있겠지. 성격 참 지독했어."

"아니야. 내가 들었는데 도박에 재미 들여서 이혼당했다던데?"

여팀장은 "그래요?" 하며 저쪽 차에 가서 아이들에게 수첩 돌릴 골목을 지정해 주고 돌아온다. 효종이 스케이트를 타듯이 얼음을 지치며 차로 다가와 문을 열고 들어온다.

"왜 이렇게 빨라? 다 하고 왔어?"

"네."

여팀장은 의심스러운 눈빛을 던진다.

"반장님, 앞으로 이동요!"

"어디 해요?"

"번지수 한 번만 확인하고 해. 하고서 다른 데 가게. 이거 봉지 낀 것까지만 하자. 얘들아, 책 더 담아. 못 친 데 없어?"

모두들 입을 모아 "없어요." 하자 밥 먹으러 가자는 말이 여팀장의 입술 위로 떠오른다.

팀별로 나눠 앉아 웬일인지 다들 별말 없이 밥을 먹는다. 힘들었다는 뜻이다. 기사 아저씨 팀도 남팀장과 한 팀이었을 때보다 더 지쳐 보이는 얼굴이다.

다시 차 안에 들어가자마자 효종은 막 퍼담으며 "씨 유 레이러!" 하더니 나갔다가 금세 다시 들어온다. 저쪽 팀처럼 밥을 먹었으니 소화를 시켜야 한다는 둥의 엄살이 없다.

"근데 누나, 남자들은 웬만하면 살아. 군대에서 갈굼당한 게 어딘데."

효종 옆에 앉은 태식은 안 해 본 알바가 없다고 한다. 몸으로 할 수 있는 알바는 전부 해 봤단다.

"태식이 형, 또 무슨 알바 해 봤어요?"

"현금수송원. 그거 엄청 폼 나. 긴장되고."

"정말? 아, 나도 해 보고 싶다."

"아는 사람이 그쪽에 있어서 들어갔어. 하고 싶다고 할 수 있는 일은 아냐."

"나하고 형 아는 사이잖아요. 다음번엔 나도 꼭 데려가요."

"안 돼. 넌 불안해서."

효종이 눈을 치켜뜨며 자기를 못 믿는 거냐고 하자 태식이 말한다.

"그게 아니라 넌 몰라. 돈 가득 담긴 차를 보면 어떤 생각이 드는지. 평소의 가치관하고는 별 상관없는 문제야. 난 담이 작아서 그런 짓 못하거든. 근데 넌 무모하고 철이 없잖아. 그래서 안 돼."

"종로에 나가서 자리를 펴시지요."

효종은 수첩을 퍼 담으며 계속 말한다.

"형, 내가 이 바닥에서 수첩 돌리면서 단 한 개도 훔쳐 간

적 없다고."

여팀장이 효종의 엉덩이를 두드리며 말한다.

"어이구, 우리 효종이 이뻐. 지금 돈더미하고 우리 상가수첩을 동일시해 주는 거니? 넌 진정한 상가수첩맨이다. 내가 낳은 최고의 상가수첩맨."

효종은 감사하다고 말하고는 밖으로 나간다. 효종이 다시 차 안으로 들어오자 태식의 핸드폰이 울린다.

—오빠, 나야. 밥 먹었어? 내가 있잖아. 힘내!

핸드폰 화면에 야시시한 여자가 나타나더니 그렇게 내뱉고는 사라진다. 태식은 자못 흐뭇한 얼굴이다.

"어, 그거 뭐야?"

"시간 되면 지가 알아서 나타나."

그가 다운 받은 어플이라고 하자 모두들 어플 주소를 알려 달라고 한다. 효종도 "형, 왜 약한 척해요?" 하면서도 "그거 어디서 받았어요?" 한다. 그러더니 다시 핸드폰을 주머니 속에 넣으며 말한다.

"에이, 그게 뭐야. 벽 보고 말하는 게 낫지. 난 아이유가 좋더라. 아이러브유 하는 것 같거든. 아이유 어플은 없어?"

내일부터는 여섯 명의 똑같은 평면형 여자가 힘내라고 하는 소리를 들어야 할 판이다.

차가 잠시 장충단공원 앞에 멈춰 선 사이 다들 담배를 피우러 나갔지만 나는 커피를 뽑아서 봉고차로 들어온다. 효종이 차 안으로 들어와 내 곁에 앉더니 봉지를 손에 걸며 말한다.

"누나, 할 만해요?"

"이제 봉지만 봐도 토할 것 같아."

"봉지는 원래 토하는 거잖아요. 거기에다 해요."

오늘은 정말 토할 것 같다. 평소보다 두 시간이나 지체되고 있다. 내 손이 봉지인지 봉지가 내 손인지 모르겠다. 그래도 단기간이라고 생각하니 할 수 있다. 평생 해야 하는 일이라고 생각하면 일주일도 못 견딜 것이다.

여팀장이 밑에 있는 건 하지 말고 이쪽에 있는 건 다 하라고 한다. 밑에 있는 건 모두 아파트에 뿌릴 생각인 모양이다.

봉고차가 아파트를 지나 주택가로 들어선다. 차가 멈춘 사이 중후가 춥다며 이쪽 차 안으로 억지로 들어와 앉으며 저쪽 아저씨는 히터를 안 켜 준다고 한다. 중후가 구시렁거린다.

"추운 차 타야지 하고 두껍게 입으면 더운 차, 오늘은 더운 차겠지 하고 얇게 입으면 추운 차."

중후는 내가 다른 팀에서 일했을 때 기사 아저씨가 안 오고 기사 아저씨 친구가 대신 왔는데 그 차는 너무 더워서 혼났다고 말한다. 중후는 약수동 다 돌리고 버티고개 쪽도 돌리고 왔다며 해도 해도 끝이 없다고 투덜댄다. 나는 중후에게 버티고개가 왜 버티고개인지를 말해 준다. 그러자 또 중후는 고개를 갸우뚱하며 엉뚱한 이야기를 한다.

"그럼 담티고개는 왜 담티고개지?"

담티고개가 뭐냐고 묻자 자기가 어렸을 때 대구에 잠깐 살았는데 그곳에 담티고개가 있었다고 한다. 중후는 무릎을 치며 이렇게 말한다.

"아, 누나! 아마 대구엔 선생님 말 안 듣는 애들이 많은가 봐요. 애들이 수업에 안 들어오고 다 담티고개에 가서 앉아 있으니까 담임 선생님이 잡으러 간 거야. 애들이 그걸 보고 담탱이 온다! 담탱, 담탱! 하니까 그 말이 담탱에서 담티가 된 거 아닐까요?"

과거의 기억 때문에 기분이 가라앉아 있었는데 중후의 상상력에 웃음이 나온다.

여팀장이 들어와 봉지에 담아놓은 수첩들을 보고는 또다시 소리를 지른다.

"야 야, 이거 뭐야, 끼워 놓은 거?"

"남은 거요."

"어서 가. 안 가고 뭐해? 여기 앞에 골목 들어가."

애들이 밖으로 뛰쳐나가자 반장님이 뒤돌아보며 말한다.

"팀장님, 지난번 돈 입금이 안 됐던데 많이 힘들어요?"

여팀장은 고개를 끄덕이며 미안한 표정을 짓는다.

60대 중반으로 보이는 반장님은 거의 매일 차를 빌려 주고 운전해 주는 일을 한다고 한다. 평생 운전만 하고 살았다며 늙어서는 차는 몰지 않을 거라고 한다. 그가 말하는 '늙어서는'이 몇 살부터일까 생각하는데 차는 커다란 상가 앞에 멈춰 선다.

아이들이 상가 앞으로 모이자 여팀장은 구역을 나눠 지시를 한다. 중후는 차 안에 반쯤 걸터앉아 데굴데굴 구른다.

"상가수첩을 상가에 돌리래! 크흐흐흐흐."

어제 오늘은 평지가 많다고 하더니 상가를 말한 모양이다.

"설마 하니 상가에서 상가수첩 돌린다고 뭐라 하진 않겠지."

중후랑 효종이 신이 나서 수첩을 잔뜩 넣은 가방을 지고 사라지자 여팀장이 이렇게 가끔 평지 코스를 넣어 줘야 애들 근육이 쉴 수 있다고 말한다.

중후랑 효종이 씩씩대며 차 안으로 들어와 게토레이를 들이켠다.

"어휴, 미친놈. 3층에 무슨 삼계탕집인가 있는데 돌리지 말라고 그러는 거 있죠? 거기 번호도 수첩에 있어요?"

"장수 삼계탕?"

여팀장은 당장 번호를 빼 버려야겠다며 화를 낸다. 올봄에 이 동네 주민들은 장수 삼계탕을 배달시켜 먹긴 힘들 것이다.

너무 피곤해서 전철 안에서 습관처럼 하던 손목 돌리기를 건너뛴다. 침을 흘리며 졸다 보니 어느새 목적지다.

집에 가는 길에 집 앞 편의점에 들러 택배를 달라고 하자 한 점원이 다른 점원에게 손짓으로 택배 상자를 가리키며 가져오라고 한다.

"확인하고…… 픽업이지? 찍고 서명해 주세요, 하고 스티커 떼고 주면 돼."

인수인계 중인 모양이다. 한눈에도 어리바리해 보이는 아르바이트생은 고개를 끄덕인다. 내가 주민등록증을 내밀자 인수인계자는 제대로 확인하지 않고 "뭐, 맞겠죠."라고 한다. 그렇게 대충 인수인계를 하다니, 너는 그래 갖고는 평생 프리터는 못 되겠다고 생각하며 밖으로 나온다.

대림동

재개발 아파트 단지에 들어서자 팀장이 기사 아저씨에게 이거 다 지으려면 얼마나 걸리느냐고 묻는다. 아저씨는 아파트를 올려다보며 말한다.

"재건축 같은 거 3년에서 3년 6개월 걸리거든. 큰 단지 제외하고 열 개 동 정도면 글쎄……."

"이거 다 완성되면 여기에도 뿌리려고요."

사무실에서 그리 멀지 않은 대림 1동의 골목에 봉고차가 멈춰 선다. 팀장이 차 문을 열고 밖으로 나가더니 가방을 수첩으로 꽉 채운 남자애들에게 싱긋 웃으며 말한다.

"자, 여기에 우리 집이 포함돼 있어."

"정말요?"

중후가 묻는다.

"그러니까 잘해. 우리 집에 안 들어오면 안 한 거야."

"어딘데요?"

"여기에서 멀어. 그게 중요해. 힌트는 세 들어 사는 집이고 1층이야. 담벼락이 없다는 것만 알아 둬. 하나 더 알려 주지. 주택이야."

"어딘데요, 세 들어 사는 집이라고 써 있어요? 그게 무슨 힌트예요?"

"안 가르쳐줘. 우리 집만 잘 치려고."

"아니요. 그 집만 안 넣으려고요."

"안 돼. 우리 집도 그거 필요해. 난 피자, 자장면 입에 달고 살거든."

중후가 "그럼 하나 들고 들어가면 되잖아요오!" 하고는 짝으로 정해진 귀마개를 내버려두고선 도망가자 귀마개는 "어, 같이 가야 하는데." 하며 엉거주춤한 자세로 중후를 따라간다. 추위에 빨개진 그의 뺨과 분홍빛 귀마개를 보고 아이들은 뒤에서 키득댄다.

귀마개가 왕따가 되어 가는 것이 점점 더 눈에 보인다. 여자애들이나 할 것 같은 커다란 분홍색 귀마개를 한 그가 오늘따라 더 측은해 보인다. 그나저나 날이 갈수록 점점 수첩이 늘어나는 것 같다. 애들도 그것을 알고 꾀를 피우는 것 같다.

애들이 늦게 오는 횟수가 점점 더 늘어 간다. 기사 아저씨가 주택가의 계단을 오르는 승조를 보며 말한다.

"쟤도 안 그랬는데 꾀를 피워. 가방 밑에 신문지 넣어 놓고 다닌다니까. 꽉 채운 것처럼."

팀장이 "그래요?" 하더니 "아, 우리 집에 가서 30분쯤 누웠다 올까." 한다. 기사 아저씨는 창밖을 보며 여기가 옛날엔 과수원이었다고 한다.

때마침 영등포역을 지나는데 그레이드 백화점이 보인다. 그와 동시에 비상구 계단이 눈앞에 아른거린다. 담배 연기 자욱한 그곳, 비상구 계단. 순간, 오래전 끊은 담배 한 개비가 간절해져 나는 심호흡을 한다.

그러니까 비상구 계단. 그곳에서 나는 퉁퉁 부은 다리를 매만지며 담배를 피웠다.

그날, 나는 담배가 유난히 입에 착착 감기는 것을 느끼며 조금 전의 일을 되짚어 보았다. 나는 96만 원이란 태그가 붙은 옷을 파란색 가죽 백에 넣었다. 엊그제 동대문 새벽 시장에서 산 그 가방은 분명 내 것이다. 손님의 쇼핑백이 아니었다. 나는 그제야 내가 실수했다는 것을 깨닫고 서둘러 아래층으로 내려갔다. 아무도 보지 못했으니 어서 제자리에 갖다 놔야겠다고 생각했다. 엘리베이터를 기다리다가 10층 옥상에서

3층까지 걸어 내려갔다. 매장에 들어서는 순간 깜짝 놀랐다. 그 옷이 마네킹에 입혀져 있었다. 강씨 아줌마는 입술을 삐죽이며 다가와 입이 벌어진 내 가방을 건네주었다.

"보려고 본 건 아니고 의자 밑에 있기에 열어 봤는데……."

왜 남의 가방을 열어 보느냐고 소리를 쳐야 하는데 말이 안 나왔다. 온몸이 얼어붙으며 등이 오그라져 고개를 숙인 형상이 되었다. 그녀는 일 끝나고 밖에서 보자고 하고는 어딘가로 사라졌다. 또 놀러 가는 게 분명했다.

오후 8시, 나는 그녀가 핸드폰 문자로 알려 준 술집으로 갔다. 아무래도 그만두어야겠다고 생각하면서도 오랜만에 구한 안정적인 일자리라 아까웠다. 백화점은 종일 서 있어야 하지만 일당이 센 편이고 이젠 제법 노하우가 생겨서 손님들을 상대하는 것도 할 만했다.

먼저 도착해 있던 강씨 아줌마는 다리를 꼬고 일장 연설을 늘어놓았다.

"여기서 일하던 애들 중에 도벽 때문에 쫓겨난 애들이 많았어. 그래서 몇 년 전까지는 매장 애들 가방 검사를 일일이 했다더라. 네 나이 땐 명품 좋아하고 한순간 혹해서 그럴 수 있어. 다 이해하니 앞으로는 그러지 말고 열심히 해."

입을 다물어 주겠다는 건가? 하지만 그녀의 눈빛은 은근히 나를 무시하고 있었다. 나는 한 시간이나 그녀의 넋두리를 들어 주어야 했다. 다 아는 이야기였다. 이혼하고 혼자 딸을 키우면서 사는 것이 힘들어 죽겠다는 거다. 백화점에 오는 돈 많은 여자들 뒤치다꺼리하는 것이 엄청 자존심 상하는 모양이었다. 그녀의 말에 적당히 고개를 끄덕이며 생각했다. 내일 숍마스터에게 말하면 어쩌지? 증거가 없는데 뭘.

술집에서 나와 강씨 아줌마가 택시를 잡아 달라고 했다. 다리를 휘청거리는 그녀를 보니 일순간 차도로 밀어 버리고 싶었다.

집으로 돌아오는 길에 온갖 생각이 밀려들었다. 강씨 아줌마가 입만 다물어 준다면 정규직으로 전환될 가능성이 컸다. 2주만 견디면 계약 연장을 하게 되어 있었다.

나는 당시 대학을 졸업하고 1년 동안이나 아르바이트 중이었다. 평일에는 오후 늦게까지 백화점 매장에서 일하고 주말에는 방송국 방청 아르바이트나 전단 돌리기를 했다. 그렇게 일해서 버는 돈은 100만 원이 조금 넘었다. 그래도 이런 생활이 편의점 아르바이트를 하던 때보다는 나았다. 어쩔 수 없이 이런 생활을 하는 친구는 주변에도 꽤 있었다. 친구인 희수는 낮에는 카페에서 서빙을 하고 저녁에는 주 2일 파트타임으로 삼촌이 운영하는 공부방에서 중학생들을 가르쳤다. 희수는 돈은 나보다 조금 버는 주제에 명품이라면 끔뻑 죽었다. 일단 일을 저지른 후 말일만 되면 카드를 막으려고 여기저기 손을 벌렸다.

이곳에서 가장 친한 지원 언니는 백화점 근무에 대해 불만이 많았다. 원래 새 다리라 불릴 정도로 다리가 가늘었는데 이곳에서 일한 이후 코끼리 다리가 됐다고 투덜댔다. 그녀는 상고를 졸업하고 바로 입사해 벌써 짬밥이 8년이었다. 나는 백화점에서 일하는 수많은 여자들처럼 한심하게 늙어 가지 않으리라 다짐했다. 백화점의 화려함에 도취되어 자신도 언젠가는 화려해질 거라고 착각하는 여자들이나, 회장 아들이 방학 동안 몰래 백화점을 순찰한다는 소문을 믿고 얼굴에 파우더를 찍어 바르는 여자들 모두가 한심해 보였다. 하지만 가끔은 백화점에서 일하는 수많은 여자들과 함께 순식간에 늙어 버리는 것도 괜찮겠다는 생각이 들었다. 그때쯤이면 사채업자들도 늙어서 관 속으로 들어갈 것이 아닌가.

백화점에서 일하기 전에 편의점과 호프집을 전전했던 내게 깨끗하고 화려한 백화점에서 여자 손님들 비위 맞추기쯤은 아무것도 아니었다. 내가 들어온 후로 매상도 갑절로 올랐다. 석 달 뒤에 나와 강씨 아줌마 중 한 명만 정규직으로 전환된다는 이야기를 지원 언니에게 전해 듣고 얼마나 열심히 일했는지 모른다. 직무 태만인 강씨 아줌마에게 부아가 치밀면서도 더 그래 주길 은근히 바랐다. 그런데 한 번의 실수로 앞으로도 뒤로도 갈 수 없는 처지가 되어 버렸다. 아무래도 뭔가에 씌었던 모양이다.

다음 날, 나는 떨어지지 않는 발을 끌고 백화점으로 갔다. 간밤에 잠을 깊이 자지 못해 눈이 빨갛게 충혈되었다. 그날따라 백화점 건물이 유난히 거대해 보였다. 백화점 앞에서는 얼마 전 부당하게 해고되었다는 여자가 피켓을 들고 서 있었다. "부당 해고 시정하라." 그녀는 직무 태만을 이유로 해고된 계약직 사원이었지만 상사의 성추행을 고발했다가 해고되었다는 소문이었다. 나는 갈수록 수척해지는 그녀를 볼 때마다 측은했지만 다 쓸데없는 짓이라고 생각했다. 거대한 백화점과 싸우는 것은 바위에 계란 치기일 뿐이다.

3층 여성복 매장까지 에스컬레이터를 타고 올라가는데 에스컬레이터 올라가는 소리가 유난히 크게 들렸다. 무언가 끔찍한 일이 기다리는 것 같았다.

강씨 아줌마는 보이지 않았다. 10분 늦게 도착한 그녀는 팔자로 천천히 걸어오더니 숍마스터가 왔느냐고 물었다. 나는 고개를 가로저으며 개점 준비를 했다. 숍마스터는 아침에 신상품을 가져다 놓고 본사로 갔다가 저녁 때 다시 와서 매상을 확인하는데 웬일인지 그때까지 나오지 않았다. 아줌마는 대단한 약점을 잡았다고 생각한 듯 눈가에 거만한 기운이 등등했다. 잠시 후 숍마스터가 매장으로 들어왔다. 그녀는 신상품이 든 비닐을 내려놓으며 말했다.

"어제 매상 좋더라? 인주 씨 들어온 이후로 장사가 잘돼."

강씨 아줌마가 입을 삐죽이는데 가슴이 철렁했다. 그녀는 조금 일하는 척하다가 잠깐 밑에 다녀온다는 말을 남기고 나가서는 세 시간 동안 소식이 없었다.

아침 9시부터 저녁 8시까지 매장에는 보통 두 명의 직원이 일하게 되어 있었다. 직원이 화장실에 갈 때 매장을 비워 둘 수 없기 때문이다. 보통은 9시부터 12시까지 함께 일하고 점심 식사를 한 후 약 30분가량 서로 교대해 쉬었다. 옆 매장의 경우는 직원이 셋인데 한 명당 최소 두 시간씩은 쉬는 것 같았다. 셋 다 매장에 있는 것은 그쪽 매장의 숍마스터가 올 때뿐이었다. 예고 없이 왔을 때는 잠깐 화장실에 갔다고 둘러대고 동료에게 핸드폰 문자를 보내면 그만이었다. 직원끼리 마음만 맞는다면 좀 더 편하게 일할 수 있었다. 하지만 강씨 아줌마와는 처음부터 말이 통하지 않았다. 그녀는 처음부터 텃세를 부리며 나를 부려 먹으려 안달이었다. 성격도 일관성이 없어서 이유도 없이 툴툴거리다가 어느 순간 어린애처럼 어리광을 부리기도 했다. 대체로 근무 중 놀러 갈 때였다. 그렇게 두 달째 되던 날, 나는 그녀에게 일을 정확하게 분담하자고 말했다. 그녀는 황당하다는 듯이 목소리를 높였다.

"어머, 너 무슨 말을 그렇게 해? 그럼 그동안 분담하지 않았단 거야?"

"화장실에 한 번 가면 한 시간은 기본이잖아요? 어제는 두 시간 만에 왔고요."

그녀는 내가 없는 소리라도 한다는 듯이 말했다.

"어머, 애가 생사람 잡네? 기껏해야 한 시간이었어. 그것도 화장실에 가는 길에 다리를 삐끗해서 잠깐 약국에 다녀와서 늦은 거야. 넌 어쩜 애가 그렇게 매몰차니?"

그녀가 눈물까지 글썽이며 소리를 쳤다.

"너 내가 이혼녀라고 우습게 보는 거야? 그래도 내가 선밴데 어쩜 이렇게 예의가 없어?"

이젠 나도 참을 수 없다 싶어서 목소리를 높였다.

"도대체 무슨 말이에요? 그냥 같이 일을 하자는 것뿐이에요."

때마침 매장에 들어온 정 과장이 다짜고짜 나에게 말했다.

"아니, 인주 씨. 지금 뭐 하는 거야? 나이도 한참 어린 사람이."

정 과장은 우리 매장에 옷을 납품하는 거래처 사람으로 강씨 아줌마와는 수상한 사이였다. 아줌마는 눈물을 닦는 시늉을 하며 의자에 털썩 주저앉았다.

"내가 이런 데서 일하니까 애가 날 우습게 보나 봐요."

나도 한마디 하려는데 정 과장이 말했다.

"됐어, 됐어. 그만해. 얼마 전에 운동화 매장 직원들이 싸우다가 잘렸다더라. 그때 하필 회장 가족이 쇼핑 중이었대. 둘 다 긴장해. 언제 어디서 누가 보고 있을지 알아?"

화가 나서 화장실에 간다고 하고 매장 밖으로 나왔다. 비상구 문을 밀고 나가 담배를 피우려는데 어느새 정 과장이 문을 열고 들어왔다. 정 과장도 담배를 하나 빼어 물었다.

"인주 씨, 일하는 거 힘들지? 너무 그러지 마. 저 사람도 불쌍한 사람이야. 자세힌 몰라도 예전엔 꽤 우아하게 살았대. 얼굴 봐. 저 나이에 저렇게 곱기가 힘들지. 남편이 바람나서 돈한 푼 안 받고 헤어졌다잖아. 요즘 저런 여자도 드물어. 거기다 애까지 있으니 얼마나 힘들겠어. 요즘 같은 세상에 여자가 저렇게 착하면 살기 힘들어. 적당히 약아야 살지."

가관이었다. 유부남 주제에 여우에게 푹 빠져서 편들어 주는 꼴이라니. 어쩌다 강씨 아줌마가 모성애 강한 우아한 여자가 되었는지. 그녀는 한국의 어머니 상과는 한참 거리가 있었다. 마흔이 넘은 나이에 미니스커트는 기본이고 아침마다 인조 속눈썹까지 붙이고 나올 정도로 화장에도 공을 들였다. 점심도 새똥만큼 먹으니 뒷모습만 보면 20대 아가씨였다. 매일 힘들다며 쉬고 오겠다고 하기에 밥을 좀 더 먹으라고 했더니 자기는 쓰러지면 쓰러졌지 몸매가 망가지는 건 싫다고 했다. 게다가 그녀는 식품 매장에서 일하는 수정 언니와 밤새도록 술을 마시는 날이 일주일에 두세 번이었다. 정 과장이 몇 마디 덧붙였다.

"인주 씨가 좀 이해해 줘. 인주 씨는 앞날이 창창한 20대잖아. 인주 씨는 여기 말고도 일할 데 많지만 저 사람은 갈 데가 없어. 그리고 담배 끊어. 여자가 담배 피우면 건강에 더 안좋아. 저 사람은 순진해서 그 흔한 담배도 못 피운다니까."

담배를 피우라 말라 하는 것도 기가 막혔지만 강씨 아줌마는 참 대단한 여자다 싶었다. 화장실 간다고 나가서는 깜깜무소식이어서 옆 매장 언니에게 매장을 봐 달라고 부탁하고 찾으러 가면 휴게실에서 달디단 담배를 피우느라 내가 불러도 모르는 여자였다. 정 과장과 내연의 관계인 것은 분명한데왜 군이 담배 피우는 것까지 숨기는 건지 궁금했다. 하긴 유부남이긴 해도 그는 제법 경제적으로는 넉넉하니 그의 애인노릇을 하려면 담배 정도는 참아야겠지 싶었다. 아줌마 골초예요, 하는 말이 목구멍까지 넘어왔지만 그건 너무 치사하다싶어 꾹 참았다.

정 과장이 돌아간 후 담배를 한 개 더 태우며 생각했다. 생각해 보면 강씨 아줌마도 안됐다. 아이들 대학 보내고 남편과 해외여행이나 즐길 나이에 이곳에 나와서 막내 여동생뻘되는 애들과 종일 일하는 것도 자존심 상할 수 있겠다 싶었다. 지원 언니에게 듣기로 그녀는 수정 언니의 소개로 이곳에서 일하게 되었다. 원래는 지하 식품 매장에 채용됐는데 낙하

산으로 그 자리가 채워지고 마침 여성복 매장에 급하게 사람이 필요해서 3층으로 오게 된 것이다. 40대 아줌마 같지 않게 세련된 외모도 이점으로 작용했을 것이다. 지하 식품 매장에서 일하는 것은 분명 3층 여성복 매장보다 육체적으로 고된 일이지만 여성복 매장보다 자유롭고 층 매니저의 눈만 피한다면 수다도 떨 수 있었다. 그렇게 20대처럼 차리고 다니는 것도 어쩌면 동료들과 비슷해 보이려고 애쓰는 것인지도 몰랐다. 휴게실에서 만난 옆 매장 언니에게 속내를 털어놓으니 언니가 은근히 강씨 아줌마 편을 들어 주었다.

"내가 봐도 그 언니 근무 태만이지만 너한테도 문제가 있어. 너 스무 살 차이 나는데 아줌마, 아줌마 하잖아. 언니라고도 부르고 좀 살갑게 굴어 봐."

언니? 하긴 내가 그녀를 아줌마라고 호칭하는 것은 비꼬려는 의도이긴 했다. 첫날부터 그녀가 텃세를 부려 언니라는 호칭은 도저히 입에 붙지 않았고, 며칠 뒤 그녀가 내게 화를 내며 아줌마라고 부르지 말라고 해서 강정희 씨라고 불렀다. 물론 그녀가 보지 않을 때는 강씨 아줌마라고 했지만.

저녁에 옷을 갈아입고 집에 가려는데 백화점 정문에서 누군가 손을 잡아끌었다. 수정 언니였다. 언니는 다짜고짜 맛있는 걸 먹으러 가자고 했다. 저 멀리서 정 과장도 손짓을 했다.

"인주 씨! 어서 와. 오늘 내가 비싼 거 쏜다."

정 과장은 벌써 한잔했는지 얼굴이 벌겠다. 강씨 아줌마는
매장에서 입었던 검은색 스타킹이 아닌 붉은색 망사 스타킹
을 신고 있었다. 나는 집에 일찍 들어가 봐야 한다고 했다. 하
지만 강씨 아줌마가 내 팔짱을 끼더니 어리광을 부리며 같이
가자고 했다. 매장 안에서는 모르는 사람처럼 굴면서 대체 뭐
하자는 건지 알 수 없었다. 강씨 아줌마는 정 과장이 선물해
준 것이 분명한 와인색 가방을 어깨에 메고 있었다. 아줌마가
백화점 앞에서 일인 시위하는 여자를 보더니 말했다.

"어머, 쟤 또 저러고 있네?"

아줌마는 그녀에게 달려가더니 자기 손에 든 음료수를 건
네고 돌아왔다. 그때 2층 인간 마네킹이 내 앞을 지나갔다. 잘
생긴 외모 때문에 그는 우리 사이에서 화제였다. 그는 정말로
움직이지 않는 조각상 같았다. 행사 때문에 며칠간 고용된 사
람인데 나는 비상구 계단에서 그와 종종 마주치곤 했다. 마
네킹이 담배를 태우는 모습은 SF 영화의 한 장면 같았다.

억지로 고깃집에 앉아 40대 아줌마 아저씨들의 푸념을 들
으려니 기가 막혔다. 셋이서 소주 다섯 병을 비울 때까지 나
는 한마디도 하지 않았다. 수정 언니는 소녀 가장이나 다름없
이 자라 돈 버느라 아직 결혼을 못했는데 지금은 저축이 꽤
되는데도 이혼남이 아니고서야 남자가 생기지 않는다고 했다.
정 과장은 와이프와는 각방 쓴 지 오래고 아이들 교육시키느

라 힘들어 죽겠다고 했다. 강씨 아줌마는 이번에도 담배에는 손도 안 대고 술만 마셨다.

무심코 수정 언니에게 물었다.

"근데 두 사람 어떻게 알게 됐어요? 고교 동창?"

"아, 우리? 말 안 했나? 나이트에서 만났어. 내가 완전 뻗었는데 얘가 집까지 데려다줬지. 정말 이상한 인연이지?"

강씨 아줌마가 눈을 부라리며 무슨 소리냐고 했다. 정 과장이 벌겋게 달아오른 얼굴로 입을 쩍 벌렸다.

"아니 수정 씨야 그렇다 치고 정희 씨가 나이트엘 다 갔어? 그런 데 싫어하잖아."

강씨 아줌마가 눈웃음을 치며 말했다.

"속 썩이는 여동생 있다고 했잖아요. 걔 잡으러 갔지."

그러자 정 과장이 "아." 하더니 나에게 말했다.

"이 사람이 옷차림은 야해도 엄청 순진해. 그게 매력이지."

수정 언니는 그야말로 편안한 큰언니 같은 스타일이었다. 아줌마의 20년 지기라는 그녀는 아줌마에게 큰 애정을 품고 있는 것 같았다. 술 먹다가 흘리면 닦아 주는 품이 꼭 엄마 같았다. 문득 강씨 아줌마는 나보다 행복한 사람이라는 생각이 들었다. 당시의 나에겐 직업을 구해 줄 친구도, 눈 뜨고도 속아 줄 애인도 없었다. 그날 술집에서 나와 걷는데 처음으로 아줌마에게 언니라고 불렀다.

"언니, 이래서 내일 제시간에 나오겠어요?"

하지만 그녀는 눈을 홉뜨며 화를 냈다.

"어머, 얘 좀 봐. 내가 왜 네 언니야? 내가 선배잖아. 요즘 애들은 정말 개념이 없다니까. 선배님이라고 불러!"

더 이상 서운할 것도 없는 일이었지만 옆 매장 점원들이 언니라고 부르면 아무 말 안 하면서 왜 유독 내게만 못되게 구는지 알 수 없었다.

억지로 노래방까지 끌려갔다. 이줌미는 당시 인기였던 쥬얼리의 「니가 참 좋아」는 물론이고 근무 중에도 곧잘 흥얼거리던 노래를 열창했다.

"다시 또 누군가를 만나서 사랑을 하게 될 수 있을까 그럴 수는 없을 것 같아 도무지 알 수 없는 한 가지 사람을 사랑한다는 그 일 참 쓸쓸한 일인 것 같아 사랑이 끝나고 난 뒤에는 이 세상도 끝나고 날 위해 빛나던 모든 것도 그 빛을 잃어버려……."

양희은의 「사랑 그 쓸쓸함에 대하여」였다. 노래의 제목은 처음 알았다.

아줌마가 정 과장과 블루스 삼매경에 빠진 사이, 그녀의 휴대전화 액정 화면에는 끊임없이 '딸'이란 글자가 떠올랐다. 정 과장의 핸드폰도 계속해서 울리긴 마찬가지였다.

"선배님, 전화 왔어요."

"없다고 해! 강정희 오늘 죽었다고 해!"

정 과장의 손은 그녀의 허벅지 위 망사 스타킹에 착 달라붙은 채였다. 전화기가 일곱 번째 울렸을 때 나는 밖으로 나가 전화를 받았다. 전화를 받자마자 "엄마?" 하고 묻는 앳된 목소리가 흘러나왔다. 나는 전화기에 대고 엄마는 지금 전화받기 힘든 상황이라고 말했다.

"우리 엄마 무슨 일 있어요? 며칠째 집에 안 들어와요."

"아무 일 없어요. 그냥 좀…… 회식이 있어서요. 오늘은 아니, 내일은 아마 들어갈 거예요."

앳된 목소리는 한숨을 작게 내쉰 후 말했다.

"엄마 세 끼 밥 잘 챙겨 드시라고 전해 주세요. 그리고 내일은 꼭 들어오라고 전해 주세요."

맘씨 착한 딸까지. 아줌마에게 부러운 게 하나 더 늘었다.

다음 날, 아줌마는 아무 일 없었다는 듯 예전과 똑같이 못되게 굴었다. 화장실에 가면 오지 않았고 손님이 오면 마치 자신은 숍마스터라도 되는 양 카운터에 서서 아무것도 하지 않았다. 손님들은 그녀의 복장을 보고 늘 나에게 이것저것 시중을 들게 했다. 내가 처음 이곳에서 일할 때 강씨 아줌마는 숍마스터에게 부탁했다. 자신이 나이도 많은데 다른 애들처럼 매장 옷을 입으면 이상하지 않느냐면서 자신은 그냥 얌전한 사복을 입겠다고 말이다. 내가 봐도 이 브랜드는 20대를 타깃으로 한 옷이라 그녀에겐 어색할 것 같았다. 하지만 늘 20대처럼 입고 다니는 그녀가 그런 말을 하니 이상했다. 숍마스터는 얼굴을 찡그렸지만 아줌마가 눈물까지 글썽이니 그럼 어두운색 위주로 입으라고 했다. 누가 봐도 아줌마는 나보다 직위가 높은 숍마스터로 보였고 자동으로 나는 판매 직원이 되었다.

점심시간에 아줌마를 쏙 빼닮은 딸이 찾아왔다. 그녀는 아줌마에게 자신이 썼다는 도시락을 내밀며 생활비를 조금만 달라고 했다. 아줌마는 버럭 화를 내며 아빠에게 전화해 보라고 하고선 매장 밖으로 나갔다. 아줌마의 딸은 어깨를 축 늘어뜨리고 매장 밖으로 나갔다.

옷에 손을 댄 날이었던가. 점심시간에 희수에게서 문자메시지가 왔다. 또 카드값 때문에 전화했나 싶어서 한동안 전화를 받지 않았는데 9층 커피숍에서 기다린다고 하니 안 가볼 수 없었다. 나는 강씨 아줌마가 식사를 마친 후 커피숍으로 올라가 샌드위치로 점심을 때우며 희수의 수다를 들어 주었다. 머리서부터 발끝까지 정성 들여 꾸민 희수는 얼마 전 출시된 명품 핸드백을 들고 있었다. 희수는 그새 새 남자 친구가 생겼다고 했다. 그 가방도 그에게서 얻어 낸 모양이었다. 얼굴이 부쩍 좋아진 희수 때문인지 쇼윈도에 비친 내 얼굴이 유난히 푸석푸석해 보였다.

희수는 별일 없으면 그 남자와 올해 안에 결혼해 미국에 갈 거라고 했다. 그는 희수보다 여덟 살이 많지만 탄탄한 직장이 있고 곧 해외 지사에 파견될 것이라고 했다. 무슨 결혼을 그렇게 빨리 하느냐고, 좀 신중히 결정하라고 말했지만 사실 희수의 결혼에는 별 관심이 없었다. 나는 별다른 노력 없이 편안하게 살게 될 희수가 조금 얄미웠다.

매장에 돌아오니 강씨 아줌마는 아침부터 머리가 아팠다면서 약국에 다녀온다며 매장 밖으로 사라졌다. 나는 그녀의 등에 대고 30분 안에 안 오면 숍마스터에게 전화를 넣겠다고 으름장을 놓았다. 열 시간 동안 서서 "어서 오세요, 고객님."을 연발하다 보면 다리가 무감각해질 때가 있었다. 옷을 족히 열 번은 입고 벗기를 반복하는 진상을 상대하고 나니 자리에 주저앉고 싶을 정도로 기운이 빠졌다. 갑자기 크게 울고 싶을 정도로 우울했다. 주변에 숍마스터가 없나 살피고 피팅룸에 들어가 입을 틀어막고 울었다. 그동안 눌러 뒀던 화를 폭발시키니 조금 개운해졌다. 밖으로 나왔을 때 문득 검은색 원피스가 눈에 띄었다. 이 매장에서 가장 비싼 상품이지만 일주일 만에 열 점이 팔렸다. 처음에 그 옷이 매장에 들어왔을 때는 가격이 내 월급보다 만 원 비싸다는 것에 비위가 상했지만 보면 볼수록 역시 값어치를 하는 옷이라는 생각을 지울 수 없었다. 그 옷을 구입하는 여자들은 늘 별다른 망설임 없이 옷을 사 갔고 반품하는 일도 없었다. 광고 효과를 위해 판매 사원은 매장 옷을 입게 되어 있었지만 숍마스터는 옷에 흠이 생길까 봐 걱정하는지 그 옷은 입지 말라고 했다.

그 옷이 매장에 들어온 지 사흘째 되던 날에 도난 사건이 발생했다. 여대생으로 보이는 여자가 들어와 옷을 입어 보고는 나중에 사겠다고 했는데 내가 피팅룸을 정리하고 나오니 의자에 올려놓은 원피스가 감쪽같이 사라졌다. 잠시 후 지원 언니가 옷을 들고 왔다.

"너 정신 어디다 놓고 다녀? 내가 못 봤으면 어쩔 뻔했어?"

지원 언니가 여대생을 쫓아가 가방을 낚아채 옷을 되찾고 여자를 경비에게 넘기고 오는 길이라고 했다. 백화점의 시시티브이는 사실 별 소용이 없었다. 이렇게 현장을 보지 않고서야 손님의 가방을 뒤지는 것은 어려운 일이었다. 상습범일 경우 오히려 정색을 하며 왜 이러느냐고 되물었다. 고래고래 소리를 질러 손님들이 몰려들게 하면 처치 곤란이었다.

그 옷을 쳐다보고 있으니 갑자기 너무나 갖고 싶었다. 백화점 도난 사건이야 종종 있는 일이니 상습범의 짓이라고 하면 의심받지 않을 것이었다. 나도 모르게 가방에 옷을 집어넣었다. 가슴이 쿵쾅거렸다. 주변에는 아무도 없었다. 시시티브이는 매장 깊숙한 곳까지는 비추지 않았다. 때마침 강씨 아줌마가 돌아왔다. 후다닥 가방을 의자 밑으로 내리며 옷매무새를 고쳤다. 나는 화장실에 갔다 온다고 하고서는 비상구로 나갔다. 계단을 하나하나 오르다 보니 어느새 옥상이었다. 더위를 느끼지도 못했는데 이마에는 땀이 흐르고 있었다. 옥상으로 나가 담배를 피운 후 자리에 돌아오니 내 가방은 입이 벌어져 있었다.

그렇게 그녀의 눈치를 본 지 한 달째였다. 그녀는 한 달간 하루 두 시간도 일하지 않았다. 나에게 매장을 맡겨 놓고 숍마스터가 오는 시간에 돌아와 옷을 만지며 일하는 시늉을 했다. 이제 나도 자포자기 심정이 되었다. 더 이상 아줌마의 하녀 노릇을 할 수는 없었다. 정 과장 말대로 딸아이의 엄마인 그녀가 정직원이 되는 것이 나을 것 같기도 했다. 또다시 구직 활동을 할 생각을 하니 우울했지만 은근히 믿는 구석이 있었다. 숍마스터도 강씨 아줌마의 직무 태만을 조금은 눈치채고 있을 것이라는 확신이 있었다. 하지만 계약 기간이 끝나기 이틀 전, 나는 강씨 아줌마가 숍마스터에게 그 일에 대해 고자질하는 것을 들었다.

"인주 걘 다 좋은데 손버릇이 나쁘더라······."

숍마스터의 눈이 휘둥그레지며 정말이냐고 몇 번이나 물었다. 아줌마는 이렇게 말했다.

"사람도 안 구했는데 그만두면 일에 지장 있잖아. 어차피 계약 기간도 다가오고 해서 입 다물고 있었어."

나는 비상구 계단으로 가서 쭈그리고 앉아 담배를 피웠다. 연기로 도넛을 만들어 혀로 툭 튕겨 냈다. 원래 담배를 피우면 안 되는 공간이었지만 강씨 아줌마 때문에 내 단골 흡연 장소가 되었다. 강씨 아줌마가 놀러 나갔을 때 도저히 욕구를 참기 힘들면 옆 매장 언니에게 매장을 봐 달라고 부탁한 다음 짧게 담배를 피우던 곳이었다. 끊었던 담배를 이곳에서 일하면서 다시 피웠다. 아무리 애를 써도 안 되던 도넛 만들기도 이곳에서 어느새 익혔다. 여섯 달간 이곳에서 태운 담배와 눈물의 양을 헤아리는 것은 불가능했다.

위층 계단에서 누군가의 목소리가 들려 올려다보니 인간 마네킹이었다. 그는 누군가에게 화를 내고 있었다. 들어 보니 그 역시 빚에 시달리는 모양이었다. 그가 그렇게나 길게 이야기하는 것을 본 것은 처음이라 현실이 아닌 것도 같았다. 마네킹이 갑자기 인간으로 변해 종알거리다가 인간이 지켜보는 것을 알면 다시 입을 다물 것 같았다. 전화를 마친 그가 내게 다가오더니 담뱃불을 빌려 달라고 했다. 내 담배에 희미하게 남아 있던 불이 그의 담배로 옮겨 붙은 순간 이상하게도 쌓였던 화가 조금 누그러지는 것 같았다.

숨을 고른 후 태연한 표정으로 매장에 들어갔다. 강씨 아줌마는 나를 보더니 조금 놀라며 이미 정리해 놓은 옷을 손으로 매만졌다. 숍마스터는 복잡한 얼굴로 아무 말 하지 않았다. 딱히 증거가 없고 강씨 아줌마를 완전히 신뢰하지도 않기 때문일 것이다.

다음 날도 나는 평소처럼 똑같이 출근했다. 강씨 아줌마는 그날도 매장을 나에게 맡겨 두고 놀러 나갔다. 점심시간에는 웬일인지 자신이 밥을 사겠다며 옆 매장 직원들에게 매장을 봐 달라고 부탁하고는 9층의 이탈리안 레스토랑으로 나를 데려갔다.

"그동안 수고했어. 먹고 싶은 거 먹어. 내가 살게."

나는 가장 비싼 메뉴를 주문해 남김없이 먹었다. 고급 재료가 들어간 스파게티의 맛이 유독 느끼했다. 나는 그동안 고마웠다고 말했다.

"고맙긴 뭘."

아줌마는 어색하게 웃었다. 아줌마는 뜬금없이 일장연설을 늘어놓았다.

"넌 꼼꼼하고 다 좋은데 성격이 좀 새침한 것 같아. 하지만 뭐 일 잘하니 어딜 가든 잘할 거야. 그리고 계약 기간 다 끝나 가지만 계속할 수도 있는 거니까. 아마 웬만하면 연장될 거야. 걱정 마. 그리고 그만하면 얼굴도 예쁜데 좋은 남자 만나서 결혼해야지. 넌 평생 청춘일 것 같지? 여자 예쁜 거 순간이더라. 난 내 얼굴에 이렇게 주름이 많이 생길지 상상도 못했어……. 20대에는 자기가 하고 싶은 거 분명히 정해서 한 우물 파야 해. 꼭 성공해라."

문득 그녀의 딸이 생각났다. 나는 아줌마에게 하나뿐인 딸에게 좀 잘해 주라고 말했다.

그날 오후 나는 비상구 계단에서 도넛을 만들며 노래방에서 적어 놓은 정 과장 아내의 핸드폰으로 익명의 문자를 보냈다. 남편이 바람을 피우고 있다는 것과 강씨 아줌마의 이름과 전화번호, 직장을 상세히 적었다. 부록으로는 그들이 부둥켜안은 사진을 첨부했다.

저녁에 정 과장의 아내가 매장에 찾아왔다. 강씨 아줌마보다 덩치가 큰 정 과장의 아내는 금방이라도 아줌마를 잡아먹을 기세였다. 나는 그들에게 짐짓 위엄 있는 어조로 말했다.

"매장 밖에서 얘기하세요."

그들이 비상구 계단 쪽으로 걸어가는 것을 확인한 다음 나는 전신 거울에 몸을 한번 비춰 보았다. 때마침 매출을 점검하러 온 숍마스터는 의자 밑에서 두툼하게 속을 채운 와인색 가방을 발견했다. 가방 가장자리에는 최근 들어온 신상품 원피스 자락이 삐져나와 있었다.

시간이 꽤 지난 지금 생각하니 내가 좀 심했던 것도 같다. 그녀가 백화점을 그만둔 후 내가 겨우 한 달을 더 다녔으니 그냥 그 일은 눈감아 줄 걸 그랬다.

백화점을 그만둔 후 쉽게 담배를 끊었다. 끊었던 담배를 그곳에서 다시 피우게 된 것처럼 신기하게도 담배를 피우고 싶지 않았다. 담배를 물면 비상구 계단이 떠오르며 구역질이 났다.

아이들이 모두 올라타자 차는 사무실로 향한다. 백화점이 뒤로 빠르게 사라지는데 팀장이 창밖을 보며 외친다.

"야, 누가 화장실에 걸었냐?"

화장실 문고리에 상가수첩이 두 개나 걸려 있다. 연철이 "중후, 망할 자식." 한다.

"어, 나 아닌데? 팀장님, 여기 내 구역이에요?"

"아닌 것 같은데."

"봐, 아니라잖아."

"어이없다. 똥 싸면서 치킨 주문하라고 걸었냐?"

화장실 문고리에 걸린 상가수첩을 보니 기분이 묘하다. 화장실을 지나 우회전해서 차가 오르막길을 올라가는데 공용화장실 같은 대문이 달린 방에 살던 설화 언니가 떠오른다. 언니는 늘 바쁘기 때문에 최근 몇 년간은 얼굴 보기가 힘들었다. 나보다 두 살 많은 설화 언니는 이름과는 달리 새까만 피부의 소유자다. 아니나 다를까. 언니의 아버지는 미군이라고 했다. 흑인 말이다.

"엄마가 기억나는 건 이름밖에 없대. 데이비드랬던가."

"그럼 왜 안 찾아?"

"찾았다가 마약중독자거나 해 봐라. 안 그래도 복잡한 인생 더 꼬이지. 그리고 우리 엄마는 실수였대. 텔레비전에 나오는 아줌마들처럼 사랑해서 그런 것도 아니고 그 인간 보고 싶지도 않대. 그 인간 얘기 꺼내지 마. 생각만 해도 짜증 나니까."

"와, 암튼 기분 좋다. 드라마 주인공 같은 사람하고 같이 알바하니까. 비운의 여주인공."

"미친년. 웃기지 말고 멘트나 날려."

언니가 앞으로 나서더니 엉덩이를 깝죽대며 한바탕 춤을 췄다. 나는 언니 뒤에서 매니저가 적어 준 멘트를 열심히 읽었다.

"세븐오션을 찾아 주신 여러분 감사드립니다. 우리 세븐오션은 여러분들의 피로를 풀어 드릴 최고의 프로그램을 준비 중입니다. 이번 달 마지막 주 토요일에는 맥주 많이 마시기 대회를 열어서 최고의 참가자에겐 10만 원 상당의 선물을 드립니다."

언니의 몸매 구경을 하는 남자들이 하나둘 모여들었다. 언니는 사람들이 모이면 더 끼가 발동해 섹시한 춤을 추었다. 언니는 최고의 댄서였다. 스물세 살까진 가수를 꿈꿨지만 이제 그저 남들처럼 살기를 꿈꾼다고 했다. 평범하고 착한 남자

만나 전업주부가 되기 전까지는 내레이터 모델로 연명할 계획
이라고 했다. 하지만 내가 보기엔 언니가 이 일을 하는 한 평
범하고 착한 남자가 꼬일 일은 없어 보였다. 언니에게 접근하
는 남자들은 하나같이 여자와 즐기는 것에만 관심이 있어 보
였다. 언니의 예전 남자 친구는 조폭이었는데 감옥에 들어가
는 바람에 헤어졌다고 했다. 언니는 그를 만나는 동안 그가
싫어한다는 이유로 백댄서 일을 그만둔 것이 늘 후회된다고
했다. 그가 감옥에 간 후 다시 하려 했는데 나이를 몇 살 더
먹어 몸이 둔해졌는지 연습량을 따라가기가 힘들었다고 했다.

　내가 내레이터 모델이 된 건 어디까지나 설화 언니 덕이었
다. 내레이터 모델 기획사 앞에 붙은 구인 포스터를 올려다보
던 나에게 그녀가 말을 걸어왔다.

　"너 이거 하려고? 나랑 같이 가자. 팀으로 하면 더 유리
해."

　매니저가 나를 힐끗 보더니 의혹의 눈초리로 말했다.

　"쟤도 경력자야?"

　언니는 같이 춤 연습하는 동생이라고 했다. 춤? 나는 춤이
라고는 초등학교 운동회 날 꼭두각시 춤을 춘 것 말고는 기억
이 없었다. 언니는 둘이 함께 춤을 춰 보라는 매니저의 말을
막으려는 듯 앞으로 나서 춤을 춰 보였다. 꼬올딱. 매니저의
침 넘어가는 소리가 들리는 것 같았다. 그날 나는 언니의 방

에 끌려가 세 시간 동안 반강제로 댄스 교습을 받았다. 춤을 추면서 내가 왜 이런 생쇼를 하고 있나 생각했는데 아마도 그녀에게 반한 것 같았다. 그녀는 늘 활기가 넘쳤는데도 그녀와 함께 있다 보면 나는 왠지 보호해 주고 싶은 마음이 들곤 했다.

설화 언니를 따라 방송국에도 몇 번 출입했다. 언니는 말로는 가수의 꿈을 버렸다고 하면서도 방송국을 제집처럼 드나들었다. 바보처럼 웃으며 박수 치는 방청 아르바이트와, 공기처럼 보이지도 않는 엑스트라 아르바이트를 하다 보면 용돈은 벌었지만 고생한 것에 비해 너무 쥐꼬리만큼 주어지는 일당에 방송국에 폭탄을 투하하고 싶은 심정이었다. 그래도 처음 방청 아르바이트에 참여했던 날은 잊을 수 없다. 김혜수 언니를 눈앞에서 봤는데 사람에게서 빛이 난다는 말을 실감했다. 그날은 일당이 겨우 6000원이었어도 손해 봤다는 기분이 들지 않았다. 하지만 시간이 갈수록 연예인에 대한 감동이 줄어들면서 시급이 너무 적다는 생각이 고개를 쳐들었다. 대체로 방송은 출연진의 사정으로 인한 시간 지연 등으로 예정된 시간보다 한두 시간 미뤄지기 일쑤였는데 방송국은 사과 한마디 없었다. 스타를 보려면 그 정도는 참아야지, 하는 식이었다. 게다가 왔다 갔다 하는 교통비를 제하면 남는 게 없었다. 집에 가는 길에 허기져서 핫도그라도 하나 사 먹으면 집에 들고 들어가는 돈은 동강 난 쥐꼬리였다. 그래서 대부분의 방청 알바족들은 하루에 두 개 이상의 방청 알바를 뛰었다. 나도 언니를 따라 하루에 두 개를 뛰었다. 방청 알바생을 모집하는 기획사는 봉고차에 알바생들을 태우고 방송사 두세 군데를 옮겨 다녔다.

하루는 평소 좋아하던 남자 아나운서가 진행하던 연예 프로그램 녹화방송에 세 시간이나 지체되어 들어갔다. 남자 아나운서의 파트너는 당시 유부남과의 연애로 화제에 오른 여자 모델이었다. 설화 언니는 그녀의 불륜에 대해 수군댔는데 어째 부러워하는 것 같았다.

"얼굴 엄청 작네. 그 남자 엄청 부자래."

나는 여자 모델은 관심 밖이었고 남자 아나운서만 쳐다봤다.

방송은 집에서 보는 것과는 다르게 지루할 수밖에 없었는데 그 이유는 다름 아닌 소리 때문이었다. 진행자들은 이어폰을 꽂은 채 자기들끼리만 알아들을 정도로 작게 말했기 때문에 앞자리가 아니고서야 방청객들은 진행자들이 하는 말을 분명히 알아들을 수 없었다. 졸음이 밀려드는 것을 가까스로 참으며 나는 앞에 서 있는 AD를 따라서 웃곤 했다. 그건 그야말로 고문이었다. 방송 도중 잠깐 촬영이 멈춘 사이 남자 아나운서가 앞으로 나와 말했다.

"모두들 정신 똑바로 차리고 크게 박수 쳐! 여기 놀러 온 거 아니에요. 방청객으로 온 게 아니라 일하러 온 거라고!"

반말을 섞어서 말하는 것도 기분이 나빴지만 방청 아르바이트는 방청객이 아니었단 말인가 싶어서 뜨악했다. 그럼 우리는 뭐지? 손바닥 기겐가? 그날 나는 고개를 갸웃거리며 AD 언니의 신호에 맞춰 손바닥이 아프도록 박수를 쳐 댔다. 그나저나 눈앞에 있는 저 남자가 평소 내가 좋아하던 다정다감한 이미지의 그 사람이 맞는지 의문이었다.

저녁엔 오락 프로그램의 단역으로 출연했다. 인기 가수가 방송국 안으로 들어갈 때 미친 듯이 그를 향해 손을 내뻗는 광팬 역할이었다. 그 가수를 나는 좋아하지 않았으므로 연기에 몰입하기가 힘들었다. 설화 언니는 눈에 띌 정도로 오버 액션을 했다. 언니의 노력은 결실을 맺어 언니는 그날 알아볼 수 있을 정도로 화면에 잡혔다. 그것을 계기로 언니는 드라마에도 몇 번 출연했는데 모두 엑스트라였다. 이태원에서 춤추는 혼혈인 분위기의 여자나 엄마 찾아 한국에 온 입양아의 친구로 대사 한마디 없이 출연하곤 했지만 언니는 매우 기뻐했다. 나는 그 일을 하고 싶지 않아서 언니가 함께 가자고 할 때마다 수업이 있다는 핑계를 대곤 했다. 내가 하고 싶은 일은 엑스트라 따위가 아니었다. 아무리 삼류 영화라 할지라도 나는 주연을 맡고 싶었다. 20대 초반은 누구나 세상의 주역을 꿈꾸는 시기 아닌가.

"중후야, 여기가 공단로다. 나는 여기를 지날 때면 공공공, 하는 소리가 들려."

기사 아저씨의 말에 중후는 "길이 언제부터 말을 다 했어요?" 하며 주변을 둘러본다.

"구로디지털단지와 대림역 사이로 지나잖아. 이게 한국 수출산업공업단지를 남북으로 가로질러. 왜 공단로인지 아냐?"

"당근 모르죠."

"너 구로공단이라고 들어 봤냐?"

"아뇨."

"구로디지털단지를 예전엔 구로공단이라고 했어."

"아! 구로공단 그립다."

팀장이 말하자 기사 아저씨는 우리의 누나 형들이 예전에 이곳에서 공순이 공돌이로 일했다고 한다. 팀장이 내가 짝사랑했던 누나도 여기 공순이였다고 하자 중후는 또 데굴데굴 구른다.

"공순이래, 공순이."

내 머릿속에도 매일 아침 힘들게 일을 나가던 먼 친척 언니의 얼굴이 떠오른다. 구로공단 봉제 공장에서 일했던 언니는 우리 집에 얹혀살았는데 가끔 코피를 흘리곤 했다.

촘촘히 들어선 고층 건물들은 구로공단의 자취를 지워 가고 있다. IMF 이후로는 땅값이 급등해서 테헤란로 등에 몰려 있던 벤처기업들이 구로로 모여들었다고 한다. 이름도 서울디지털산업단지로 바뀌었다. 내가 어릴 때만 해도 공장이 밀집해 있는 이곳에 신혼살림을 차리려는 사람이 드물었지만 요즘은 신혼부부들의 각광을 받는 곳이기도 하다. 큰 병원도 많고 유서 깊은 기업체, 재래시장, 학교도 있으니 자식 교육시키기에 좋기 때문일 것이다.

"예전엔 여기가 다 제조업이었는데 지금은 정보통신서비스업 그런 거야. 참, 너네 BYC 아냐? 그 회사도 여기 있어."

"아이 부끄러워. 아저씨, 누나도 있는데 내복 얘기는 왜 하세요?"

팀장이 말한다.

"그게 여기 있어요? 이덕화 멋졌는데."

나는 팀장에게 "이덕화는 트라이였죠."라고 정정해 준다. 팀장은 생각났다는 듯이 신대방동의 '대' 자와 신도림동의 '림' 자를 따서 대림동이라며 자신은 독립한 이후로 죽 대림동에 살았다고 한다.

기사 아저씨가 다시 중후를 찾는다.

"그리고 중후야, 대림 1동에서 금천구 시흥 3동까지 이어지는 길이 시흥대로야. 아저씨가 왜 이런 얘길 하냐면 대로를 잘 알아 둬야 헤매지 않거든."

중후는 자기는 지금도 웬만해선 헤매지 않는다며 내비게이션이 있는데 무슨 걱정이냐고 한다. 그리고 이렇게 공장이 많으니 나중에 자기가 굶어 죽을 일은 없겠다고 한다. 팀장은 네가 왜 공장 일을 하냐며 너는 그 입으로 먹고살 거라고 한다.

차가 멈춰 서자 투덜대며 차 밖으로 떠밀리듯이 나가는 아이들의 뒷모습에 대고 기사 아저씨가 말한다.

"알바비도 예전보다 올랐고 할 만하잖아."

중후가 지지 않고 받는다.

"알바비도 올랐지만 물가가 더 올랐죠, 아저씨."

"더 올려 달라고도 할 수 없어. 사정을 서로 아니까. 기름값도 올랐으니까 올려 주면 타산이 안 맞아 못 해. 그래서 우리 같은 나이 먹은 노인들이 봉사합네 하고 이러는 거야."

"어린애들 보니까 좋으시죠?"

"재밌지. 늙은이들끼리 앉아 있으면 웃을 일이 뭐 있어?"

"왜요, 요즘은 어르신들 다 여친 남친 있으시던데요."

"아, 그거. 복지관에서 파티 같은 걸 해 줘. 그냥 심심해서 말벗하는 거지 늙은이가 그거 말고 뭘 더 할 게 있어?"

아저씨는 중후의 질문에 몇 번 더 대답해 주다가 버럭 화를 낸다.

"이놈이 어른을 놀리나!"

중후가 화들짝 놀라자 그는 빙그레 웃는다.

"다들 딸 아들이 잘 크고 그래서 여유 있어서 그러고 있는 거야. 시간이 얼마나 빠르게 흐르는데. 20대가 가장 시간이 안 가는 거야. 20대가."

아저씨가 창밖을 보며 한숨을 짓는다.

또 한바탕 돌린 후, 팀장이 차 밖에서 담배 피우는 애들을 향해 말한다.

"야, 다시 타라! 올라가야 해. 대충 타. 금방 내릴 기니까."

모두들 내 건너편 자리에 대강 끼어 탄다. 뒤로 넘어가려면 수첩을 가득 쌓아 놓은 의자를 접어야 하기 때문이다. 내 앞에서 중후, 연철, 귀마개, 승조, 그리고 오늘 새로 투입된 신입 하나가 풍선처럼 천천히 좌우로 움직인다.

"아 쩔어. 진짜 죽겠다. 눈 때문에 안 미끄러지려고 다리에 힘을 더 주니까 저려."

"형, 나 주머니에 눈 들어갔어."

중후가 주머니에 담아 온 눈을 승조에게 뿌리자 한바탕 난리가 난다.

"아, 진짜 힘들다. 나 왜 이렇게 어지럽지? 쓰러지겠네."

"왜들 오후 되니까 엄살 부려? 신나게 해 봐."

기사 아저씨의 말에 중후는 "네 알겠습니다! 신나게 해 보겠습니다!"라고 군대조로 말하며 차 밖으로 튕겨 나간다. 중후가 몇 시에 끝나느냐고 묻자 팀장은 오늘은 양이 많아서 5시 반쯤이라고, 만날 일찍 끝났으니 하루쯤 늦게 가야 하지 않겠느냐고 한다. 아무도 팀장의 말에 동의해 주지 않는다.

나는 잠깐 봉지 넣기를 멈추고 조금 전에 기사 아저씨가 한 말을 곱씹는다. 20대가 가장 시간이 안 가는 거야.

지나고 나니 청룡열차를 탄 듯이 순식간이지만 당시에는 하품을 수도 없이 하고 하릴없이 낙서도 많이 했다. 가장 시간이 안 가는 이유는 무엇일까? 아마도 길을 몰랐기 때문일 것이다. 누군가 길 위에 내려놓아 주긴 했지만 아무도 지도를 던져 주진 않았다.

다시 차에 들어온 중후가 대단한 것이라도 발견했다는 듯이 봉지를 들어 올린다.

"누나, 이거 구멍 두 개다! 내가 전화해서 따져 줄게요."

중후가 길이가 다른 봉지의 3분의 1인 것도 들어 올리며 말한다.

"이건 몽당이야. 진짜 귀여워."

"완전 귀마개 같아. 귀마개."

애들은 그게 뭐가 그리 재밌는지 차 안에서 배를 잡고 데굴데굴 구른다. 그때 귀마개가 차 안으로 들어왔고 애들은 몽당 봉지와 그를 번갈아 보며 키득댄다.

차들이 정차한 사거리에서 아이들은 꾸벅꾸벅 존다. 나는 수첩을 넘기며 팀장에게 여기에 광고 내면 얼마인지, 크게 하면 비싼지 묻는다. 팀장은 비싸 봤자 얼마 안 하고 작게 한 줄 내는 건 동의하면 그냥 내 준다고 한다. 그럼 상가수첩에 '프리터 백인주'라고 한 줄 내 달라고 부탁할까 생각하는 사이 목적지에 도착한다.

팀장이 가방에 다 담았느냐고 묻자 연철이 봉지에 담긴 수첩이 없다고 한다. 나는 속도를 높여 봉지에 수첩을 마구 넣는다. 회상이 속도를 느리게 한 모양이다.

"모자란 사람? 더 가져가야지. 너 가방 안에 다 비닐이지?"

귀마개는 팀장이 가방을 열지 못하도록 움켜쥐고 말한다.

"비닐도 있고요, 왜 이러세요."

아무래도 가방 안에 비닐만 가득인 것 같다. 팀장은 진지한 얼굴로 너 딴 애들 하는 거 반은 해야 한다고 한다. 귀마개는 중후가 놓고 간 수첩들을 마지못해 손에 쥐며 말한다.

"이거 손에 들게요."

한 번씩 돌리고 들어오자 팀장이 묻는다.

"책 아직도 남은 사람?"

귀마개가 가방 안의 책을 들어올리며 말대답한다.

"책 아직도 이만큼 있는데요."

팀장이 왜 안 줄어드냐고 하자 귀마개는 손에 든 상가수첩을 들어 올리며 손에도 있다고 한다. 팀장이 더 넣으라고 하자 귀마개는 "더 넣을게요."라고 말만 한다.

차가 멈추자 팀장이 아이들을 모아 놓고 지도를 펼쳐 펜으로 가리키며 말한다.

"봐 봐, 우리가 지금 여기야. 다들 그어 준 데 돌리고, 돌다가 모자라면 더 가져가고."

귀마개가 큰 소리로 "더 가져갈게요." 한다. 귀마개는 보면 볼수록 군대에서 심하게 시달린 건가 싶기도 하다.

차가 천천히 움직이다가 주민 센터 앞에 멈춰 선다. 팀장이 기사 아저씨에게 말한다.

"아저씨, 여기 주차하면 안 돼요. 딱지 끊는 데거든요. 찍히는 데예요. 한 번 당했어요. 아침 일찍 7시 40분쯤에 나온다니까요."

기사 아저씨가 차를 다른 곳에 댄 후 고개를 돌리고 나에게 매일 하는 소리를 반복한다.

"노끈은 날 줘. 우리 옆집 할머니 갖다 주면 그렇게 좋아해. 이게 사람 하나 살리는 거야."

차 안 풍경이 자못 훈훈하다. 애들끼리 서로 어깨를 빌려 준다.

"중후야, 힘들었지? 여기 기대서 쉬어."

"네, 오빠."

중후가 귀마개 들으란 듯이 코를 잡고 말한다.

"오빠, 향수 냄새 진짜 쩔게 나요. 아주 미치겠어요."

팀장은 중후와 연철에게 지도에서 형광펜으로 표시한 부분을 보여 주며 여기 돌고 여기 돌라고 한다. 그리고 여기까지 다 치라고 한다.

"찍고 돌고 찍고 돌고 커튼 치고 돌고…… 연철 싸모님 안냐세요."

둘이서 또 놀기 시작한다.

오늘은 모두들 밖에 나갔다가 들어오기만 하면 "어, 추워." 하며 손에 입김을 불어넣는다. 중후가 입김을 불며 "성냥 사세요." 하자 모두가 따라한다. 팀장이 버럭 화를 낸다.

"그만해라. 처량하다."

오늘은 수첩이 다 정상이 아니다. 급하게 제본을 했는지 종이가 삐져나와 있고 책등이 제대로 고정되어 있지 않은 것도 많다. 나는 빨개진 손을 입에 대고 호호 부는 귀마개에게 장갑 좀 끼고 하라고 했는데 귀마개는 헤 웃으며 찬바람이 피부를 맑게 한다고 한다. 그 말에 또 아이들이 키득댄다. 귀마개가 생각났다는 듯이 처음엔 분홍색 장갑을 가져왔는데 며칠 전에 잃어버렸다고 하자 중후의 얼굴이 굳어지더니 금세 또 웃음을 터뜨린다.

중후가 팀장에게 H아파트 허락받은 거냐고 묻자 팀장은 아니라고 한다.

"그럼 힘든데."

팀장은 중후의 말을 못 들은 척 귀마개에게 지도를 보여 주며 말한다.

"너 여기 있는 거 다 해. 이쪽 다 쳐야 해. 다른 데 가지 말고."

"네, 안 가요."

"네가 다른 애들 거 한다고 다들 뭐라 그래."

귀마개는 처음 듣는 소리라는 듯 대답한다.

"안 했는데요."

귀마개가 나가자 팀장이 한숨을 쉰다.

"어이구, 저놈 어떻게 사냐."

중후가 잘라 버리면 되지 않느냐고 한다. 팀장은 귀마개의 뒷모습을 보며 혼잣말을 한다.

"시간 지나면 나아질 줄 알았는데. 꾸지람을 듣고도 다음번에 계속 오는 걸 보니 이것밖에 할 일이 없는 놈이야."

한 박자 쉰 후 이렇게 덧붙인다.

"하긴 내가 사장이면 벌써 잘라 버렸어."

팀장이 중후의 기분을 좋게 해 주려는지 중후의 가방을 들어 보며 "겁나게 넣었는데?" 하자 중후는 이 가방에 200권은 들어가는 것 같다고 한다. 팀장이 여팀장에게 전화를 걸어 넘어왔느냐고 묻자 여팀장은 아니라고 한다. 덕분에 이쪽은 우리 팀이 전부 치기로 팀장끼리 합의를 본다.

한 시간을 쉬지 않고 일한 후 중후는 의자에 모로 드러누워 버린다. 팀장이 아까 3층까지밖에 못 돌린 곳을 돌리고 오라고 하자 중후는 울상을 짓는다.

"저 딱 한 번만 쉬면 안 돼요? 팀장님이 저하고 한 번만 바꿔 주시면 안 돼요?"

"네가 간식도 제일 많이 먹었으니까 제일 많이 움직여야 해. 갔다 와. 네 일당 네기 받는다."

중후는 호빵 딱 한 번 사 줘 놓고는 생색내시는 거냐고 하더니 팀장에게 어깨동무를 하며 말한다.

"그러지 말고 팀장님하고 저희하고 짜고 하루 안 나와 버릴까요? 사장님 엿 먹이는 거죠."

"너 때문에 내 인생 걸어야 하냐? 네가 뭐라고."

그래도 중후는 듣지 못했다는 듯 반복한다.

"개근상 때문에 그래요. 한 번도 안 빠지고 나오면 사장님이 상 준다고 했다고요. 우리 무단결근해요! 사장님 엿 먹이기 어때요? 아, 어깨 아파. 너무너무 아파. 팀장님이 한 번만 바꿔 주면 얼마나 좋아."

중후가 나가자 기사 아저씨가 한숨을 내쉬며 말한다.

"힘들긴 힘든 모양이다. 안 하던 소릴 다 하는 거 보니. 하긴 힘들 때도 됐지."

연철과 중후가 경쟁하듯 차 안으로 뛰어든다. 중후가 물을 들이켜며 팀장에게 묻는다.

"물 드실래요?"

팀장이 고개를 가로젓는다.

"하긴 팀장님은 목이 안 마르지. 안 뛰니까."

중후는 멀리 보이는 아파트를 가리키며 말한다.

"와! 아파트다! 저기 가요!"

그러더니 또 창밖으로 휴가 나온 군인이 지나가자 승조에게 묻는다.

"형, 군대 월급 얼마예요?"

팀장이 너 때문에 정신이 없으니 입 다물고 있으라고 하자 중후는 입에 손을 가져가 잠그는 시늉을 한다.

"나 다닐 땐 10만 원이었어. 병장 때. 4년 전이니까 올랐겠지. 그럼 한 15만 원 될까. 보너스도 있었는데 이젠 없어졌대."

"정말요? 그럼 상가수첩이 군대보다는 더 주는 거네요."

팀장이 오르막길이니 잘 잡으라고 한다.

"최선을 다해서 잡고 있습니다, 팀장님. 5시 전에 끝날까요?"

"너만 열심히 하면 끝나."

중후는 병원에 가서 진단서를 받아 약을 사야 한다며 5시 전에 안 끝나면 조퇴를 시켜 달라고 한다. 팀장은 안 된다고 한 번에 자른다.

그나저나 어딜 가나 부동산이 보인다. 고시원도 어느 지역에나 있다. 고물상, 동물병원, 문방구, 식당…… 간판들도 다 어디선가 본 듯한 이름들이다. 서울은 간판만으로는 어디가 어딘지 알아보기 힘들다. 골목과 길마저 다 비슷하게 생겨서 예전에 살던 동네라고 해도 눈을 감고 가다가 번쩍 뜨고선 맞혀 보라고 하면 맞힐 자신이 없다. 길에도 표정이 있다고 생각했는데 착각일까. 아니면 내게서 그 길들이, 길들의 표정이 잊힌 걸까. 그렇다면 추억이 깃든 길을 지날 때 가슴이 두근두근하고 코끝이 찡해지는 건 왜일까. 길은 기억하고 있는 게 아닐까. 나는 잊어도 길은 기억하는 것이 아닐까. 그래서 발밑에서 나를 잡아당기며 말을 거는 것이 아닐까.

점심시간, 연철이 텔레비전에서 아이돌이 노래하는 것을 보며 말한다.

"난 꼭 가수가 될 거야, 월드스타."

팀장이 번갈아 가며 꿈이 뭐냐고 묻자 튀어나온 말이었다. 아버지의 회사를 물려받거나 아무 일 안 하고 놀고먹는 것이 꿈이라는 중후에 비해 꽤 확고한 꿈인 듯하다. 팀장이 말한다.

"월드스타? 그럼 나 매니저 시켜 주는 거냐?"

연철이 웃으며 말한다.

"그럼요. 상가수첩 팀장 출신 매니저 1호가 되는 거죠. 팀장님 명함에 박아 줄게요. 전직 상가수첩 팀장."

다른 애들이 낄낄대는데 중후가 연철에게 근데 넌 왜 대학에 안 가느냐고 묻는다.

"대학 붙었는데 돈이 없었어. 빚내서 등록한다 해도 4년간 못 댈걸. 요즘은 등록금이 장난이 아닌데 공부도 잘 못하는 내가 다니면 뭐하냐. 그리고 네가 몰라서 그렇지 가수는 스토리가 필요해. 우리 집은 너무 화목해서 스토리가 없어. 사실 대학도 뭐 내가 별 마음 없었으니까 부모님 원망스럽지도 않고. 스토리가 약해. 그래서 걱정이야. 요즘 스타들은 다 스토리가 있잖아. 어머니가 붕어빵을 팔았다든가 그런 거."

"바보야, 없으면 만들면 되잖아. 가수가 되려고 서울로 와서 상가수첩 돌린다고. 음반 제목도 상가수첩이라고 해. 내가 돌려 줄게. 집집마다 다니면서. 시디를 빨간색으로 만들어서 봉지에 넣어 돌리면 사람들이 상가수첩인 줄 알고 일단은 집에 들고 들어갈걸. 걱정하지 마. 내 특기가 구라 치는 거야. 상가수첩 다 돌리고 나면 탄탄한 스토리 만들어 줄게."

"근데 내 이름 좀 이상하지 않냐? 데뷔하면 이름 바꿀 거야."

"뭘로?"

"연수."

중후는 깔깔대며 한참을 웃는다.

"연철을 연수로? 완전 사기다, 사기."

점심을 먹자마자 모두들 평소보다 빠르게 뛰었지만 결국 중후는 병원에 가지 못했다. 중후는 평소보다 몇 배는 더 구시렁거리다가 집으로 돌아갔다.

나는 집에 돌아오자마자 난을 친다. 하루 종일 육체 노동을 해서인지 일하는 중에도 자꾸만 그림을 그리고 싶었다. 몸으로 반복적인 일을 한다는 점에서 노동과 그림 연습은 비슷하지만 그로 인한 즐거움은 차이가 있다. 사실 일은 계속해서 하기 싫지만 노동으로 인해 몸이 피곤해질수록 그림을 그리는 일은 더욱 절실해진다. 「달과 6펜스」의 찰스 스트릭랜드도 그랬을까? 그래서 안정적인 생활을 버리고 섬으로 들어간 걸까?

노량진동

콧노래를 흥얼거리며 운전을 하던 기사 아저씨는 노량진동
의 이름이 백로가 노닐던 나루터라는 뜻에서 유래했다고 한다.

"옛날에는 한강에 다리가 없었잖아. 그래서 노들나루에 배
를 두고 한강 남북을 오갔던 거야. 여기가 교통의 요지였지."

지금도 이곳 노량진역은 가장 붐비는 전철역 중 하나다. 수
많은 사람들이 노량진역에 내려 시내버스와 전철을 갈아탄다.
그나저나 백로가 노닐던 나루터라니, 나는 서울에서 가장 낭
만적인 동명일 것이라고 생각하는데 중후는 뜬금없이 말한다.

"그래서 여기 백조 백수가 많은 거예요?"

아이러니하게도 이곳 노량진은 희망을 품고 공부를 하는
수많은 청년 백수들의 집결지이기도 하다. 노량진역 근처의

학원들은 오랜 시간 동안 굳건히 자리를 지키고 있다.

나는 하품하며 봉지에 수첩을 담는다. 영하 18도. 올겨울 들어 가장 춥다는 날이다. 이런 날에 알바를 해야 한다니 처량하다. 중후가 차 안으로 들어오며 구시렁댄다.

"완전 너무하지 않아요? 나 아침에 계속 오늘 추워서 안 한다는 문자 기다렸어요."

"그럼 하루 빵꾸 내지?"

"개근상 때문에 안 돼요."

중후는 며칠간 계속해서 개근상에 목을 매고 있다. 하지만 십수 년간의 내 경험에 비추면 개근상은 많아야 만 원이다. 세상에 인정 넘치는 사장이란 존재하지 않는다. 그런 사장은 곧 사장 자리에서 내려오게 될 테니까.

팀장이 중후에게 어서 나오라고 말한다. 중후가 문을 잠그고 차창 밖 팀장에게 삿대질을 하며 말한다.

"돌리고 와. 저쪽 골목! 와! 팀장을 가뒀다. 차 밖에 갇혔어! 크크크큭."

다른 애들은 이야기 삼매경이고 팀장이 나에게 문을 열라고 하지만 나는 못 들은 척 열심히 봉지에 수첩을 담는다. 결국 중후는 두들겨 맞고 밖으로 쫓겨난다. 털모자를 푹 눌러 쓴 것이 얼핏 보면 완전히 도둑놈이다.

중후가 편의점에서 아이스크림을 세 개 사 와서 승조와 연철에게 준다. 승조는 고개를 젓고 연철은 "너 미쳤냐?" 하면서도 하나 집어 든다.

"이열치열이란 말도 못 들어 봤냐? 열에는 열로 싸워라. 그러니까 추위엔 아이스크림으로 싸우란 소리야. 학원에서 배웠어. 난 학교에선 배운 게 하나도 없어. 강남은 원래 그래."

연철이 아이스크림을 한입 베어 물며 말한다.

"우리 학교 국어 샘이 예뻐서 나도 사자성어는 공부했다. 학원은 한 번도 못 가 봤어."

중후가 누군가에게 핸드폰 문자를 보내며 말한다.

"나 사실 여자 친구한테도 상가수첩 돌린다는 말 못 했어. 아직 정식 여친은 아니거든. 걔가 지금 나랑 어떤 놈 두 명을 두고 재고 있는데 그놈은 중학생 과외한대. 한 달에 35만 원. 아이씨, 더러워서."

"35만 원? 매일 가르치냐?"

"뭔 소리야? 너 과외 한번 못 받아 봤냐? 일주일에 두 번이지."

연철은 서울은 좀 이상하다면서 여자들은 피아노 쳐 주는 거 좋아하더라고 한다. 중후는 피아노를 칠 줄 아는 연철이 부러운지 자기한테도 가르쳐 달라고 조른다.

팀장이 봉지 담던 손을 잠시 쉬며 내게 내일은 왜 못 나오느냐고 묻는다.

"뭘 좀 배워요."

"뭘요?"

"그림요."

"와, 화가시구나."

화가? 말도 안 되는 소리지만 기분이 괜찮다. 게다가 이제 스스로를 화가라고 생각하기로 했다. 화가 지망생. 수첩을 담으며 작게 읊조려 본다. 화가⋯⋯ 화, 가, 지, 망, 생.

오늘 새로 합류한 동주가 차 안으로 들어오자마자 씩씩댄다. 그는 귀마개가 자꾸 자신의 구역에 수첩을 넣는다고 한다. 귀마개가 차 문을 열자마자 동주가 화를 낸다.

"거길 하시면 어떡해요. 제가 해야 하는데 난 어떡하라고."

팀장이 지도를 가리키며 말한다.

"너 여길 왜 했냐. 주지도 않았는데?"

귀마개는 차 안으로 들어오지도 못하고 기어 들어가는 소리로 몇 개만 했다고 한다.

"뭘 몇 개만 했어요, 다 했던데요."

팀장은 낮은 어조로

"너 이거 한 지 한 10년 됐냐?"

"10년은 안 됐는데요. 9년인가."

귀마개는 지도를 볼 줄 모르는 것이 분명하다. 팀장이 함께 나가서 손가락으로 가리켜 주면 제대로 넣는데 지도로 표시

해 주면 늘 남의 구역에 넣는다. 귀마개가 수첩을 담아 골목 사이로 사라지자 기사 아저씨가 말한다.

"어려서 보약을 잘못 먹었나 봐."

뒤에서 조용히 구경하던 중후가 키득대며 말한다.

"저한테 시켜 주세요. 그럼 저 사람하고 한마디도 안 하고 잘할 거예요. 전에도 그렇게 했어요. 저 사람 혼자서 중얼거리며 해요. 옆에서 유령이 함께해 주나 봐요."

"길만 제대로 찾아다녀도 될 텐데. 혹시 쟤가 귀가 잘 안 들리나? 귀마개 하면 잘 안 들리지, 그치?"

팀장은 진심으로 귀마개가 안쓰러운 모양이다. 동주가 아랫입술을 쑥 내밀며 말한다.

"그럼 이어폰 꽂고 하는 저희들은 뭐예요? 음악이 없으면 이거 절대 못 해요."

"혹시 저 귀마개에선 엄청난 소음이 흘러나오는 거 아닐까요?"

중후가 이렇게 말하자 다들 그런가 보다 하고 동의한다.

내가 이런 단기 알바에도 왕따가 있을지 몰랐다고 하자 기사 아저씨는 빌딩 미화원들의 경우 화장실에서 밥을 먹는다며 어른들도 똑같다고 한다. 중후가 손뼉을 치며 말한다.

"그럼 귀마개도 화장실에서 밥 먹게 해요. 그래야 정신을 차리죠."

기사 아저씨가 백미러를 보며 말한다.

"쟤가 그런다고 정신 차릴 앤 줄 아나? 쟤 수년 봐 왔는데 하나도 신경 안 쓸걸. 예전엔 25일씩 했어. 나 처음 들어왔을 땐 120묶음 했으니까 두 배였지. 직원들 대여섯이서 나눠서 했지. 저놈은 그때 왔으면 못 버텼어. 지금은 사람이 모자라니까 쓰는 거지."

팀장이 "이제 어딜 돌리지?" 하자 중후는 그럼 이번엔 쉬는 것도 나쁘지 않을 것 같다고 한다. 딤장은 안 된다며, 돌릴 데 없으면 화장실 문고리에라도 걸고 오라고 한다.

"그럼 대신에 오늘은 강남 스타일로 먹어요. 스파게티 그런 걸로요."

"뼈해장국 먹을 거야."

중후는 날이 갈수록 팀장과 티격태격한다. 시간이 흐를수록 중후는 팀장이 만만해지는 눈치다. 중후가 손가락으로 동선을 그리며 말한다.

"여기까지만 할게요. 차 있는 데까지요."

팀장은 더 크게 그린다.

"이렇게 해."

중후가 팀장의 형광펜을 빼앗아 마구 낙서하며 말한다.

"팀장님, 정말 양심도 없다. 이렇게 갔다가 이렇게 나와서 다시 이리로 갔다가 이렇게 오라는 거잖아요."

"이렇게 갔다가 기다려. 오지 말고."

중후가 입을 삐죽이는데 팀장의 전화벨이 울린다.

"359-25번지 다 했어? 다 돼 있어? 그쪽이? 그 밑에 쪽은 다 하고 확인한 거야?"

"아까 귀마개 이리로 가던데요?"

"안 겹치다? 너희가 그냥 개가 안 돌린 데 돌려."

팀장이 전화를 끊자 중후는 단호하게 말한다.

"잘라요."

"걔도 먹고 살아야잖아."

중후가 연철의 귓가에 대고 '크게' 속삭인다.

"아까 내가 귀마개하고 짝이었을 때 내 구역에 누가 벌써 했길래 누가 한 거야. 누구지? 했는데 마침 귀마개를 만났어. 그래서 귀마개 지도 봤더니 거기에도 형광펜이 칠해진 거야. 팀장님이 둘 다 같은 데 칠한 거야. 팀장님이 실수한 거 욕하고 있는 거예요."

"뒤에서도 아니고 앞에서 하냐?"

"어머, 들으셨어요? 남의 얘기를 왜 엿들으세요?"

팀장은 중후에게 지도를 들이대며 말한다.

"이리로 가서 돌려. 그리고 여기 감자탕집 있어. 이 앞에 있어. 다 하고 이리 와."

중후가 전에 감자탕 먹은 날 누군가 자기가 남긴 것을 다

발라 먹었는데 귀마개가 범인인 것 같다고 한다. 내가 귀마개는 청결해서 아닐 거라고 하자 연철이 푸념하듯 뜬금없는 말을 한다.

"사는 게 왜 이러냐. 다 이 지도 같아. 상가수첩 돌리기 같은 거야."

"왜, 고민 있냐? 세상이 엿을 먹이면 너도 엿을 먹여."

중후가 연철의 어깨를 두드리며 말한다.

"그리고 이 형아는 예전에 알바비 안 준 치킨집에 돌을 던졌는데 걸리지 않으려고 새벽에 복면 쓰고 멀리서 던졌어."

차가 멈추자 팀장은 아이들에게 너희는 마저 돌리고 오라고 하더니 할아버지 같은 목소리로 말한다.

"뼈다귀 감자탕이나 먹어 볼까나."

중후가 정말 너무한 거 아니냐고, 어떻게 우리 일 시키고는 밥 먹으러 가느냐고 한다. 팀장은 중후를 향해 혀를 빼문다.

애들이 흩어진 후 나와 기사 아저씨, 팀장은 감자탕집에 들어가 미리 주문을 한다. 중후는 20분 후 들어와서는 아무 말 없이 스마트폰을 들여다본다. 중후는 팀장이 먼저 먹은 것에 화가 났는지 밥을 먹을 때 팀장의 뼈다귀를 하나 빼서 자기 뚝배기 속에 넣는다.

"아니, 솔직히 팀장님이 왜 배가 고파요? 돌린 건 우린데."

팀장이 오늘 일당 제한다, 소리를 하고서야 중후는 자기 뚝배기로 옮긴 팀장의 뼈다귀를 다시 팀장의 뚝배기 속으로 돌려놓는다. 중후가 숟가락을 놓자 팀장이 묻는다.

"청국장 하나 시켜줘?"

"네. 배고파 죽겠어요."

팀장이 자기 돈을 보태 청국장을 시킨 눈치다.

식당에서 나와서 다른 애들은 모두 담배를 피우는데 중후는 나를 따라 차에 오른다. 그러고는 열심히 수첩을 봉지에 담기 시작한다.

"누나, 나 정말 못 하겠어요. 이건 너무 인간 대접을 안 하는 거 같아요. 어떻게 쉬지 않고 돌려요?"

"그러게. 좀 더 나은 일은 없어?"

"사실 다 거기서 거기예요. 게다가 저처럼 덩치 좋은 애는 꼭 힘든 일 시켜요. 카페 같은 데선 부담스럽다고 안 써 줘요. 배달집 이런 데 가면 어서 와라 그래요. 근데 사고 나서 죽을까 봐 그건 또 싫어요."

중후는 다시 속도를 내어 내 일을 거들어 주기 시작한다. 여기에서 봉지 넣기를 가장 많이 도와준 건 역시 중후였다.

"누나, 나 10분에 50개는 넣는 거 같아요."

"누나는 100개에 10분."

"열 개에 1분이네요. 굉장해요. 생활의 달인에 나가 보세요."

"저쪽 팀장님에 비하면 느려."

기사 아저씨가 말한다.

"그런 데 나가려면 척척척척 소리가 나야지."

중후가 나에게 시합을 하자고 하더니 척척 넣기 시작한다. 한참을 척척 대다가 "누나가 좀 더 빠른 거 같아요, 에이씨." 하고는 손을 놓는다. 기사 아저씨가 뒤로 팔을 뻗어 중후의 머리를 툭 치며 말한다.

"하루 종일 수첩 넣는 사람에게 이길 수 있냐? 노동은 정직한 거야."

모두들 차에 오르자 중후가 팀장에게 안기며 5시 전에 끝나야 한다고 하자 팀장은 한마디를 던질 뿐이다.

"책을 봐라."

잔뜩 쌓인 책은 불가능하다고 종알대는 것 같다.

중후는 태연하게 수첩을 펼쳐 진지하게 읽다가 말한다.

"저쪽 팀 주고 가면 안 돼요? 잘한다면서요. 그런 사람들은 살살 칭찬하면서 하라고 하면 해요."

"걔네는 왜 그렇게 잘하지? 걔네는 정말 책이 막 사라져. 그리고 갔다가 막 금방 와."

내 질문에 중후가 진지한 표정으로 몰래 책을 태우는 거라고 한다.

"저쪽 팀장님은 검사 안 하죠? 검사를 안 하면 저도 빨리할 수 있어요. 그나저나 병원은 왜 24시간 안 하지? 오늘은 가야 하는데."

내가 5시 반까지 할 것 같다고 아까 팀장에게 들은 말을
전해 주자 중후가 투덜댄다.

"초반엔 조금 주더니 생각보다 빨리 하니까 책을 더 주는
거예요. 이럴 줄 알았으면 천천히 했어요. 주말엔 원래 영화
봐야 하는데 약도 못 타게 하고 칭일 일만 하게 하네."

개근상을 포기하라고 하자 그건 절대 안 된다고 한다. 팀
장은 내일 만약 눈이 와서 못 하게 되면 문자가 갈 것이니 아
침에 문자부터 확인하라고 한다. 중후는 "제발 폭설이 내려야
할 텐데." 하며 내 앞에 얼굴을 들이대고 살살 쪼갠다.

"누나 생각해 봤어요? 나랑 바꾸는 거요. 서로의 일을 바
꿔 해 보는 건 귀한 체험이에요."

나는 화제를 바꾸어 왜 담배를 안 배웠는지 묻는다.

"전 그런 건 안 해요. 나쁜 건 다 안 해요."

"술도 안 먹고?"

"먹을 줄은 알지만 취하진 않아요. 맛도 없어요. 과학실의
실험용 알코올 냄새? 그래서 싫어요. 맛있다 시원하다 그런
게 없어요."

팀장이 피식 웃으며 자기도 20대 때는 왜 사람들이 술을
맛있다고 하는지 몰랐지만 요즘은 술이 달콤하기까지 하다고
말한다.

"한 병 정도는 여유 있게 마셔요. 근데 남자가 크게 되려면 술도 할 줄 알아야 한대요. 뻐커맨 사장님! 사장님 나빠요어! 일 졸라 시키고 개근상 많이 주세요!"

어디서 봤는지 중후가 아주 노동자 흉내를 낸다.

"현서가 딱 좋게 일하고 관둔 것 같아요. 그 자식은 늘 운이 좋았어요."

"머리가 좋은 거지."

팀장이 말하자 중후가 눈을 흘긴다.

"전 머리가 나쁘단 말이죠?"

그러고는 나에게 따라하라고 한다.

"일단 봉다리를 벌려요. 그리고 탁 무지막지하게 수첩을 접어서 깔끔하게 사삭, 하고 넣어요."

내가 고맙다고 하자 중후가 그럼 소개팅을 시켜 달라고 한다.

"넌 여자한테 인기 많을 스타일인데, 재밌어서."

정말로 중후랑 얘기하면 기분이 좋아진다. 이 고된 노동도 중후 덕분에 수월하게 느껴지는 것 같다.

"근데 제가 좋아하는 애 앞에선 말 못 하는 스타일이에요. 1학년 때 고백하고 2학년 때 고백하고 3학년 때 고백했거든요. 더 이상은 하지 않았어요. 걔가 이사 갔거든요. 사람에게 광채가 난다는 게 어떤 건지 그때 알았어요."

승조가 부추긴다.

"계속해! 심심하다."

중후는 억울하다는 듯 말한다.

"제가 심심풀이 땅콩인가요? 기쁨조예요?"

그러면서도 한시도 입을 멈추지 않는다.

기계적으로 손놀림을 하다가 고개를 드니 노량진 1동이다. 자동적으로 재수 시절이 떠오른다. 힘들긴 했지만 재밌기도 했던 재수 시절. 그러고 보니 노량진은 그 이후로 와 본 적이 없다.

"수첩 잡아라."

기사 아저씨의 소리와 동시에 차가 오르막길을 오르다가 다시 급경사를 타며 내려간다. 차가 내려갈 때는 아무리 모두가 수첩들을 손으로 받치고 있어도 한 무더기는 와르르 쏟아져, 남자애들의 발밑에 묻은 물로 더럽혀진다. 중후가 "붕붕붕 아주 작은 자동차"로 시작하는 만화 주제가를 부르는데 차는 기억의 회로를 뒤지듯 내가 15년 전 헤매고 다닌 골목들을 천천히 선회한다. 수없이 늘어선 고시원, "공부방 있음"이라고 적힌 전봇대에 붙은 전단들 위로 15년 전의 나날들이 마구 풀어헤쳐진다.

지금도 마찬가지지만 그즈음 노량진역은 아침마다 졸린 눈을 비비며 학원가로 향하는 재수생들로 가득했다. 나는 전철역에서 내려 생선 비린내를 맡으며 학원까지 가는 길이 아득

하게 느껴졌다. 70여 명의 학생들이 교실 안에 가득 담겨 수업을 듣는데 이렇게 1년을 보낸다고 해도 좋은 대학에 갈 수 있을지 알 수 없었다.

담임 선생님은 전직 교사로 직업군인 같은 살벌한 분위기를 풍기는 사람이었다. 그는 첫날부터 근엄한 얼굴로 "우리 반은 연애 금지!" 하더니 들키면 퇴원이라고 했다.

"학원에 들어오자마자 지 색시감 물색하는 분들 있습니다. 그런데 여기에서 사귀어 준다 한들 대학 못 가면 어떤 여자가 시집오겠습니까? 여기에서 1년만 꾹 참고 1년 뒤에 대학 가서 양다리 걸치는 게 낫지요. 안 그렇습니까? 여학생들도 마찬가집니다. 아무리 잘나 봤자 지가 재수생이지요. 남자분들, 여자 때문에 페이스 유지 못 해서 대학 떨어지면 그야말로 발에 들러붙은 껌딱지일 뿐입니다. 몸 간수 잘하십시오."

표준말로 존칭을 써 가며 무표정한 얼굴로 이런 얘기를 잘도 내뱉는 담임을 모두가 경이로운 눈빛으로 바라보았다.

담임 때문인지 한두 달이 지나도록 그런 분위기는 보이지 않았다. 심지어 말을 섞는 남녀를 보기도 힘들었다. 나 역시 재수생 주제에 굳이 나서서 말 걸고 싶은 남학생이 있는 것도 아니었다. 하지만 쉬는 시간에 복도에서 마주 보고 깔깔대는 다른 반의 남녀를 보면 교실 안과 밖이 딴 세상 같았다. 내 짝인 현아는 전형적인 모범생이었는데 맑은 눈을 굴리고 혀를 끌끌 차며, 손을 잡고 다니는 옆반 커플을 향해 말했다.

"재수생이 무슨 연애니? 지가 대학생인 줄 알아."

그래도 나는 두 달 정도 되어 인사를 건네는 남학생이 생겼다. 바로 옆 분단에 앉은 영호였다.

영호는 부잣집 아들이었다. 처음엔 가난뱅이인 줄 알았다. 늘 벼룩시장에서 건진 듯한 허름한 옷을 입었고 점심도 라면으로 때우기 일쑤였기 때문이다. 영호 아버지는 가난한 집 아버지보다도 용돈을 더 적게 준다고 했다. 그것이 영호 아버지의 교육철학인 모양이었고 영호에겐 스트레스인 모양이었다. 영호 아버지는 중고등학교 때는 심지어 학용품도 충분히 사주지 않았다고 했다. 서로의 가족 이야기를 나눠서인지 영호가 오랜 친구처럼 느껴졌다.

모의고사를 치른 날이었다. 여전히 내 성적은 별 볼 일 없었다. 영호는 공부를 열심히 하는 편도 아니었는데 학원에서 늘 전체 50등 안에 들어 전광판에 이름을 올리는 수재였다. 서울대를 가기 위해 재수를 한다는 영호는 그날 나보다 더 울적한 것 같았다. 우리는 둘 다 야간자율학습을 빼먹고 귀가 중이었다.

"아, 우울해. 뭔가 기분 전환할 일 없을까?"

무심코 한 말인데 영호가 제안했다.

"우리 저거 할까?"

영호가 가리킨 전봇대에는 '카페 홍보 알바'라고 적혀 있었다. 저녁 시간이고 단 하루도 가능하다는 말에 우리는 알바를 해서 맛있는 것을 사 먹자고 합의를 봤다.

전단을 돌리는 일이겠지, 생각한 우리는 동물 가면을 쓰고 거리를 활보하는 일이라는 것을 알고 좀 황당했다. 하지만 우스꽝스러운 고양이 옷을 본 순간 망설일 것도 없이 그 안에 들어가기로 합의를 봤다. 사람이 들어갈 수 있는 커다란 고양이 몸통의 목 부분에 지퍼가 달려 있어서 지퍼를 열면 고양이 목이 달랑달랑했다. 눈과 입 부분은 뚫려 있어서 숨을 쉴 수 있게 되어 있었다. 나는 얼룩덜룩한 오렌지색 옷을, 영호는 검은색 옷을 뒤집어쓰고 밖으로 나갔는데 뒤에서 사장이 "이거 들고 가야지." 하며 카페 이름과 홍보 문구가 적힌 조잡한 팻말을 손에 들려 주었다.

나는 최근에 대학가에서 사람들이 술집을 홍보하는 고양이 인형을 보기 위해 모여 있는 것을 보았는데 나에게 그것은 이미 낡디낡은 홍보 수단이었다. 노량진 카페 주인은 그러고 보면 시대를 앞서 간 사람이었다. 그는 과거에 놀이공원에서 인형탈을 뒤집어쓰고 돌아다니는 아르바이트를 한 적이 있는데 그것에서 아이디어를 얻어 인형을 주문 제작했다고 했다.

노량진 수산 시장 입구부터 재수 학원이 죽 몰려 있는 거리까지를 나와 영호는 땀을 삐질삐질 흘리며 신나게 누볐다.

"서울 한복판에서 생선과 함께 향긋한 커피를"이라고 적힌 생선 모양의 팻말을 들고 사장이 시킨 대로 사람들의 어깨도 툭툭 치며 장난을 쳤는데 지나가는 사람들은 우리를 보며 즐거워했다. 처음엔 주뼛거리며 고개도 들기 힘들었지만 내가 누군지 아무도 모른다고 생각하니 왠지 모를 해방감이 느껴졌다. 영호와 나는 사실 좀 서먹한 사이였는데 두꺼운 고양이 털옷을 입어서였는지 서로 툭툭 건드리며 장난을 치기도 했다.

두 시간 정도를 헤매다가 잠깐 쉬려고 편의점 앞에서 맥주를 한 캔씩 땄다. 평소 같으면 담임과 마주칠까 봐 학원 근처에서는 엄두도 못 낼 행동이었다. 내가 간판을 보며 물었다.

"근데 왜 '생선과 함께 향긋한 커피'란 거지? 수산 시장 근처라 생선 냄새가 나서?"

"내가 알기론 커피 시키면 작은 쥐포 같은 걸 준대."

"우웩, 미쳤나 보다. 그게 커피랑 어울린다고 생각해?"

"근데 의외로 초반에 잘 나갔대. 재수생들도 몰려오고. 상식을 파괴한 거지. 나름 좋은 아이디어 같아. 근데 요즘 손님이 줄어서 홍보하는 거겠지."

"당연하지. 곧 망할걸. 커피랑 생선, 생각만 해도 싫다."

우리는 30분이 흐른 줄도 모르고 수다를 떨어 댔다. 생각보다 얘기가 통했다. 공부만 하는 재미없는 애인 줄 알았는데 가끔씩 황당한 유머를 구사하기도 했다.

"근데 너 이렇게 알바나 하고 있어도 돼? 나야 뭐 하루쯤 공부 안 한들 그 성적이 그 성적이니까 하는 거지만."

영호는 꽤나 재수 없는 멘트를 뱉었다.

"하루 공부 안 한다고 성적 떨어질 것 같진 않은데."

저쪽에서 카페 사장이 우리를 부르는 소리가 들려 우리는 재빨리 털 머리를 쓰고 지퍼를 잠궜다.

"이 녀석들, 어디 갔는지 한참 찾았잖아? 여기서 뭐하고 있어?"

"사장님, 얼마나 답답한데요. 이렇게 가끔 숨 쉬어 줘야 해요."

"맞아요. 질식사할 것 같아요."

사장은 한 시간만 더 하고 카페로 오라고 했다. 그 한 시간 동안 우리는 노량진 거리에서 흥미로운 것을 발견했다. 범생이 현아와 날라리 삼수생 진석 오빠가 손을 잡고 걸어가고 있었다. 믿기 힘든 광경이었다. 놀랍게도 그들이 허름한 모텔의 입구로 들어서려는 순간 나는 현아 앞으로 다가가 악수를 청했다. 현아는 "어머 귀여워." 하며 내 머리를 쓰다듬었다. 나는 현아의 손을 잡아 위아래로 흔들며 "내숭쟁이." 했는데 현아는 못 들은 눈치였다. 영호는 진석 오빠 옆으로 가서 고양이 꼬리를 손으로 잡고 꼬리 치는 흉내를 냈다.

사장은 우리에게 알바비가 든 봉투와 함께 생선과 커피를 내주었다. 영호가 커피를 한 모금 마시고 쥐포를 한입 베어 물더니 묘한 표정을 지으며 내게도 먹어 보라고 했다. 비릿한 쥐포가 쌉싸래한 커피와 조화를 이루며 영호의 표정과 같은 기묘한 맛을 냈다.

영호는 버스를 타고 다니면서 기어이 나를 전철역까지 데려다 주겠다고 했다. 뜬금없이 영호가 진석 오빠를 조심하라고 했다. 왜냐고 물었더니 바람둥이라는 소문이 있다고 했다. 내가 소문은 소문일 뿐이지 않느냐고 했더니 영호가 "너 혹시 진석이 형 좋아해?"라고 물었다. 나는 특별히 그가 좋은 건 아니었지만 그만하면 잘생긴 거 아니냐고 되물었다. 이후로 영호는 꿀 먹은 벙어리처럼 입을 다물더니 다음 날 학원에서는 책만 들여다봤다.

그즈음 엄마의 사업은 또다시 힘들어졌다. 짐작은 하고 있었던 일이라 크게 놀라진 않았다. 3년 전에 구치소에서 나온 즉시 일을 접었어야 했는데 재기하려고 무리한 것이 화근이었다. 나는 재수 생활을 순조롭게 할 수 있을지 걱정이 되었다. 나는 결국 석 달 만에 학원을 그만두어야 했다.

학원을 그만두던 날 친하게 지내던 친구들 몇몇과 인사를 하고 나오는데 영호가 나를 불러 세웠다. 아르바이트를 했던 카페 사장님이 한번 오라고 했다며 송별회를 할 겸 함께 가지 않겠느냐고 했다. 나는 흔쾌히 그러자고 했다. 사실 나도 기분이 좀 그래서 집에 가서 맥주 한잔해야지 하던 참이었다. 사장님은 나에게 꼭 대학에 붙으라며 서비스로 노가리 세 마리를 주었다. 아직 5시였지만 우리는 맥주를 마셨다. 헤어지는 날에 커피에 쥐포를 먹으려니 어딘가 쓸쓸했기 때문이다.

이 카페는 저녁엔 재수생들이 우글대는 호프집으로 바뀌었다. 영호는 전에 교실에서 공부가 안 되어 책을 들고 이곳에 왔는데 술을 마시는 재수생들이 자기를 이상하게 쳐다봤다고 했다. 영호는 쥐포와 노가리를 뜯으며 여기가 쥐포를 곁들여 주는 이유는 사실 술을 먹게 하기 위해서라고 했다. 그는 진석이 형이 그렇게 말했다고 했다.

"현아하고 아직도 만나나?"

영호는 잘 모르겠다고 했다. 영호가 조금 머뭇거리며 물었다.

"왜 학원 그만두는 거야? 혹시 나 때문이야?"

나는 깔깔 웃었다.

"무슨 소리야? 내가 왜 너 때문에 관둬?"

"아니, 그냥. 혹시 네가 오해하고 있나 해서."

"뭘?"

영호는 한참 머뭇대다가 이렇게 말했다.

"혹시 내가 널 좋아한다고 생각하는 거 아닌가 해서."

나는 눈을 동그랗게 뜨고 물었다.

"너 나 좋아했어?"

영호는 맥주를 한 모금 마시더니 말했다.

"아니. 내가 미쳤냐."

"치, 네가 그렇다고 하면 대학 가서 사귀자고 하려고 했지."

영호는 작은 소리로 "정말?" 했다. 나는 농담이라고 말하고 깔깔 웃었는데 영호는 놀림을 당해서 기분이 나쁜 것 같았다.

그날 나는 꽤나 취했다. 고등학교 때도 가끔 몰래 술을 마시긴 했지만 만취할 정도로 마셔 본 적이 없어서 주량이 어느 정도인지 모르고 있었다.

아침에 눈을 뜨니 온몸이 쑤셨다. 옷을 걷어 보니 팔다리 등 몸 여기저기에 멍이 들어 있고 투명 케이스에 든 카세트테이프가 가방 안에 들어 있었다. 엄마는 내 등짝을 때리며 몇 살인데 새벽에 기어 들어오느냐며, 어제 학원 친구라는 남자애가 집까지 나를 데려다 줬다고 했다. 나는 기억을 더듬어 봤다.

한창 술을 마시는데 카페 한 구석에 놓인 의자 위에 축 늘어져 있는 고양이 옷이 보였다. 나는 영호에게 말했다.

"나 저거 한 번 더 써 보고 싶다."

우리는 몰래 그 옷을 가방에 담아 나와서는 공중화장실에서 갈아입고 길거리를 누볐다. 내가 카페 홍보 간판을 한 손에 들고 막 달려가면 영호가 "같이 가." 하며 따라왔다. 돈 한 푼 받지 않고 한 일이었지만 돈 받고 한 일보다 훨씬 재미있었다. 사람들은 휘청거리는 고양이 두 마리를 웃으며 바라봤는데 우리가 휘청이는 것도 연기라고 생각하는 것 같았다.

영호가 카페에 슬쩍 들어가 옷을 제자리에 두고 나오더니 나를 따라왔다. 영호가 집에 안 가느냐고, 곧 차가 끊길 거라고 했는데 나는 발길 가는 대로 마구 걸었다. 고개를 들어 보니 노량진 수산 시장이었다. 그러고 보니 노량진역에 매일 오면서도 노량진 수산 시장에 들어가 본 적이 없다는 사실이 떠올랐다. 나는 영호의 팔을 잡아끌고 시장 입구로 들어섰다. 비릿한 냄새에 비위가 상한 것은 순간이었다. 나는 그 적나라한 풍경에 금세 반해 버렸다. 조개류, 갑각류, 어류 등 서울 촌년인 나는 알지 못하는 물고기들이 여기저기 널브러져 있었다. 나는 쉴 새 없이 영호에게 물고기의 이름을 물었고 영호는 쉴 새 없이 답했다. 어떻게 그리 잘 아느냐고 했더니 아버지가 못말리는 낚시광이라고 했다.

나는 수족관 안에서 헤엄쳐 다니는 물고기 중 넙데데한 녀석을 가리키며 이름이 뭐냐고 물었다. 영호는 광어라고 했다. 녀석은 수면 아래서 몸을 낮추고 잠수 중이었는데 어딘가 나랑 닮은 것 같았다.

앞치마를 두른 가게 아저씨가 너희들 몇 살이냐고 물었다. 영호는 얼굴을 조금 붉히더니 대학 신입생이라고 말했다. 나는 옆에서 "저는 대학 2학년이에요."라고 거들었다.

영호는 이 수산 시장은 우리가 태어나기 전부터 있었던 것으로, 역사가 30년이 넘은 우리 재수 학원보다도 오래됐다고 했다. 자기 아버지 말로는 이 시장에서는 300가지가 넘는 해산물이 거래된다며 이곳에서 볼 수 없는 해산물은 없다고 했다. 한마디로 이곳에서 나는 냄새는 한반도 모든 바다에서 나는 냄새가 뒤섞인 것이라고 했다. 나는 "정말?" 하고는 크게 숨을 한 번 들이켰다. 가슴이 바다를 품은 듯 갑자기 커다란 물고기가 가슴속에 들어간 것처럼 가슴이 뛰었다. 영호는 새벽에 경매가 시작된다고 했다. 나는 그럼 경매를 보고 가자고 했는데 영호는 대학에 가면 꼭 같이 와서 구경하자고 말했다. 나는 "치, 범생이." 하며 핀잔을 주었다.

회가 먹고 싶었지만 둘 다 돈이 없었고 밤늦은 시각이라 버스 정류장으로 향했다. 다행히 나는 막차에 간신히 올라탈 수 있었다. 영호는 비틀거리는 내가 걱정된다며 우리 집으로 가는 버스에 같이 올라탔다. 나는 버스에서 내릴 즈음엔 취기가 더 올라 마구 휘청거렸다. 영호는 뒤에서 조심하라는 둥 잔소리를 하며 나를 따라왔다. 영호는 우리 집 앞에서 대학 가면 다시 만나 맥주 한잔하자며 자신이 녹음한 음악 테이프를 건네주었다.

테이프를 담은 케이스 안에 든 종이에는 영호가 직접 적은 음악 제목이 적혀 있었다. 나는 카세트에 테이프를 넣고 재생 버튼을 눌렀다. 김동률, 라디오헤드와 같은 공부할 때 듣기 좋은 음악이 흘러나왔다. 우리는 당시 대부분의 재수생들이 그랬듯이 핸드폰이나 삐삐가 없었다. 다행히 테이프를 담은 케이스 겉면에는 영호가 견출지에 적어 붙인 이메일 주소가 있었다.

살인적인 추위다. 기사 아저씨가 손난로를 비비며 여기는 강을 끼고 있어서 더 추운 것 같다고 말한다. 중후가 몸을 떨며 차 안으로 들어오자 팀장이 안쓰러운지 뒤로 들어가라고 하더니 기사 아저씨에게 말한다.

"아저씨, 이동해 주세요. 너무 추워서 데려다 줘야겠어요."

"젊은 것들이 뭐가 추워. 나가서 뛰다 보면 땀나지."

그러자 중후가 또 기묘한 애교를 떨어 댄다.

"우리 아저씨 아직 청춘인 줄 알았는데 젊은 시절을 다 잊으셨나 봐요? 젊어도 춥거든요, 이런 날엔. 이러다 저 죽으면 두 분 다 경찰서 가야 하잖아요. 저 사실 추위에도 약하고 심장도 약해요. 누나 엄청 춥죠?"

"어? 난 별로."

"에이, 누나도 우리 편이 아니구나."

중후는 삐쳤는지 팔짱을 끼고 눈을 감아 버린다.

이상하다. 히터도 나오지 않는 차 안이 한순간 따뜻하게 데워지는 기분이 든다. 십수 년 전의 기억 때문인가.

노량진 2동 주민 센터 앞에 차를 대었는데 중후가 얼른 나가 주민 센터 문에 수첩을 건다.

"야, 너 거기 걸면 안 돼! 잡아가."

"잡아가라고 걸었어요. 제발 경찰이 날 잡아갔으면 좋겠어. 얼어 죽으나 경찰서에서 죽으나 매한가지지."

팀장은 직접 나가서 주민 센터 문고리에 걸린 수첩을 걷어 온다. 중후와 연철이 시야에서 사라진 후 팀장이 말한다.

"사실은 벌금 낸 적 있어요. 주민이 신고해서. 돌린 애 5만 원, 내가 10만 원 해서 15만 원. 신고한 이유가 뭐게요? 문 열고 나왔는데 수첩이 문고리에 걸려 있었다고. 허허. 그래서 직결로 했죠. 재판받고. 다시 상가수첩을 돌리겠습니까? 아니요. 그러고도 몇 년간 돌리고 있지만."

내가 "그 아줌마 엄청 심심했나 보네요." 하자 기사 아저씨도 익숙한 일이란 듯 말한다.

"그런 사람 꼭 한 명씩 있어. 이게 무슨 성매매 업소 광고도 아니고."

팀장은 여전히 그 일이 억울한지 봉지 담는 손놀림이 거칠어진다.

팀장이 담배를 피우러 밖으로 나간 후 중후가 문을 확 열고 들어온다.

"아씨, 팔 아파 죽겠어요. 누나, 파스 없어요?"

"없어. 힘들지?"

"아니요. 할 만해요. 원래 남의 돈 빼 먹는 건 힘든 거예요. 우리 아빠가 그랬어요."

팀장이 차 문을 열고 소리친다.

"야, 너 누가 앉으래? 어서 가!"

"와! 완전 착취야, 착취. 노동자 탄압이에요."

중후기 말하지 기시 이저씨가 뒤돌아보고 낄낄대며 말한다.

"우리 중후, 수첩 알바 며칠 만에 그런 것도 깨쳤어?"

팀장이 나도 노동잔데 무슨 노동자 탄압이냐고 한다.

"원래 그런 거예요. 강아지들 사이에도 대장 강아지는 있으니까."

팀장이 "뭐라고?" 하며 눈을 부라리자 중후는 얼른 시야에서 사라진다.

다시 나타난 중후는 노래를 흥얼거리고 있다. 중후는 내 옆에 자리를 잡고 손을 사타구니 사이에 넣고 비비며 말한다.

"누나, 이 차의 좋은 점이 세 가지 있어요. 뭔지 알아요?"

"뭔데?"

"첫째, 앉을 수 있어요. 둘째, 앉을 수 있어요. 셋째도 앉을 수 있어요."

얼마나 힘들면 엄살을 부리나 싶어서 안쓰럽다. 하지만 중후는 엄살도 저렇게 농담조로 떤다. 나이도 어린 녀석이 벌써부터 자존심을 지킬 줄 안다.

중후가 나간 후 기사 아저씨가 팀장에게 말한다.

"오늘 좀 일찍 끝내자고 해. 힘들다고 안 하는 애가 저러니 안됐어."

팀장이 사장에게 전화를 걸어 한 시간이라도 일찍 끝내면 안 되겠느냐고 묻지만 허락을 얻어 내진 못한다.

점심때는 웬일인지 5000원이 넘는 밥이 나온다. 중후는 밥을 두 그릇이나 먹고도 반찬을 가득 담아 와 무섭게 비워 낸다.

팀장의 전화가 울린다. 여자 팀장의 전화인 것 같다. 팀장이 "술요?" 하자 중후가 "술? 몸 데우라고? 아, 미치겠구만." 한다. 팀장이 "술 먹을래?" 하자 중후는 고개를 저으며 술 얘기만 나오면 늘 하던 소리를 반복한다.

"싫어요. 일하다가 몸 버릴 순 없죠. 딴것도 아니고 수첩 돌리다가 몸 버렸단 소리를 들을 순 없어요. 그렇게 자본가들은 노동자를 착취하죠. 큰 회사에서도 회식 몇 번 한 걸로 직원들 착취한 걸 만회하려 하잖아요. 일단 술이 좋아지면 지는 거예요. 전 절대, 절대 안 먹어요."

중후는 커피를 뽑아 마신다. 차로 돌아와 가방에 수첩을 담으며 중후가 호들갑을 떤다.

"아, 집에 가고 싶다. 배고프고 춥고 힘들고…… 아, 밥은 먹었으니까 배는 안 고프구나."

팀장이 괜히 퉁을 놓는다.

"야, 넌 좀 이름처럼 점잖게 굴 수 없냐? 이젠 네 목소리가
안 들리면 좀 이상해."

애들이 나가자 팀장이 내게 말을 걸어온다.

"자취는 어디서 해요?"

연희동이라고 했더니 그는 자취 생활하면 되게 우울할 때
가 있다고 한다. 그럼 어떻게 하느냐고 물었더니 "그냥 가만히
있죠, 뭐." 한다. 동호회 같은 데는 안 나가느냐고 묻자 그는
돈이 들어서 안 한다며 집에서 결혼해야 한다고 교회라도 나
가라고 난리란다.

"여자 친구 사귄 지 오래되셨어요?"

"1년? 1년 전에 상가수첩 알바하러 온 누나하고 잠깐. 나보
다 세 살 많았죠."

나는 그 여자는 봉지를 좀 천천히 넣었겠구나 생각한다.
나는 혹시 그가 상가수첩 봉지 넣기를 하러 오는 여자들을
연애 상대로 생각하나 싶어서 새침한 미소를 지어 보인다.

중후가 바람같이 돌리고 앞문을 열고 들어와 기사 아저씨
옆에 앉는다. 인형 뽑기를 했는지 중후의 한 손에는 작은 인
형이 들려 있다.

중후는 다른 애들보다 족히 두 배는 속도가 빠르다. 중후

가 다시 나갔다가 숨을 헐떡이며 차 안으로 들어오자 아저씨가 중후의 등판을 친다.

"왜 이리 늦게 다녀? 속도 좀 내 봐."

중후는 기사 아저씨를 향해 방긋 웃은 후 수첩을 와르르 쓸어 담으며 말한다.

"남자가 가장 섹시할 때는 수첩을 담을 때야."

중후가 배로 일한 덕분에 예상보다 이른 시간에 끝난다.

나는 집에 가자마자 의식을 치르듯 천천히 먹을 갈아 50여 장의 그림을 그린 후 잠이 든다.

평생학습관

아침 일찍 평생학습관으로 간다. 전철역으로 가는 길에 마주친 옛 회사 동료가 반가워하며 낚시 가느냐고 묻는다. 그러고 보니 화구통이 흡사 낚시통처럼 생겼다. 그림을 배우러 간다고 말해야 하는데 입이 떨어지지 않는다. 나는 동료에게 늦겠다고, 어서 출근하라고 말하며 손을 흔든다. 전철로 20분 걸리는 거리지만 갈 때마다 가슴이 설렌다.

수업 시작하기 한 시간 전에 도착한 건 처음이다. 영순 할머니가 먼저 와 있다. 인사를 했더니 눈웃음을 슬쩍 날리시고는 그림에 열중한다. 그녀의 난은 소박하지만 멋스럽다. 흉내 내기 힘든 그림이라고 할까. 대회에서 상도 몇 번이나 탄 베테랑이다. 지난달 마지막 날 뒤풀이 때 상금 덕분에 자식들에게 용돈 타지 않고 산다고 자랑하셨다. 나는 그녀의 손목과 붓을 유심히 보며 조심스럽게 묻는다.

"이렇게 그리려면 몇 년 그려야 해요?"

"몇 년? 내가 처음 그림 배운 게 예순이었거든. 지금 일흔셋이니까 13년이네."

13년? 한숨이 나온다. 그녀가 안경 밑으로 나를 보며 말한다.

"부러워. 시간이 많잖아. 이건 재능도 재능이지만 젊음이 무기야. 난 그림 잘 그리는 사람보다 젊은 사람이 오면 겁나더라. 저 사람이 10년 뒤엔 나보다 잘 그리겠구나 싶어서."

그녀의 말에 은근히 용기가 솟는다. 검은 먹이 흰색 붓으로 서서히 번져 오른다. 가슴이 설렌다. 선 긋기부터 시작한다. 한 장 두 장 눈이 쌓이듯 종이가 쌓여 간다.

회사를 그만두기 석 달 전부터 사군자를 배웠다. 회사에서 멀지 않은 평생학습관에 걸린 대나무 그림을 보고 가슴에 무언가 텅 하는 울림을 느껴서였다. 애당초 배우려 했던 유화, 수채화 등의 서양화 과목들이 모두 마감되어 포기하고 돌아선 순간 액자 속에 갇힌 대나무와 만났다. 멋들어지게 내뻗은 대나무 가지에 달린 잎사귀들이 서로 몸을 맞대는 소리가 들림과 동시에 대나무에 조르르 앉은 참새들이 지저귀는 소리가 들리는 것 같았다.

나는 다시 접수처로 돌아가 대나무 그림에 대해 물어보았다. 접수처 여직원은 사군자반 선생님이 그린 그림이라고 했다. 내가 그 과목은 마감됐느냐고 묻자 그녀가 말했다.

"아직 빈자리 많아요. 서양화 쪽은 빨리 마감되는데 동양화 쪽은 인기가 덜해요. 그래도 몇 년 전엔 잠깐 인기였는데. 은퇴한 여배우가 동양화 한다면서요. 주부들이 많이 문의했었어요. 서예도 함께 배우세요. 서예반도 아직 자리 남았는데."

나는 사군자반만 등록하고 돌아섰다.

첫 수업 시간에 나는 적잖이 흥분했다. 종이, 붓, 물감. 어린 시절에 다녔던 동네 미술 학원으로 다시 돌아간 것처럼 가슴이 두근거렸다. 집안이 완전히 망해 열다섯 평짜리 눅눅한 반지하 집으로 이사 가던 날, 미술 도구를 모두 처분했다. 학창 시절에 사생 대회에 나가 받은 상장과 그림 들도 모두 내다 버렸다. 그런 것들이 아깝다는 둥의 생각을 할 겨를도 없었다. 집안이 망함과 동시에 나는 '그림'이란 말을 꺼낼 수 없게 되어 버렸고 생존에 필요한 최소한의 짐만 꾸려서 이동해야 했다. 나만 꿈을 포기한 것이 아니었다. 피아노 신동 소리를 듣던 여동생은 피아노를 팔던 날 소리 내지 않고 울었다. 여동생은 한동안 부모님과 시도 때도 없이 싸웠지만 언젠가부터 피아노란 말을 입에 올리지 않았다. 여동생은 십수 권의 악보책과 박자기를 보물처럼 보자기에 둘둘 말아 수년간 버리지 않았지만 그것들이 사채업자들의 손에 의해 바닥에 내동댕이쳐진 날, 자기 손으로 쓰레기봉투에 담아 집 밖에 내놓았다.

사군자반의 연령층은 내가 젊은 축일 정도로 40대 이상의 여성들이 많았고 60대를 한참 넘긴 할아버지, 할머니도 여럿 보였다. 이들은 두 부류인 것 같았다. 취미로 시작한 사람들과 원래 미술을 전공했는데 아이 다 키우고 뒤늦게 다시 시작한 사람들. 존경하는 흥선대원군이 난을 잘 쳐서 시작했다는 할아버지도 있었고, 아이가 학습관 바로 옆에 있는 초등학교에 다녀서, 아이의 하교 시간을 기다리다가 우연히 시작하게 됐다는 주부도 있었다. 어쨌거나 머리가 희끗한 할아버지도, 월남치마를 입은 아줌마도 붓을 들고 능숙하게 놀리는 순간이면 멋져 보였다.

사군자를 가르치는 선생님은 선비의 풍모를 지녔을 것이라는 내 선입견을 산산조각 낸 50대 사군자 선생은 눈에 장난기가 가득했다. 보라색 옷을 자주 입어서인지 예술가 분위기는 나는데 내뱉는 말이라든가 행동은 내가 평소 생각하던 예술가와는 거리가 멀었다. 이를테면 다 같이 식사를 하고선 언제 내뺐는지도 모르게 도망간다든가, 지각은 기본이고 학생의 미술 도구 중 탐나는 것이 있으면 빌려 가서 돌려주지 않는다든가 하는 것 등이 말이다. 하지만 학생들 중에는 그를 떠받드는 군단이 꽤 되었고 선생님의 작은 칭찬 한 번에 얼굴을 붉히는 사람도 있었다. 심지어 그에게 그림을 배우기 위해 일주일에 두 번 부산에서 올라오는 사람도 있었다.

첫날은 줄 긋기를 하고 둘째 날은 종일 난 기초 그리기를 했다. 이게 무슨 초등학생 수업인가 싶으면서도 생각만큼 쉽지 않았다. 선생님이 눈을 빛내며 관심을 보였던 스무 살짜리 여학생은 세 번 나오다가 수강료를 환불받아 갔다. 언뜻 봐도 다른 사람들보다 잘 그리던 터라 선생님은 조금 섭섭한 모양이었다.

"스무 살에 이 맛을 알긴 힘들지. 하지만 서른 넘겨 봐라. 다시 하고 싶어질걸."

한 달 정도 지루한 과정을 견디던 나는 역시 환불받아야 하는가 고민했지만 선생님의 그림 그리는 모습에 반해 생각을 고쳐먹었다. 그는 매시간 학생 한 명 한 명에게 그림을 그려 주었는데 3~4년 이상 그림을 그린 사람들에게 그려 주는 그림은 나에게 주는 줄 긋기, 난 기초 그리기와 같은 평범한 그림들이 아니었다. 흐드러지게 피어 있는 국화, 바람에 휘날리는 것 같은 속칭 '미친 난', 참새가 쪼르르 늘어선 대나무 그림 등 까만 먹의 농담을 이용해 어쩜 저렇게 생동감 있는 그림을 그려 내는지 감탄스러울 뿐이었다. 특히 선생님이 술을 조금 드시면 더 멋지게 나온다는 '미친 난'을 내게도 그려 주실 때까지 이곳에서 버텨야겠다는 생각이 들었다.

그곳에 나간 지 두 달이 조금 넘었을 때 선생님은 수업 시작 시간이 한 시간이 넘었는데도 연락 두절되어 나타나지 않고 있었다. 청학동 주민 같은 옷차림의 반장 할아버지가 때 되면 나타나실 거라며 연습을 하고 있자고 했다.

수업 시작 시간에서 1시간 50분 정도 지났을 때, 그러니까 수업이 끝나기 10분 정도 남았을 때, 머리끝에서 발끝까지 보라색으로 치장한 선생님이 휘청휘청 몸을 이끌고 들어왔다. 그는 손에 종이를 말아 쥐고 있었는데 학생들에게 그것을 바닥에 깔라고 했다. 엄청나게 큰 종이였다. 방문만 한 종이에 그리는 것은 몇 번 봤지만 이 종이는 방문의 서너 배는 되는 크기였다. 반장님이 익숙한 일인 듯 화구를 종이 근처에 늘어놨다.

선생님은 붓을 들더니 난을 치기 시작했다. 신발도, 양말도 벗고 맨발로 종이 위를 때때로 밟으며 그는 흡사 느린 춤을 추듯 움직이기 시작했다. 나는 그가 술에 취해 취기로 움직이는가 했지만 그의 그림은 평소보다 더 현란했다. 그는 때때로 추임새 같은 말도 넣었다.

"얼마나 재미난지 몰라. 이 맛에 그림 그리지. 내가 그리는 게 아냐. 이놈의 붓이 날 마구 끌고 다녀."

그 말을 듣고 보니 정말로 그가 붓에 끌려다니는 것 같았다. 접신한 무당마냥 초인적인 힘으로 움직이는 것 같았다. 나는 선생님의 명령으로 물통을 들고 물을 뜨러 나갔다가 들어오는 길에 그가 난을 치는 모습을 보고 깜짝 놀랐다. 멀리서 보니 그가 낫으로 풀을 베는 것 같았기 때문이다. 낫으로 풀을 베는데도 풀은 자꾸만 다시 생겨났다. 조금씩 다가가 그의 얼굴을 보니 그의 상기된 얼굴 때문인지 그가 무언가 산 것에 난도질을 하는 것으로 보여 섬뜩했다. 그의 신명 나는 그림판이 내겐 살인판으로 보였다고 하면 아마도 이 교실에서 쫓겨나지 싶었다. 하지만 정말 그랬다. 무엇 때문이었을까.

그 의문은 그날 밤 조금 풀렸다. 그에게는 다른 사람들에게선 찾기 힘든 광기와 같은 혼이 서려 있었다. 광기와 종이한 장 차이인 예술혼이 그를 그렇게 보이도록 한 것이다. 나는 그림을 좀 더 그리다 보면 지금은 보지 못하는 다른 모습을 볼 수 있을 것이라는 생각이 들었고 지금은 기이하게도 내눈에 섬뜩해 보이는 광경이 언젠가는 다른 모습으로 보일지도 모른다는 생각이 들었다. 그리고 어떻게든 그 경지에 오르고 싶다는 욕심이 생겼다.

날씨가 화창한 날, 나는 사직서를 냈다. 팀장이 슬슬 성질을 긁으며 이직을 권유해서도 아니었고 연봉이 성에 차지 않아서도 아니었다. 사군자 선생님이 넌 재능이 있으니 이 일에 매달리라고 한 것도 아니었다. 사군자 선생님은 처음에는 젊은 사람이 왔다며 좋아했지만 나중에는 쟤가 아직도 나오네?

하는 눈초리로 날 쳐다봤다. 내가 봐도 내게는 재능 같은 건 없었다. 하지만 내가 「달과 6펜스」의 화가처럼 죽기 전에 명화를 그릴지 누가 알 수 있을까? 나는 그냥 이제부터는 하고 싶은 걸 해야겠다고 생각했을 뿐이다. 마지막 직장은 면책을 받고 얻은 가장 안정적인 일자리였지만 나는 그저 기계적으로 일할 뿐 일을 통해 행복감을 느낄 수는 없었다. 1년이 지나자 무언가 텅 빈 것처럼 가슴이 허전했다. 그 순간 머릿속을 빠르게 지나가는 생각이 있었다. 다시 프리터가 되면 되지 않은가? 그림을 그리다가 돈이 떨어지면 또다시 아르바이트를 하고, 돈이 어느 정도 모이면 그림을 그리고. 또 돈이 떨어지면 아르바이트를 하고. 아르바이트는 평생 없어지지 않을 테니 말이다. 큰돈을 벌 순 없겠지만 삼시 세끼 밥을 먹고 최소한의 생활을 유지할 순 있을 것이다. 호성은 내 결심을 듣더니 아무 말 않다가 그날 저녁이 되어서야 정 그렇다면 그렇게 하라고 했다. 지금은 자신이 월급쟁이지만 10년 후에는 어엿한 개인 사업가가 될 것이니 마누라 그림 그리는 것 하나 후원해 주지 못하겠느냐면서 허세도 부렸다.

미친 짓이라고, 이제 와서 무슨 그림이냐고 하지 않아 줘서 너무 고마웠다. 아이를 한두 명 낳아 키우면서 그림을 그리고 사는 10년 후의 우리 모습을 상상하기만 해도 행복했다.

그러고 보니 차창 밖으로 이어진 골목과 골목, 길과 길들이 수없이 뻗어 나가는 난을 닮았다. 집에 가서 난을 칠 생각을 하니 가슴이 뛴다. 수백 개의 봉지를 짧은 시간에 담으면 손목이 시큰해지는데 난은 수십 장을 쳐도 손목이 아프지 않으니 이상하다. 하지만 이런 노력에도 불구하고 지난번 시간, 선생님의 한마디는 비수 같았다.

"집에서 하나도 연습 안 하지? 취미라고 생각하지 말고 제대로 한번 해 봐."

나는 취미가 아니라 앞으로 업으로 삼고자 작정하고 하는데 왜 그렇게 보이는 것일까. 한마디로 재능이 없다는 소리다. 그래도 절망하지 않는다. 시간은 충분하니까.

수업이 끝나고 한 시간 동안 패스트푸드점에서 책을 읽으며 시간을 때운 후, 1시쯤 역삼동에 있는 강남역으로 향한다. 2시 반에 좌담회가 예정되어 있다. 좌담회 아르바이트 역시 빼놓을 수 없는 고소득 알바다. 나는 좌담회 아르바이트 사이트에 거의 매일 방문한다. 하루에 대여섯 건의 좌담회 알바 모집 공고가 올라오는데 좌담회마다 요구하는 자격이 다르므로 지원할 수 있는 것은 그중 절반 정도고 신청했을 때 연락이 올 확률은 30퍼센트 정도다. 운이 좋아야 한 달에 세 건, 운이 없으면 한 건도 할 수 없다. 보통 한두 시간 좌담회를 하고 3, 4만 원을 받는다. 커피 좌담회 위에 올라온 글은 최근에 제2금융권에서 대출받은 사람들을 상대로 하는 좌담회였는데 대가는 7만 원이었다. 개인 정보 노출의 염려가 있거나 밝히기 껄끄러운 일일 경우 페이가 더 세다. 하지만 나는 개인 정보가 노출되는 것은 질색이므로 제2금융권에서 최근에 대출받은 일이 있어도 과감히 포기한다. 직업군을 대상으로 하는 좌담회나 대상자를 구하기 힘든 좌담회도 페이가 높다. 약사들을 대상으로 하는 좌담회는 무려 15만 원, 탈모로 인해 가발을 착용하는 여성을 대상으로 한 좌담회도 10만 원이다. 원형 탈모에 걸려 좌담회에서 마주앉게 된 여자들을 상상하니 조금 서글프다.

오늘 참석하는 좌담회는 커피 관련 좌담회다. 알바비는 3만 원. 평균적인 페이의 좌담회는 그리 어려울 것이 없으므로 부담 없이 좌담회장으로 향한다. 나는 인스턴트커피 대표 브랜드라고 할 수 있는 베스트 믹스 커피를 하루에 여러 잔 마시며 달고 진한 커피를 선호한다는 이유로 선정되었다. 좌담회 신청 조건은 '베스트 믹스 커피를 하루 세 잔 이상 마시는 사람'이었다. 제목만 봐도 베스트 커피의 경쟁사가 모집하는 좌담회임을 알 수 있다. 차밍 커피거나 윈터 커피겠지. 나는 사실 하루에 넉 잔 마시는 커피를 다섯 잔 마신다고 조금 과장해서 적어 신청서를 접수했다. 하지만 오버해서 열 잔이라고 적으면 안 된다. 너무 많이 마시면 그들의 기준에서 어긋나 버릴지 모르기 때문이다. 벌써 조회 수가 100이 넘었으니 아무래도 안 될 것 같다고 생각했는데 연락을 받았다. 하지만 300번 조회수를 기록한 모집 공고에 신청해도 가끔 연락이 오는 것을 보면 선착순으로 사람을 선정하는 건 아닌 것 같다. 현재 무직인 내가 선정된 것을 보니 커피를 좋아하는 30대 중반의 여성 중에서 무작위로 추출한 것 같다. 아니면 30대 중반 여성 중 무직 상태인 여성들을 뽑은 것인지도 모른다.

예전에 회사에 다닐 때는 주로 정장 차림의 여성들과 함께 토론을 했지만 아르바이트로 연명하고 있는 요즘은 캐주얼한 차림의 여성들과 마주앉을 때가 많다. 아마도 30대 중반의 직업 여성, 30대 중반의 무직 여성 하는 식으로 분류하는 모양이다. 30대 중반의 직장인 여성을 화이트칼라와 블루칼라로 나누는지도 모르겠다. 기업에서 수많은 데이터를 앞에 놓고 어떤 것을 위주로 고르는지를 안다면 좌담회 알바에 선정될 가능성은 더 높아진다. 좌담회에 도착해 여자들의 얼굴을 훑어보며 우리가 어떤 공통점 때문에 이곳에 모여 앉았을까 상상해 보는 것은 재미있다.

나는 정해진 시간보다 10분 일찍 도착했다. 리서치 회사 직원으로 보이는 40대 여성 두 명이 여러 개의 커피 잔을 씻고 있다. 그중 한 명이 내 신분증을 확인하더니 손가락으로 코너에 있는 방을 가리킨다. 방 안에는 일곱 명의 여자가 원탁 테이블에 둘러앉아 있다. 20~30대 여성들이 대부분이고

40대 초반으로 보이는 여성도 두 명 보인다. 점심때니 대부분 전업주부이거나 프리랜서일 것이다. 점심시간 즈음이어서 그런지 모든 자리에 생수병과 식빵 두 조각이 놓여 있다.

내 이름표가 놓인 자리에 가서 앉는다. 다행이다. 내 이름이 거울에서 가장 멀리 떨어져 있다. 오른쪽에 있는 거울이 뭔지 나는 알고 있다. 저 안에서는 커피 회사 관계자들이 샌드위치와 원두커피를 마시며 우리를 들여다보고 있을 것이다. 저쪽에서는 우리를 볼 수 있지만 우리는 그들을 볼 수 없다. 예전에 다닌 회사에서 소비자 품평회를 한 적이 있기 때문에 저 안에서 구경하는 사람이 되어 본 적이 있다.

5분 늦게 도착했는데 이미 품평회는 시작된 후였다. 이름 팻말을 자기 앞에 세운 사람들이 제품에 대해 이야기하고 크게 웃기도 했는데 재미있는 일은 쉬는 시간에 일어났다. 사회자가 자리를 뜨고 일곱 명 중 다섯 명의 주부가 밖으로 나가자 일행으로 보이는 주부 두 명이 말하기 시작했다.

"영선이 아빠, 어제도 안 들어왔어?"

"그년하고 있겠지 뭐. 이제 상관없어. 별로 화도 안 나는 걸 보니 이제 정 다 떨어졌나 봐. 애들 대학 가면 이혼하려고. 저 하고 싶은 대로 살게 해 주지 뭐."

팀장은 못들은 척 통화를 했고 몇몇은 일어나 화장실에 갔다. 내 옆에는 결혼을 앞둔 20대 동료가 앉아 있었는데 그녀는 그들의 이야기가 다른 나라 이야기라는 듯이 키득댔다.

아이러니하게도 그날 소비자 품평회 제품은 튀김기였다. 기름 없이도 튀김 요리를 할 수 있는 튀김기. 엄밀히 말해 기름을 전혀 넣지 않는 것은 아니었지만 소량의 기름으로 튀김 요리를 할 수 있는 제품으로 다이어트를 하는 여성과 건강을 생각하는 사람을 타깃으로 한 제품이었다. 고속 공기 순환 기술을 이용한 것이라는데 볼수록 신기했다. 명절을 앞둔 시기였고 자녀를 셋 이상 둔 가족의 전업주부들을 선정 대상으로 삼았다. 아무래도 가족이 많은 가정의 주부들이 튀김 요리를 자주 할 것이라는 이유에서였다. 튀김 요리를 자주 하는 주부는 일반적으로 행복한 가정을 꾸리고 있을 것이라고 나 역시 생각했다. 남편이 미워 죽겠는 여자가 뒤처리가 힘든 튀김 요리를 할 리가 있겠는가. 나는 그날 품평회가 계속되는 동안 수년 뒤 부모의 이혼을 감내해야 할, 아직은 중고생인 그녀의 세 아이들을 떠올렸다. 아직 이름이 정해지지 않은 저 튀김기는 그녀에게는 반드시 필요한 제품이리라. 별다른 노력 없이도 튀김 요리를 할 수 있는 신종 튀김기의 용도가 새로이 정의되는 순간이었다.

내 손에 들린 종이에는 눈앞에 있는 여자 일곱 명의 프로필이 상세히 적혀 있었다. 그녀의 이름은 한성자. 나이는 45

세. 초등학생이거나 중학생인 1남 2녀의 자녀 셋을 둔 전업주부. 일주일에 한 번 이상 튀김 요리를 즐겨 먹으며 가구 월 소득은 700만 원. 나는 그 옆에 바람둥이 남편을 갖고 있음, 이라고 휘갈겨 쓴 내게만 보이는 글자를 물끄러미 바라보았다.

2시 정각이 되자 사회자가 들어온다. 어느새 의자가 모두 채워졌다. 그녀는 상석에 앉아 말문을 연다.

"모두 오셨죠? 설문지를 나눠 드릴 건데요, 아시겠지만 커피를 마시고 답해 주시면 됩니다."

40대 여직원이 머그잔 열 개를 담은 커다란 쟁반을 들고 들어와 모든 사람의 왼쪽에 하나씩 놓아 준다.

"커피 드시기 전에 앞에 놓인 식빵과 물을 이용해 입을 헹궈 주세요."

식빵과 물의 용도를 그제야 깨닫는다. 커피 잔을 들었다 놓는 소리가 일제히 난다. 나는 입안의 커피 맛이 가시기 전에 설문지를 들여다본다. 당신이 선호하는 커피향입니까? 1 아주 좋다. 2 좋다. 3 보통이다. 4 조금 좋지 않다. 5 아주 좋지 않다. 커피향, 커피의 쓴맛, 커피 맛의 조화 등에 대해 묻는 질문이 죽 이어진다. 이런 식의 설문은 사실 좀 난감하다. '아주 좋다'와 '좋다'의 차이는 저마다 다르니 대부분 '보통이다'에 볼펜을 가져갈 것이다. 하지만 나는 프로 좌담회 요원이므로 최대한 신중하게 설문지를 작성한다. 첫 커피가 무난하다고 해서 함부로 '아주 좋다'를 남발하지는 않는다.

"다음 커피 하겠습니다. 지금 드신 잔은 왼쪽에 놔 주시고 오른쪽에 놓인 커피를 드시면 됩니다."

이번 건 영 내 스타일이 아니다. 크림이 너무 많이 들어가 달고 느끼하다. 더 이상 마시고 싶지 않아 단번에 다섯 개의 항목에 체크를 한다. 향과 맛, 커피 맛의 조화 모두 평균 이하.

"다음 거 드실 때 꼭 식빵과 물을 이용해서 입 안을 충분히 헹궈 주세요. 이번엔 한 분씩 질문을 드릴게요. 우선 첫 번째 왼쪽 커피 좋았다는 분? 여덟 분. 싫은 분? 두 분이네요. 이정민 님부터 왜 이쪽이 좋았는지 말씀해 주세요."

"첫 번째 커피는 쓴맛이 강해서 자주 마시기에는 오른쪽이 좋은 거 같아요."

"전 왼쪽요. 끝맛이 개운하고 텁텁하지 않아서요. 오른쪽은 좀 느끼하네요."

"끝맛이 쓴데 뒤끝이 없어서요. 그러기가 쉽지 않거든요."

"왼쪽인데요. 향기가 진하고 맛이 좋아요."

"어떻게 좋죠?"

"진하면서 향이 강했어요. 그게 좋아요."

"오른쪽은 크림과 설탕이 너무 많이 들어가서 좀……."

"왼쪽 것은 탄 맛, 쓴 향이 강해요. 너무 강하면 많이 못 먹어서 오른쪽요. 오른쪽도 제 타입은 아니지만요."

짝짓기 프로그램에 출연한 게스트나 할 법한 대답에 사회자의 표정이 기묘해진다.

"전 왼쪽인데요. 단것 좋아하는데 오른쪽이 더 단데도 두 개 중에선 왼쪽이에요. 좀 더 고급스러운 느낌이거든요."

"커피에서 고급스러운 느낌이 날 때는 언제예요?"

"그러니까…… 믹스 커피지만 너무 다방 커피 같지 않은 거요."

사람들이 웃자 "오른쪽은 너무 믹스 커피, 다방 커피 같아요. 개인적인 느낌이지만요."라고 덧붙인다. 저 여자는 좌담회 알바 초보인 모양이다. 개인적인 느낌이라는 둥의 사족을 다는 걸 보면. 나도 왼쪽이 좀 더 고급스러운 것 같다고 말한다.

"고급스럽다는 건요? 그 말을 풀어서 설명하신다면?"

어려운 질문이었지만 머리를 짜내어 적당히 표절을 해서 답한다.

"구수하고 향도 좋고요. 다방 커피 같지 않게 원두 향이 났어요. 근데 믹스 커피가 너무 고급스러우면 누가 사 먹을까요? 달달한 게 좋아서 사 먹는 건데요."

"그럼 왜 고급스러워서 좋다고 하셨죠?"

어라, 함정에 빠졌다. 나는 애매하게 웃으며 넘어가려는데 사회자가 답변을 요구한다.

"다방 커피는 하루에 몇 잔이고 마시는 거잖아요. 그래서 너무 마시면 좀 건강이 상한 기분이에요. 또 그렇다고 믹스 커피가 너무 원두 같으면 싫은데 원두 커피는 좀 더 건강에 좋을 것 같고. 그래서 그런 것 같아요."

사회자가 그제야 수긍이 가는지 고개를 끄덕인다.

"하긴요. 카페인이 원두보다는 믹스 커피에 많죠. 그래서 원두 커피 향이 가미되면 좀 더 안심하고 먹을 수 있겠네요. 달달한 커피가 좋지만 건강도 걱정해야만 하는 현대인. 우리 참 머리 아픈 세상에 살고 있네요."

모두 공감하듯 웃는다. 내 옆의 여자가 내 대답을 표절해 답변한 후 사회자가 말한다.

"감사합니다. 이렇게 몇 번 더 하겠습니다. 자, 다시 빵과 물로 헹궈 주세요."

또다시 머그잔 열 개가 달그락 소리를 내며 들어와 죽 전달된다. 사회자가 묻는다.

"어려운 거 없으시죠?"

모두들 그렇다고 한다.

"깨끗이 헹구셨죠? 점심 다 드셨어요?"

다들 "네."라고 답했지만 사실 나는 설렁탕을 먹고 와서 입안이 깨끗이 헹궈지지 않았다. 그런데 설렁탕을 먹은 후의 커피가 이렇게 절묘한 맛을 낼 줄은 미처 몰랐다.

"이 시간이 가장 나른할 때라서요."

누군가 커피니까 다행이라고 한다. 그나저나 밤에 잠이 올지 의문이다.

두 번째는 꽤 어렵다. 첫 잔과 두 번째 잔의 차이를 느끼기 힘들다. 한 번 만에 노하우가 늘어 두 모금 만에 마킹을 할 순 있었지만 경미한 차이를 보이는 커피를 두 잔 준비한 것 같다. 여자들은 달콤, 쌉싸래, 밍밍, 느끼, 싱거운, 아리까리한 등 저마다의 형용사를 사용해 가며 사회자를 헷갈리게 만든다. 이를테면 강미란이란 여자가 A커피가 달콤하지만 맛이 조화로웠다고 하면 양성은이란 여자는 A커피는 이제껏 자기가 먹어 본 커피 중 가장 싱겁고 개성 없는 커피라고 한다. 사회자가 고개를 갸웃하다가 한숨을 내쉬며 말한다.

"자, 잠시 쉴까요? 화장실 다녀오세요."

사회자는 거울 속에 있는 사람들에게로 건너갈 것이다. 나는 밖으로 나와 핸드폰을 들여다본다. 호성이 다리를 다쳐 병원에 있다는 문자가 와 있다. 택배 회사에서 알바를 한 지 일주일 만에 사고가 난 것이다. 계단을 내려오다 삐끗해서 깁스를 했는데 며칠만 쉬면 된다며 일 잘하고 오라고 한다. 당장가 보고 싶지만 당장 오란다고 갈 수 있는 입장도 아니다. 나는 다시 안으로 들어가 자리를 잡는다. 이제 두 잔만 마시면 된다. 사람들은 그새 프로가 된 듯 커피를 한두 모금만 마시고도 곧잘 표기를 한다. 나 역시 첫 시음 때 일곱 모금을 마신 것에 비해 이제 두 모금으로 충분하다.

"이제 평가는 끝났고요, 몇 개만 더 물어볼게요. 직접적으로 묻겠습니다. 여러분, 부드러운 커피 하면 뭐가 생각나세요?"

"베스트 모카 커피요."

나는 일부러 경쟁사의 커피를 들먹인다. 안에서 보는 사람들도 조금 당황하길 바라면서. 물론 거짓말은 아니다.

"아니 부드러운 커피와 어울리는 상황이라는가……."

겨울, 모닝커피, 스웨터 등의 대답이 나왔지만 나는 이렇게 말한다.

"지루한 회의 끝나고 마시는 커피요. 분위기를 부드럽게 하는?"

"자기, 깨졌구나?"

잠시 웃음이 터진다.

"그럼 이번에는 광고 하나 보여 드릴게요."

신비로운 차밍 커피가 지구별에 내려왔습니다……. 광고가 끝나고 광고의 만족도를 묻는 질문에 10분 정도 답한 후 좌담회가 끝난다.

나는 역시 차밍 커피였군, 하며 자리에서 일어난다. 직원이 회의실 밖으로 나오는 여자들의 손에 3만 원이 든 봉투를 나눠 준다. 이 돈이면 사군자반 반장님이 쓰는 한 장에 400원

하는 질 좋은 종이를 일흔다섯 장 살 수 있겠다는 생각에 기분이 좋아진다. 어제는 세 시간이나 그림을 그렸다. 종이가 떨어져서 나중에는 신문지에 그렸다. 손목이 시큰거리니 우쭐한 기분마저 든다.

나는 화장실로 가서 여섯 잔의 커피를 소변으로 쏟아 낸다. 어째 오줌에서 쓴 냄새가 나는 것 같다. 나는 변기에 앉아 3만 원을 세어 보며 여덟 시간 동안 쉴 새 없이 봉지에 수첩을 넣어야 벌 수 있는 돈을 한 시간 만에 벌었다는 생각에 흐뭇해한다.

좌담회에 참석한 여자 중 다섯 명이 함께 엘리베이터에 오른다. 우리는 아무 말 없이 1층에 내려 각자의 길로 흩어진다. 건물을 등지고 걷는 순간 누군가 큰 소리로 날 부른다.

"너 간 줄 알고 계단으로 내려왔다."

숨을 헐떡이며 웃는 남자는 낯익은 얼굴이다. 박강식? 그 순간 불안감이 엄습한다. 내 직관은 틀리는 법이 없다. 분명히 그럴 것이다.

"널 여기에서 보게 될 줄이야. 대체 어떻게 지냈어? 졸업하고 처음이네. 네 연락처 아는 친구가 없더라."

그러고 보니 졸업한 이후로 자주 전화번호를 바꿨고 현재 만나는 사람들에게만 새로운 연락처를 알려 주었다.

"그냥 그럭저럭 지냈어. 넌 잘 지내는 거 같네? 얼굴에 살도 좀 붙고."

강식이 결혼했다는 소식은 지난해 들었다.

"청첩장 보내려고 했는데 연락처를 알아야지. 아무튼 서운
하다. 결혼식도 안 오고."

"나중에 내 결혼식에 오면 되지."

나는 결혼식에 강식을 부를 맘도 없으면서 능청을 떤다.

"사람은 있어?"

"남자 친구 있어. 별일 없음 결혼할 서야."

그는 할 말이 없는지 우물쭈물한다.

"차밍 커피나 한 박스 보내 줘. 신제품 나오면 꼭. 알았지?"

그가 들켰네, 하는 표정으로 웃는다.

"역시 백인주네. 근데 너 여전히 고급스러운 커피 좋아하는
구나? 아 참, 너 요즘도 미용실 자주 가?"

"미용실?"

"너 머리 자주 바꿨잖아. 파마하기 무섭게 다음 날 스트레
이트, 또 그 다음 날 웨이브 파마. 여자들은 심경의 변화가 있
을 때마다 머리 바꾼다는데 쟤가 생각보다 예민하구나 했어."

강식이 시계를 보더니 "커피라도 한잔할까?" 한다.

"너 회사 들어가 봐야 하잖아. 나도 일이 있어. 가 볼게."

뒤돌아 걷는 내 등에 대고 강식이 외친다.

"좌담회 신청서에 적힌 곳으로 보내면 되지? 결혼식 때 꼭

불러라!"

전철을 타고 돌아오는데 기분이 묘하다. 이렇게 만날 건 뭐람. 대학 동기인 강식과는 정식으로 사귄 건 아니지만 데이트는 몇 번 했다. 좀 고리타분하긴 해도 덕수궁에서 자판기 커피를 마시며 왕과 중전 놀이를 하기도 했다. 그때도 원두커피보다 자판기 커피를 좋아하더니 인스턴트커피 회사에 다니고 있을 줄이야. 나는 대학 시절 스타벅스 커피값이 아까워 매일 스타벅스 뒤쪽에 있는 공원의 자판기 커피 앞으로 날 안내했던 그가 조금 섭섭했다. 사실 나도 자판기 커피를 좋아했지만 왠지 그가 돈을 지나치게 아끼는 것 같아 초반부터 김이 샜던 것이다. 물론 우리 관계가 발전하지 못했던 게 커피 탓만은 아니었을 것이다. 왜였을까. 분명히 이유가 있었는데 어떤 일로 인해 사이가 멀어진 것인지 도통 생각나지 않는다. 아마도 길이겠지. 그와 내가 가려던 길이 달랐던 것이다. 어쨌거나 거울 너머에서 몇 년 만에 만난 나를 그가 재미나게 구경했다고 생각하니 기분이 별로다. 그래도 고교 동창인 윤서보다는 낫다며 위로한다. 윤서는 대학에 진학한 후 고등학교 때 남자 친구의 연락을 받고 약속 장소에 나갔다가 기겁을 했다. 피라미드 회사에서 알바 중이던 그녀의 엑스보이프렌드는 그녀에게 가입을 제안했다. 더 기가 막혔던 건 옆에서 생글거리며 가입을 부추기던 그의 여자 친구였다. 어떤 알바는 첫사랑의 추억도 파괴해 버린다.

대학 시절, 나는 머리 모양을 자주 바꾸었다. 하지만 미용실에 출입한 기억은 거의 없다. 내 가방 속엔 늘 두세 개의 가발이 구비되어 있었다. 시도 때도 없이 따라붙는 빚쟁이들 때문에 어쩔 수 없었다. 그 시절, 나는 가발 전문가인 석구 사장의 덕을 톡톡히 봤다.

"미용실 가는 건 촌스러운 짓이야. 파미약 그게 모발에 얼마나 해로운지 알아? 난 미용실엔 최대한 출입하지 않고 기분 전환하고 싶을 때마다 가발을 활용해."

수백 개의 개인 가발을 소유한 석구 사장의 주장이었다.

밤 10시쯤에 문을 열어 새벽에 문을 닫던 동대문 도매시장의 한 층 구석에 가까스로 자리를 잡은 그 가발 가게에서 나던 실리콘과 인조모 냄새는 지금도 잊히지 않는다. 그리고 시장 거리를 밝혔던 화려하고도 쓸쓸한 네온사인도.

석구 사장은 어린 나이에 자주 가게에 드나드는 내게 관심을 보였다. 내가 갈색 브리지가 자연스럽게 들어간 롱웨이브 가발을 손가락으로 가리키자 석구 사장은 내가 가진 돈의 두 배나 되는 가격을 불렀다. 그렇게 비싸냐고 물었더니 그녀가 생긋 웃으며 답했다.

"자연스럽잖아. 저걸 쓰면 아무도 가발인지 몰라."

이름과 달리 여성스러운 여자였던 석구 사장은 카멜레온 같았다. 알바생을 쓰는가 했더니 전에 봤던 커트 머리 여자와 같은 여자였다. 이전 머리는 가발이었던 모양이다.

"보름 전인가 왔으면서 또 사게?"

언제 봤다고 반말인가 싶어서 대꾸하지 않고 가발들을 둘러봤다. 여러 곳의 가발 가게들을 다녀 봤지만 이곳 가발은 가격에 비해 품질이 좋았다. 내가 원하는 것은 눈에 띄지 않는 가발이었다. 그다지 손질도 안 하고 미용실에도 잘 다니지 않는 것처럼 자연스러운 머리칼. 머리통이 예쁘게 생긴 편도 아니라 잘못 쓰면 엄마 몰래 나이트클럽에 가는 여고생처럼 어색한 머리 모양이 나왔다. 사장이 종이 한 장을 꺼내 유리 진열대 위에 올려놓았다. 아르바이트 모집. 밤 10시~새벽 4시 올빼미족 가발광이면 대환영. 내가 전단을 쳐다보자 그녀가 말했다.

"왜, 해 볼래? 한 달 하면 그 가발 살 수 있을걸."

나는 혹시 이 사람이 나를 아는 사람인가 싶어 유심히 얼굴을 쳐다보다가 말없이 나왔다. 어딘가 매서워 보이면서도 마치 사람 속을 들여다보는 듯한 눈 때문에 어딘가 께름칙했다.

하지만 이틀 뒤 나는 밤늦게 그곳에 앉아 마네킹에 가발을 뒤집어씌우고 있었다. 1교시 수업도 없었고 아직 2학년이니 야간 아르바이트를 해도 큰 무리가 없을 터였다. 사장은 일주일에 한 번만 함께 일했으므로 그 밤 시간은 오로지 내 것이었다. 나는 지루할 때면 가발을 하나씩 써 보며 영화배우 흉내를 내기도 했다. 그래서인지 시간이 흐른 뒤에도 그곳에서 일할 때 혼자가 아닌 다른 누군가와 함께 있었던 것처럼 느껴졌다.

사장과 충돌할 일이 없어서인지 처음 계획과 달리 장기 알바생이 되었고 1년이란 시간이 후딱 지나갔다. 석구 사장은 나를 후계자로 점찍은 건지 내게 가발에 대한 지식을 틈틈이 알려 주었다. 처음엔 아크릴계 섬유로 만든 가발과 사람의 머리털로 만든 가발을 구별하기 힘들었지만 나중엔 쉽게 구별할 수 있게 되었다.

어느 날 문득 석구 사장이 내게 말했다.

"순진하게 생긴 게 밤일 나가는 것 같진 않고 왜 그리 자주 가발을 사는지 궁금했어. 원형 탈모도 아니고 말이야. 여기 단골은 연예인 지망생, 클럽 빼순이, 술집 여자 정도거든. 참, 또 있다. 코스프렌가 하는 고딩들. 어쨌든 넌 차라리 가방 같은 것에 관심 있을 나이 아닌가?"

"가방요? 돈 가방엔 관심 많죠."

나는 씁쓸하게 웃었을 뿐이다.

그 당시 나를 구해 줄 수 있는 건 가방 아니면 가발이었다. 나는 가방 안에 가발, 하이힐, 롱부츠, 스카프, 모자, 선글라스 등을 넣어 다니며 자유자재로 변신을 시도했다. 가발은 구겨지지 않게 지퍼백에 넣어서 가방의 가장 위쪽에 넣어 두었다. 사채업자들의 눈은 단순히 상의를 바꿔 입는 것으로는 속일 수 없었다. 그들은 화려한 스카프와 자연스러운 가발, 거미다리처럼 길게 붙인 인조 속눈썹으로 비로소 속일 수 있는 예리한 감각의 소유자들이었다.

나는 자연스러운 가발을 찾아 온갖 시장을 돌아다녔다. 그즈음 사용하던 커트 머리 가발이 오히려 시선을 끈다는 것을 알게 된 후 대다수의 여자들이 선호하는 롱웨이브 가발을 소유해야겠다는 생각을 하게 된 것이다. 키포인트는 대다수의 여자들이 하는 머리 모양을 갖추는 것이었다. 그래야 모래사장의 모래알처럼 주변에 묻혀 들 수 있었다. 젊은 여자들의 머리 모양이야 계절에 관계없이 대체로 긴 생머리가 인기였지만 그즈음에는 인기드라마의 여주인공 때문인지 롱웨이브가 대세였다.

그래도 대학은 성역이었다. 캠퍼스에서 뒤를 쫓던 그들을 피해 나는 종종 중앙도서관으로 들어갔다. 학생증이 있어야 출입이 가능했으므로 그들은 나를 쫓아 들어오지 못했다. 나는 그곳에서 아무 책이나 집히는 대로 들고서 읽고는 밖으로 나오곤 했다. 그들은 내가 무슨 학과인지는 모르는 눈치였다. 알았다면 학과사무실에 찾아가 내 연락처를 알아냈을 것이다. 그래도 나는 어쩌다가 학과 조교와 눈이라도 마주치면 혹시 그들이 내 학과를 알아낸 것이 아닌가 싶어서 가슴이 철렁 내려앉았다. 내게 시선을 던지는 남학생이라도 있으면 입이 바짝 말랐다. 그 나이 때 여자라면 자신을 쳐다보는 남자의 시선에 기분이 좋았을 텐데 말이다.

처음 빚쟁이가 찾아온 것은 고등학교 2학년 때였다. 수업 중에 어떤 남자가 앞문을 두드려 선생님을 불러냈다. 선생님은 나에게 다가오더니 내 친구 아버지가 물어볼 게 있다고 하시니 잠깐 나갔다 오라고 했다. 친구 아빠가 나를 찾아올 일은 없다고 생각했으므로 나는 의아해하며 밖으로 나갔다. 양복을 차려입은 험악한 인상의 남자는 학교 뒤뜰에서 나에게 엄마의 행방을 물었다. 부도가 나고 엄마가 구치소에서 나온 지 보름도 되지 않은 때였다. 자주 있는 일은 아니었지만 나는 학교에 가는 것마저 겁이 났다.

백화점 일을 그만두었을 즈음, 아주 잠깐 작은 보습 학원에서 초등학생, 중학생 들에게 영어를 가르쳤다. 막상 해 보니 적성에도 맞는 것 같아 잠시만 하려던 계획을 수정해 1년 정도 해 볼까 생각하던 즈음, 학원장의 호출을 받았다.

"백 선생 혹시 신용에 문제 있어요? 오전에 전화 왔어요. 백인주 씨 여기 선생 맞냐고. 누구냐고 물었더니 무슨 신용금고라고 하던데."

미행당했구나, 생각하며 엊그제 교회에까지 그놈들이 따라
붙었으니 조심하라고 전화한 여동생 생각이 났다. 여동생은
그 깡패놈들이 교회당 맨 뒤에 앉아 자신의 오르간 연주에
맞춰 찬송가를 불렀다며 울먹였다. 여동생은 정든 교회를 옮
겨야 한다고 속상해했다. 나는 여동생에게 작은 교회보다는
대형 교회가 오래 다니기 좋지 않겠느냐고 조언했다.

내가 학원 건물로 들어가는 것을 봤을 테고 1층부터 5층
까지 모든 곳에 전화를 걸어 알아냈을 것이다. 다행히 그놈들
도 장소는 가리는지 대학이나 교회에서 행패를 부리지는 않
았다. 그러나 학원에는 들이닥쳤다. 하필이면 내가 맡은 반 중
가장 나이가 어린 초등학교 2학년 수업 때였다. 그들은 다짜
고짜 학원에 있는 모든 교실의 문을 열어젖히며 내가 수업하
는 반을 찾았다.

"백인주 씨, 돈 갚아야⋯⋯."

덩치가 산 만한 남자가 여기까지 말하고는 입을 다물었다.
원래 계획은 망신을 주는 것이었던 모양인데 어린 아이들 앞
에 서니 쑥스러웠던 모양이다. 장난꾸러기 아이가 머리를 박박
민 그 남자에게 "대머리다!" 하자 한바탕 웃음바다가 되었다.

월급날 꼭 입금하겠다고 말해 그들을 돌려보낸 다음, 원장
선생님께 작별 인사를 했다. 설마 아이들이 있는 학원에 찾
아올까 싶었는데 좀 더 일찍 떠나지 않은 것이 후회가 되었

다. 그 이후 처음으로 얻은 정규직 직장에서도 비슷한 일이 반복되었다. 첫 번째 직장엔 용 문신을 한 사람이 찾아왔고 두 번째 직장에는 직접 찾아오진 않았지만 회사로 찾아가겠다는 전화를 걸어왔다. 그 이후로 2년간은 이력서를 넣지 않았다. 다시 이력서를 넣은 것은 파산 면책을 준비하면서 법무사와 상담을 한 이후였다. 파산 면책이 결정 나기까지는 열 달 정도가 소요되는데 압류를 당하지 않도록 금지 명령이 내려지므로 취업을 해도 된다고 했다. 2년간 정규식장에 다니지 않아서 파산 신청을 하는 데에는 더 유리했다. 실제로 다시 취업을 한 것은 8월이었는데 면책이 난 이듬해 2월까지 모든 빚 독촉 전화가 중단되었다. 그건 참으로 신비로운 체험이었다. 어떻게 시도 때도 가리지 않고 계속되던 전화가 갑자기 중단된단 말인가? 정체를 알 수 없는 곳에서 하루에도 수십 통의 전화가 걸려왔는데 말이다. 타이르고, 위협하고, 꾸짖고…… 방법도 가지각색이었다. 심지어 싸이월드 미니홈피 게시판에도 글을 남겼다. 방명록이 아닌 게시판에 글을 남긴 것은 다분히 의도적인 것이었다. 그런 것이 불법이라는 것은 그들도 아는지 빚을 갚으라는 글을 남긴 것이 아니라 "인주 언니, 나 잊어버렸어? 어서 연락 줘. 그리고 나 ABC상호금고에 취직한 거 알지? 한턱 쏠게."와 같은 글을 남겼다. 두말할 것도 없이 ABC상호금고 직원이었다. 물론 내가 그들의 전화를 모두 받은 것은 아니었다. 즉시 번호를 저장해서 세 번에 한 번 정도만 전화를 받았다. 최근에 스마트폰을 쓰며 카카오톡에 떠오른 그들을 보면서 이 사람들이 김현숙, 한미정, 이진호 등의 평범한 이름을 가진, 매일의 일상을 사진으로 찍어 카카오톡에 올리는, 나와 다르지 않은 보통 사람임을 확인할 때면 몇 년 전 공포에 떨던 내가 우습게 여겨지곤 한다. 다양한 연령대의 채권추심원들의 얼굴은 때론 아주 앳되고 귀엽기까지 하다. 그들에게 그 회사들은 그냥 스쳐 지나가는 장소였을까. 그들도 내키진 않지만 어쩔 수 없이 그런 일을 한 걸까.

석구 사장은 입이 무겁고 신중한 사람으로 나는 그녀와 일하는 것이 즐거웠다. 설사 이곳에 사채업자가 찾아온다고 해도 그녀라면 다 이해해 줄 것 같았다.

가발 가게에서 1년 일했을 즈음 나는 놀라운 사실을 알게되었다. 대청소 날, 가발 가게 안에 있던 창고 안의 앨범에서 발견한 예쁘장한 남자 고등학생이 사장과 꼭 닮은 사람이 아닌 바로 그녀라는 것, 그리고 사진 속에서 종종 석구 사장과함께 등장하는 남학생이 때때로 가발 가게에 들르는 사장의애인이라는 것을.

가발 가게를 그만두던 날, 석구 사장은 내게 품질 좋은 다양한 가발을 선물했다. 붙임머리와 꽤 값나가는 고열사로 만든 통머리 가발, 그리고 윤기 나는 롱웨이브 인조모 가발까지. 나는 이 가발들이 그녀의 혹은 그의 삶을 위로해 주었던 것처럼 내게도 그럴 것이라고 믿으며 그곳에서 나왔다.

전철 안에서 호성에게 전화를 건다. 호성은 카페에서 책을 보고 있다며 그곳으로 오라고 한다. 나는 당분간 커피 냄새는 맡기도 싫으므로 집으로 가겠다고 한다. 호성은 요즘 들어 이런 식이다. 예전엔 다른 남자들처럼 스타벅스에 자주 드나드는 여자들은 된장녀라고 비아냥거리던 그가 카페에 드나들 줄은 나도 몰랐다. 집에만 있으니 인스턴트커피를 하도 마셔서 원두커피가 먹고 싶다는 것이다. 술도 늘었다. 게임을 하며 소주 반 병 정도는 쉽게 비운다. 그 정도야 눈감아 줄 수 있지만 갑자기 비싼 와인을 사서 마시니 미칠 노릇이다.

"일도 안 하면서 와인 마시고 카페 드나들고 정말 왜 그래?"

화를 낼 줄 알았더니 그는 실실 웃으며 말했다.

"여자들이 왜 분위기에 약하고 좋은 음식, 비싼 물건을 좋아하는지 요즘은 알 것 같아. 나도 이제 삶의 질을 좀 높여보려고." 삶의 질을 높이려다가 길바닥에 나앉게 될 거라고 소리를 지르려다 간신히 참았다.

어쨌거나 커피는 가장 좋아하는 음료인데 갑자기 싫어질

것도 같다. 20년 전에도 비슷한 일이 있었다. 경제 관념이 일찍 형성되었는지 중학생 때 나는 온갖 경품 행사에 열을 올렸다. 당시 출시된 꽈배기처럼 생긴 과자는 경품 행사 중이었는데 과자 봉지에 새겨진 회사 로고를 잘라 관제엽서에 붙여 보내면 추첨을 통해 과자 한 상자를 보내 주었다. 나는 그 과자를 두 봉지 사서 여동생의 이름으로도 보냈다. 한 달 후 집에 두 박스의 꽈배기 과자가 도착해서 우리 자매는 만세를 불렀지만 그 이후로 그 과자를 사 먹은 적은 한 번도 없다. 그 과자는 히트를 쳐서 20년이 된 지금도 호황을 누리고 있지만 나는 그것만 보면 속이 메슥거린다. 어차피 광고란 몇 사람의 혐오를 각오하고 시작되는 것인지도 모른다.

저녁을 먹고 방바닥에 드러누워 텔레비전을 보는 호성에게 말한다.

"우리 혼인신고 할까?"

그의 만면에 웃음이 번진다. 언뜻 뺨이 발그레한 것도 같다. 나는 좌담회 신청 게시판의 글 하나를 클릭하며, "웬일이야?" 하는 호성에게 말한다.

"주부면 좌담회 신청할 때 유리하거든. 죄다 주부 대상이야. 아무래도 쇼핑은 주부가 하니까. 오빠 담배 좌담회 나갈래? 내가 신청해 줄게. 여기 갔다 와서 금연해."

신청 버튼을 누르고 신청서를 작성하는데 호성이 혼잣말

을 하듯, 혼인신고를 하려거든 우선 거머리 같은 놈들을 떼어 낼 대책부터 생각해 내라고 말한다. 현관문이 열렸다 닫히는 소리가 쾅 하고 난다.

연희동

효종이 한바탕 수첩을 돌린 후 우리 팀이 너무 빠른 것 같으니 천천히 하자고 하자 여팀장은 효종을 흘겨보며 "반대로 나만 열심히 하면 다 빨라. 다 같은 생각이면."이라고 한다. 효종이 차에서 내리자마자 여팀장의 핸드폰이 울린다.

"어, 우리는 흑석교회. 어딘데? 거기에서 왼쪽으로 죽 올라와서 동사무소. 너 태식이 두 번째다. 내가 동사무소 쪽 간다고 그랬어. 그래, 그랬어. 어, 그래."

전화를 끊고서 여팀장이 말한다.

"이 자식이 이거 이거 빠졌어."

태식이 꾀를 부린다고 생각하는 것 같다. 담배를 한 손에 들고 언덕을 올라오는 태식이 보인다.

"태식이 쟤가 담배를 많이 피우는구나. 쟤가 요즘 건강이 별론데 왜 저렇게 피우니……."

여팀장은 겉으로는 무섭게 굴어도 속으로는 남동생들을 꽤나 걱정하는 눈치다. 태식이 차 쪽으로 다가오자 여팀장이 묻는다.

"야, 안성이 올라오는 거 보여? 저 밑에서 올라올 텐데."

"못 봤어요."

"못 봤어?"

"책 많이 가져가야겠어요. 모자라요."

여팀장은 갑자기 마음이 약해졌는지 이렇게 말한다.

"너무 힘들게 하지 말고 조금씩 덜 열심히 해. 나 몰래. 내가 알면 또 뭐라 할 테니까. 태식이가 재미가 없구나?"

"너무 오래 해서 그렇죠 뭐."

태식이 힘없이 말하자 여팀장이 지도를 보여 주며 말한다.

"이번엔 오른쪽 위. 지금 밑에 끝났잖아."

"아, 발목이 안 낫네. 미치겠네."

태식이 투덜대면서 골목 사이로 사라진다.

여팀장은 "효종이도 다치고 태식이도 다쳤으니 어쩌나. 그나저나 태식이 쟤가 얼른 취업을 해야 할 텐데."

그러면서도 여팀장은 고개를 이리저리 돌려 안성을 찾는다.

여팀장이 문을 열고 말한다.

"효종아, 만석아! 너희들 만났구나? 아이구, 내려놔. 추우니까 뒤로 들어가서 타."

그러고는 아이들이 올라타자 지도를 보이며 여기 내려갔다 온 거 맞느냐고 하자 아이들은 그렇다고 한다.

"그럼 너희 안성이 형 도와주고 오면 안 될까? 가방 안 들고 가도 되고, 저기 앞에서 하고 있을 거야. 가서 나눠서 좀 돌려."

애들이 비틀비틀 내려가는데 뒷모습에 싫은 기색이 역력하다. 여팀장은 안성이가 공무원 시험에 1점 차로 떨어졌다면서 "이번엔 꼭 돼야 할 텐데." 한다. 효종이 잽싸게 돌리고 들어오자 여팀장은 볼을 만지며 말한다.

"어이구 고마워. 이뻐 죽겠어."

여팀장이 창밖을 보다가 말한다.

"안성이 왜 안 와? 전화해 봐."

효종이 배터리가 없다고 하자 여팀장은 "전화비 아까워서 그래? 일당에 얹어 줄게." 한다. 효종이 그제야 전화를 걸어 꾸물대지 말고 어서 오라고 재촉을 한다. 안성이 들어오자 여팀장은 반가운 기색이다.

"다 하고 왔지? 너는 앞으로 타."

"여기가 무슨 동이에요?"

"흑석동. 옛날엔 여기가 안 이랬는데 길이 다 바뀌었네. 지도를 다운받아 봤는데 뭐가 뭔지 하나도 모르겠어. 이 수첩 좀 잡아 줘. 남자가 잡아 줘야지."

어젯밤에 갑자기 하게 된 아르바이트 때문에 밤새 운전을 해서 꾸벅꾸벅 졸던 반장님이 벌떡 일어나 이상한 소리를 한다.

"떠나는 여자는 잡는 게 아니야."

반장님은 저쪽 기사 아저씨에 비해 꽤나 과묵한 편인데 가끔씩 엉뚱한 소리로 웃음을 유발한다. 그는 수사반장이라는 드라마의 형사 배우와 닮아서 반장님으로 불린다고 한다.

여팀장이 반장님께 묻는다.

"이번 주에 강남 간다는 소식 있던데 어디 가요? 임 부장님이 전화하셨던데요."

"그래? 나한텐 말 안 하던데. 며칠 전에 한 번 봤거든."

반장님은 전단, 상가수첩을 돌리는 업체와 일주일 내내 일한다고 한다.

효종은 여팀장에게 소개받아 임 부장이란 사람과 몇 년간 일했다고 한다. 군대 가기 전부터 제대한 이후까지, 심지어 군대에서 휴가 나왔을 때가 때마침 수첩 돌리는 시기라 돈도 안 받고 일을 도와준 적도 있다고 한다. 그날 그는 하루 종일 아무리 힘들어도 군대보다는 안 힘들다고 말해서 여팀장이 역시 남자는 군대를 다녀와 봐야 철이 든다고 했다고 한다.

"효종아, 임 부장님 전단지 돌리고 포스터도 붙인대. 찌라

시만 했잖아."

"그래요? 전 찌라시가 좋은데. 막 뿌리면 되니까. 전 그걸 돈이라고 생각하고 뿌려요. 부자 된 기분이 들거든요. 근데 전단 같은 건 테이프 들고 붙여야 하잖아요."

"우리도 그런 거 만들까? 전단지."

"전 상가수첩으로 만족해요. 아, 이건 말 안 하려 했는데 전에 하루 이틀 여자들 벌거벗고 있는 거 뿌렸거든요. 그거 뿌리면 허리 굽혀서 주워 가는 남자들 있는데 기분 좋더라고요. 우리가 뭘 뿌려도 사실 반기질 않잖아요. 그리고 누나, 제가 장담하는데 이제 전단이니 상가수첩이니 다 없어질 거예요. 스마트폰으로 전송하는 전단이 나올걸요. 상가수첩 어플 만들 땐 저 부르세요. 저 요즘 컴퓨터 공부 열라 열심히 하거든요."

"글쎄, 그런 날이 올지 모르겠다. 그래도 전단도, 수첩도 집 앞에 붙어 있는 거 떼 보는 맛이고 펼쳐 보는 맛 아니니? 내 생각엔 그런 일 없어."

"스마트폰 통장도 나왔잖아요. 스마트폰만 클릭하면 돈 이체할 수 있어요."

"어머, 그런 게 있어? 통장을 이 안에 어떻게 집어넣어? 쑤셔 넣니?"

효종은 설명하기 귀찮다는 듯 이어폰을 귀에 꽂고 눈을 감아 버린다. 나는 흑석동은 왜 흑석동일까, 생각하며 스마트폰으로 흑석동을 검색한다.

흑석동은 흑석 1동 사무소 남쪽 일대에서 나오는 돌이 검은색을 띠어서 흑석(黑石)이라는 이름이 붙었다고 한다.

나는 차가 신호에 걸려 멈춰 섰을 때 길가의 돌이 어떤 색인가를 무심코 돌아본다.

한숨 자고 일어났는데 낯선 거리가 아닌 낯익은 거리다.

"여기 연희동이에요?"

여팀장이 고개를 끄덕인다. 그제야 흑석동 수첩 밑에 깔려 있는 연희동 수첩들이 눈에 들어온다. 그러고 보니 이 동네에 산 지 꽤 되었는데도 동네를 구석구석 돌아본 적이 없다.

연희동에 사는 동안 세 번이나 이사를 했다. 첫 정규직 직장이었던 출판사 근처의 연희 1동 고시원에서 4년 살다가 면목동 고시원에서 야간 총무로 1년간 살면서 회사를 다녔다. 그러다가 호성과 만나면서 다시 연희동으로 왔다. 연희 2동의 월세방에서 호성과 1년 반, 지금의 연희 3동 반지하방에서 1년 반째다. 그래서인지 연희동은 유난히 친근하게 느껴진다. 오래도록, 옮겨 다니며 살았는데도 왜 늘 다니던 길로만 걸어 다녔을까.

차는 먼저 연희 2동 골목으로 들어선다. 한 골목만 넘어서면 1년 반 동안 살았던 집이다. 친절한 인상의 50대 남자 주인은 4층짜리 건물을 한 층에 다섯 개씩, 총 스무 개의 방에 세를 놓았다. 세입자는 대부분이 대학생이었는데 반 이상이 동성 혹은 이성과 동거 중이었다. 대학가가 많이 변했다고 할지 모르지만 대부분은 지나치게 비싼 집세와 물가 때문에 어쩔 수 없이 동거를 택하는 것 같았다. 열 평 정도의 그 방은 보증금 500만 원에 월세가 무려 50만 원이었는데 그나마 근처에서 싼 축이었다. 옆집에 사는 사람들과는 한 번도 인사를 해 본 적이 없지만 두꺼운 서적을 손에 한아름 들고 방으로 들어가는 앳되어 보이는 대학생 커플이 다투는 소리가 가끔 벽 너머에서 들려왔다. 집주인은 관리비를 한 사람당 5만 원씩 받았는데 복도에 시시티브이를 달아서 혹시 관리비를 내지 않고 함께 사는 사람이 있는지 감시했다. 보증금까지 내고 살면서 왜 이런 감시를 받아야 하는지, 또 그가 무슨 관리를 하기에 관리비를 받는지 알 길이 없어 우리는 1년 반 만에 집을 옮기기로 결정했다. 때마침 옆방 욕실 배수구에 문제가 생겨 우리 방까지 물이 새어 들어오는 바람에 내린 결정이기도 했다. 우리는 지금 사는 연희 3동의 싸게 나온 반지하방을 계약한 후 주인에게 나가겠다는 뜻을 전했다. 늘 빙그레 웃는 표정인 주인은 계약 기간을 채우지 않으니 '법대로' 다른 사람이 들어올 때까지 월세에서 까겠다고 했다. 우리는 그런 법이 있는 줄도 몰랐으므로 크게 당황했다. 하지만 집주인이

관리비를 받고 아무런 관리도 하지 않는 상황에서 집에 물이 새어 들어올 때, 계약 기간을 채우지 않아도 된다는 법은 없는 것 같았다. 다행히 인터넷의 방 구하기 카페에 글을 열심히 올려 보름 만에 세입자를 찾았고 15일 치 월세를 제한 금액이 통장으로 들어왔다.

그래도 연희동은 내게 제2의 고향이라고 할 수 있는 동네다. 어릴 시절에 살던 동네를 제외하고는 가장 오랫동안 거주한 곳이기도 하고 나를 오래 붙들어 두었을 정도로 매력적인 곳이기도 하다. 처음엔 별생각 없이 직장 때문에 정착했지만 예전과 다르게 미련 없이 떠나기가 힘들었다. 예술가들과 젊은이들이 많이 모이는 홍대 근처라는 것도 마음에 들고 여름에는 녹음이 우거진 연세대학교에 산책 갈 수 있는 것도 좋았다. 다른 동네에 살았더라면 저축을 더 많이 할 수 있었을 거라고 생각할 정도로 훌륭한 맛집이 늘어선 것도 좋았다. 학교도 많아서 나는 이곳에서 호성과 아이를 낳아 기르는 상상을 하곤 했다.

"여기 전직 대통령들 사는 동네 아니에요?"

여팀장의 질문에 반장님이 전두환, 노태우가 이 동네에 산다고 답한다. '사러가 마트' 뒤로는 전직 대통령들의 집을 포함한 연희동 부촌이 펼쳐져 있다. 나와 호성은 주말에 점심을 먹은 후 그곳을 거닐며 언젠가는 우리도 이런 집에 살 수 있을까? 하는 꿈같은 얘기를 나누곤 했다. 연세대학교는 멋진 산책로였다. 캠퍼스는 계절에 따라 모습이 바뀌었다. 한국에서 가장 오래된 종합병원이라는 신촌 세브란스병원은 볼 때마다 괜히 든든했다. 다행히 이곳에 살면서 종합병원에 갈 일은 생기지 않았지만 말이다.

나는 주말이면 호성과 자전거를 타고 가로 위를 누비곤 했다. 덕분에 동네 골목골목은 샅샅이 모르지만 성산로와 가좌로, 연희로는 눈감고도 찾아갈 수 있을 정도로 꿰고 있다. 호성과 결혼해야겠다고 생각한 것도 가로 위를 누비던 순간이었다. 호성과 자전거를 타고 달릴 때면 안심이 되었다. 그는 내가 낯선 길로 접어들 때도 말리는 법이 없었다. "오늘은 그 길로 가 볼까?" 하고 말없이 따라와 주었다.

연희 2동이 끝나자 차는 머리를 돌려 첫 직장이 있던 연희 1동으로 움직인다. 1년간 다닌 출판사가 있던 건물을 올려다보니 출판사 간판이 없어졌다. 보습 학원을 그만두고 얻은, 나로서는 첫 정규직 직장이었다.

아버지 친구의 소개로 들어간 곳이었는데 가정집을 반으로 나눠 작은 방에서 편집부 직원 하나와 디자이너 한 명이 함께 일했다. 종교 서적을 주로 출판하는 그곳은 시끄러울 일이 별로 없었다. 하지만 등에 용 문신이 비치는 옷을 입은 사람들이 들이닥치는 바람에 오래 일할 순 없었다. 그들이 회사에 찾아와 깽판을 친 것은 아니었지만 가을인데도 속이 비치는 흐릿한 티셔츠를 입은 그들은 아마도 문신으로 날 협박할 수 있으리라 생각했던 것 같다. 나는 그날 마침 디자이너인 효진과 함께 번역가를 만나러 외근을 나갔다가 들어온 참이었다.

내가 회사를 그만두던 날 효진은 코팅한 단풍잎을 건네주었다. 외근 나간 날 주은 것이라고 했다.

그곳에서 일하면서도 나는 가끔 아르바이트를 했다. 첫 직장이라 월급이 적기도 했고 주말 과외를 하는 친구들이 꽤 되었기 때문이기도 했다. 과외 덕분에 직장 생활 1년 만에 월세 자취방에서 벗어난 친구를 보며 나도 뭔가 부업을 가져야겠다고 생각했다.

때마침 한동안 연락이 닿지 않았던 현주에게서 전화가 걸려왔다. 현주는 대뜸 함께 아르바이트를 하자고 했다. 현주와는 예전에도 가끔 만나 단기 알바를 하곤 했다. 우리는 일명 '알바 친구'라고 할 수 있었다. 벌써 8년 전부터 시작된 일이었다.

현주가 나를 보자마자 말했다.

"야, 너 뭐하는 거야? 선보러 가냐? 다음부터는 좀 노는 애처럼 입고 나와. 수녀처럼 얌전하게 입지 말고."

"나 수녀나 될까. 수녀원에서 밥은 먹여 줄 거 아냐."

현주가 한심하다는 듯이 나를 힐끗 쳐다봤다. 나는 현주에게 어제 본 면접은 어떻게 됐느냐고 물었다.

"몰라. 아이씨, 미친 것들. 캐셔 하나 뽑으면서 정말 지랄을 하더라. 40~50대 아줌마들을 대기업 면접 보듯이 쭉 앉혀 놓고. 적성에 안 맞아도 그거라도 잠깐 하려 했는데. 엄마가 집 안에 있지 말고 한 푼이라도 벌어 오라고 하도 난리여서."

현주가 집에서 놀게 된 지는 넉 달이 지났다. 현주는 시간이 갈수록 입이 걸어졌다.

"야, 그래도 이러고 있으니까 고등학교 때 생각난다."

고등학교 졸업식 날 우리 9공주파는 얼굴에 떡칠을 하고서 나이트클럽에 몰려갔다. 피겨 스케이트 선수 김연아식 스모키 화장이 당시 유행이었다. 요즘이야 조금이라도 어려 보이려고 투명메이크업을 하지만 그 나이 땐 조금이라도 성숙해 보이려고 짙은 화장을 했다. 나도 쥐색 립스틱을 하나 사서 바르고 눈가도 까맣게 칠했다. 친구들의 화장을 보니 좀 무서운 게 어째 좀비 같았다. 하지만 나 역시 그렇게 보일 거라는 생각은 하지 못했다. 고딩으로 보이지 않는 것이 최고 목표였던 시절, 우리는 좀비처럼 보였던 셈이다. 어찌 되었건 우리는 펜치를 먹지 않고 안으로 들어갈 수 있었고 거기에서 우리 반 날라리들 전부와 조우했다. 그들은 모두 테이블 위에 올라가 미친 듯이 몸을 흔들어 대고 있었다. 엉덩이를 흔들 때마다 팬티가 다 보였다. 입이 쩍 벌어지도록 춤을 잘 췄는데 왜 굳이 저 높은 곳에 올라가 그러고 있는지 이해가 안 되었다. 알고 보니 그애들은 댄스 알바 중이었다. 그들이 메이커 옷을 입고 노래방, 맥줏집을 자유로이 출입할 수 있었던 건 모두 나이트클럽 덕분이었던 셈이다. 일주일도 안 되어 우리는 지금은 추억의 장소가 되어 버린 록카페를 방문했다. 록카페는 5000원만 내면 출입할 수 있어서 나이트클럽보다 부담이 적었다. 그런데 그애들은 거기에서도 알바 중이었다. 무아지경에 빠져 댄스 댄스……

그나저나 나는 걔네들이 열여덟 살에 일했던 장소에서 서른 살이 넘어서까지 일하게 되었다. 혀를 끌끌 차며 그 애들을 한심하게 생각했던 나에게 이런 일이 일어날 줄은 꿈에도 몰랐다. 어쩌면 그때 나는 그 애들을 은근히 부러워했던 것인지도 모르겠다.

이벤트 아르바이트란 것은 최근 들어 크게 증가한 아르바이트로 정확히 언제부터 시작되었는지는 알 수 없다. 다만 분위기를 맞출 줄 알아야 했고 놀 때 입는 옷이 구비되어 있어야 했다. 그즈음에는 '위장 손님 알바'라고 했는데 요즘은 '이벤트 아르바이트'라고 구인 광고가 올라온다는 점이 달랐다. 그저 손님인 척 신나게 놀아 주면 되는 알바였다.

무엇이건 처음 나왔을 때 해 봐야 직성이 풀리는 나는 위장 손님 알바 공고를 보자마자 옷을 구입했다. 옷값이 하루 일당보다 비싸긴 했지만 여러 탕 뛸 생각이니 손해 볼 건 없었다. 현주는 한 달에 많게는 열흘간 그 아르바이트를 했지만 나는 한 달에 두 번 정도만 했다. 직장 생활과 병행하기에는 아무래도 힘들었다. 현주는 그 일을 하면서 술이 늘었다. 위장 손님은 맥주 한두 병이 무료였는데 술을 몇 병이라도 더 마시면 알바비를 반도 못 건졌다.

일을 시작한 지 석 달쯤 되었을까. 그곳에서 아는 사람을 만났다. 처음엔 긴가민가했다. 나를 빤히 보고 있는 그 남자는 분명히 영호였다. 우리는 반가움의 눈빛을 나누었는데 영호는 일행이 있어서인지 바로 달려오진 않았다. 잠시 후 영호가 테이블을 가로질러 내 테이블 앞으로 다가왔다. 영호는 손을 내밀어 오랜만이라고 했다. 나도 손을 잡으며 말했다.

"그러게, 대체 얼마만이야."

7년 만이었다. 수줍음을 타는 것을 보니 영호가 분명했다.

"너 하나도 안 변했다. 스타일은 좀 변한 것 같지만. 너 대학 어디 갔어? 지금 무슨 일해?"

영호는 경제학과에 진학했고 지금은 은행에 다닌다고 했다. 원하던 대학에는 가지 못했다고 덧붙였다.

"정말? 예전엔 광고 일 하고 싶다고 하지 않았어?"

"내가 그랬나?"

우리는 오랜만에 만난 친구들이 나눌 만한 이야기를 좀 더 주고받은 다음 한 시간 뒤에 이곳에서 가장 가까운 지하철역 1번 출구에서 만나기로 했다. 영호는 회식 자리였고 나는 아르바이트 중이었으므로 어쩔 수 없었다.

가슴이 살짝 뛰었다. 추억의 저장 창고를 열어 본 것처럼. 좋은 기억을 간직한 옛 친구를 만난 장소로는 좀 부적합한 것 같으면서도 한 번은 만나 보고 싶었던 친구를 만났다는 생각에 기분이 좋았다. 한 시간 뒤 좀 더 놀다 가자는 현주를 뿌리치고 서둘러 그곳에서 나와 지하철역 1번 출구 앞에서 영호를 기다리며 나는 근처에 여기 말고 또 지하철역이 있는지를 생각했다. 서로 어긋난 것이 아닐까 걱정하는 순간 영호가 다가오는 것이 보였다.

강남역 1번 출구 앞에서 영호는 나에게 대뜸 어떻게 살았느냐고 물었다. 나는 출판사에 다닌다고 했다.

"출판사? 너 책 안 좋아했잖아."

"내가? 책을 엄청 좋아하진 않았지만 안 좋아하진 않았던 것 같은데."

"네가 그랬어. 그때 학원 다닐 때 내가 만화방 가자고 했는데 네가 만화책이고 뭐고 간에 읽는 건 별로라고 영화 보자고 했어."

이리저리 기억을 맞춰 보는데 맞는 것보다 맞지 않는 것이 더 많은 것 같았다. 영호는 은행에 다니다가 나중엔 아버지 사업을 맡아서 할 계획이라고 했다.

얘깃거리가 떨어져 가는데 영호가 왜 연락하지 않았느냐고 물었다.

"응……?"

그제야 그때 일이 떠올랐다. 때처럼 각질이 일어나 있던 견출지.

재수 학원을 그만두고 한 달이 되기 전에 우리 집은 이사를 했다. 그런데 낮에 이사를 한 것이 아니라 밤 11시에 인부 여덟 명이 오더니 순식간에 짐을 정리하는 포장 이사를 했다. 옮겨 간 곳은 45평 집보다 더 넓은, 분당에 있는 65평짜리 아파트였다. 어찌나 넓은지 강아지가 똥을 싸면 찾지 못할 정도였다. 한창 사업이 잘될 때 엄마가 분양받은 그 아파트는 우리를 대학에 보낸 후 이사 갈 집이었다. 엄마는 이제 강남에 사는 것은 싫다고, 공기 좋은 경기도에서 노년을 보내고 싶다고 했다.

엄마는 채권자들이 그곳은 찾지 못할 거라고 생각했지만 우리는 넉 달 만에 그곳에서 쫓겨나 15평짜리 눅눅한 반지하 방으로 도망치듯 이사를 했다. 평수가 4분의 1로 줄었으니 장롱을 비롯한 크고 비싼 가구들은 모두 처분했다. 그리고 엄마는 시골 어딘가로 도망쳤다.

곰팡이가 많긴 했지만 그 집도 적응하니 그럭저럭 살 만했다. 하지만 장마철이 되자 발목까지 물이 새어 들어왔다. 그날 방 안의 물을 바가지로 퍼서 집 밖으로 버리던 순간에야 비로소 나는 집안이 망했다는 게 실감 났다. 8년간 키우던 개는 무슨 이유인지 시름시름 앓다가 죽어서 절망감은 극에 달했다. 약도 제대로 먹이지 못한 것이 나는 너무 미안했다. 나는 동네 도서관에서 혼자 공부를 했지만 대체로 멍하니 앉아 하루를 보내기 일쑤였다.

영호가 건네준 테이프 케이스 겉면에 적힌 이메일 주소는 장마가 끝날 무렵 사라졌다. 앞의 영문 두 글자만 빼고는 알아볼 수 없이 번져 있었다. 사라진 건 이메일 주소만이 아니었다. 테이프 안에까지 물이 스며들어 재생 버튼을 누르자 테이프가 안으로 말려 들어가 기이한 소리를 내며 얽혀 버렸다. 나는 안간힘을 쓰며 조심조심 테이프를 끊어지지 않게 카세트에서 빼냈다. 볼펜을 테이프 구멍에 넣어 돌돌 만 후 다시 카세트에 넣은 것이 실수였다. 테이프는 맥없이 끊어져 버렸다. 나는 끊어진 곳에 투명 테이프를 붙여 봤는데 물에 젖었기 때문인지 음악이 제대로 나오지 않았다. 영호가 선곡해 준 음악이 사라져 버렸다는 것이 집에 물이 새어 든 것보다 더 슬펐다.

지하철역에서 가까운 호프집에서 영호가 말했다.

"참, 나 몇 년 전에 너 만날 뻔했다. 너 '헤븐스'라는 카페에서 일했지? 재수할 때 같은 반이었던 형준이 기억나? 걔가 너를 거기에서 봤다는 거야. 알바한다고. 그래서 찾아가려다가 시험 때여서 조금 늦게 갔거든. 카페 매니저가 너 일주일 전에 관뒀다고 하더라."

웃음이 났다. 거기에서 일한 건 겨우 한 달이었는데 영호의 친구가 날 봤다니. 나는 재수할 때 나이트클럽이 그렇게 가고 싶더니만 이렇게 나이트클럽에서 만났다고 했다.

"너 간첩이라는 말까지 돌았어. 요즘 다들 미니홈피 하는데 사람 찾기가 얼마나 쉽냐. 근데 아무리 찾아도 너는 찾을 수가 없더라."

나는 그저 빙긋이 웃었을 뿐이다. 나는 사이버 공간에까지 글을 도배하는 대부업체 때문에 내 정보를 공개할 수 없었다는 말을 영호에게 하고 싶지는 않았다.

헤어질 때 영호는 명함을 건네주며 농담조로 대출받을 일이 있으면 찾아오라고 했다. 나는 면책이 난 이후로 5년간은 금융기관에 파산 면책 기록이 남는다는 것을 책에서 봤던 것을 떠올리며 몇 년 뒤에야 얼굴 볼 일이 생기겠구나 생각하며 자리에서 일어났다.

"뭐 먹을까? 아는 데 있어?"

태식이 없으면 수첩을 보라고 하자 효종이 수첩을 넘기다가 말한다.

"삼계탕 어때요?"

여팀장이 단호히 자른다.

"만 원씩이나 하잖아. 안 돼. 감자탕이면 몰라."

좀 심했다 싶었는지 고개를 들어 애교조로 덧붙인다.

"만 원짜리 사 주고 싶어도 돈 없어서 못 사 주겠어요."

솔직히 5000원짜리 된장찌개 먹어 봐야 한 시간만 고된 노동에 시달리면 배가 말짱 꺼져 버릴 것이다.

"신라식당 어때요? 동태탕, 김치찌개 하는데 바로 다음다음 골목이에요."

"거긴 안 가. 전화해서 광고하라고 했더니 안 한대."

사거리에서 기다리던 두 명을 태우고 차는 중국집 앞에 멈춰 선다. 이 동네를 잘 아는 내가 소개한 집이다. 모두들 자장면을 허겁지겁 먹고 서비스로 나온 군만두를 닭다리 뜯듯이 게걸스럽게 먹어 치운다. 여팀장은 삼계탕을 사 주지 못한 것이 못내 아쉬운지 여름에는 꼭 사 주겠다고 다짐을 둔다. 그래도 아이들은 뭔가 맛이 다른 자장면이었다고 감탄을 한다.

연희동은 맛집으로 유명한 동네다. 식당이 즐비하고 주택을 개조해 가정집 분위기가 나는 음식점도 많다. 어디든 들어

가면 맛있어서 자꾸만 찾아오게 되어 해외 관광객들에게도 유명하다. 차이나타운처럼 중국집이 많은 이유는 이곳이 서울에서 가장 많은 화교가 사는 동네이기 때문일 것이다. 과거 명동 중국 대사관 안에 있던 한성화교 중고등학교가 연희동으로 옮겨 오면서 화교들이 이곳으로 몰려왔다고 한다.

점심 후에는 봉지 넣는 여자들만 차를 바꿔 탄다. 여자 아르바이트생에게 귀마개가 집적대기 때문이라고 한다. 춥긴 해도 기사 아저씨의 차가 나도 좀 더 마음이 편하다. 차에 올라타니 중후가 유난히 반가워한다.

"누나, 방금 여기 스무 살짜리 여자애가 왔다 갔는데요, 공주병 초기 증상인 거 같아요."

팀장이 피식 웃는다.

"그래서 넌 걔 대신 봉지 다 담아 주고 커피도 뽑아다 주고 그랬냐?"

"누나도 뽑아 줘야지."

중후가 말하며 밖으로 나가자 팀장은 중후가 힘들단 소리를 단 한 마디도 안 하고 평소보다 빠르게 돌렸다고 한다. 슬쩍 귀마개를 돌아보니 귀마개는 창밖을 보며 생각에 잠겨 있다.

그러고 보니 토요일이다. 그래서 차가 밀리지 않았던 것이다.

애들이 나가자 팀장에게 묻는다.

"어제 효종이네 7시 넘어서 끝났다면서요?"

"아니 6시요."

"한 명 펑크 나서 7시 넘어서 끝났다던데요."

"6시 전에 들어왔던데 누가 그런 불쌍한 멘트를 다 해요?"

아까 여팀장이 없을 때 한참 동안 엄살을 떤 효종에게 배신감을 느끼며 5분간 말없이 봉지에 수첩만 담는다. 나를 따라 수첩을 봉지에 담던 중후가 손뼉을 치며 말한다.

"아! 드디어 느꼈다. 봉지와 내가 하나된 기분. 드디어 누나를 이해했어!"

나도 모르는 기분을 어떻게 이해했다는 건지 중후는 한참 동안 소란을 피운다. 팀장이 저쪽 골목을 돌아 수첩을 돌리는 남자의 뒷모습을 보며 부러운 듯 말한다.

"25년! 대단해. 청약 통장으로 아파트 구했대."

기사 아저씨가 말한다.

"이제 장가만 가면 되지."

"장가 안 갔어요? 공부 잘했을 거 같은데?"

"잘했지. 효자야. 근데 요즘 아가씨들이 부모 모시는 거 싫어하니까. 요즘 여자들 그러면 안 돼. 지 신랑을 누가 키워 줬어?"

오늘은 이색 경력의 남자가 둘이다. 팀장 말로는 엘리트 상가수첩맨들이다. 한 사람은 청약 통장으로 아파트를 구한 시간 강사고 한 사람은 유명 대학 영화학과 대학원생으로 예비 영화감독이다. 영화학과 대학원생은 기사 아저씨 말로는 귀족 프리터라고 한다. 단칸방에서 혼자 살고 있지만 사실 부잣집 아들이라는 것이다. 그래도 영화 제작비는 부모님께 손 벌리지 않고 이렇게 몸으로 뛰어 직접 구한단다. 중후는 내 귀에 대고 저 형에게 잘 보여서 팔자 고치라고 작게 말한다. 연철은 영화감독이면 예쁜 여자들을 많이 볼 텐데 누나가 눈에 들어오겠느냐고 한다.

시간 강사가 차 안으로 들어와 말한다.

"이 동네 기억나네요. 여름에도 왔잖아요. 그땐 더워서 힘들더니 오늘은 미끄러워서 힘드네."

그나저나 귀마개의 친구가 생겼다. 참으로 미스터리한 일이다. 오늘부터 투입된 눈썹 짙은 청년은 귀마개와 동갑내기로 야광색 추리닝을 입은 것만 빼면 평범하다. 중후와 연철은 멀쩡하게 생긴 녀석이, 하는 눈길로 추리닝을 뜨악하게 보다가 더 이상 귀마개와 짝을 이루지 않아도 되니 은근히 고마워하는 눈치다. 두 사람이 의기투합해 나가자 팀장이 기사 아저씨에게 말한다.

"둘이 좀 맞는 것 같은데요? 말도 하면서 하네."

아저씨도 신기하다는 듯이 둘만의 세계가 있다고 말한다.

"아는 사이예요?"

"지난겨울인가 한 번 만났어. 그때는 별말 안 했는데."

"재밌다. 무슨 대화를 나눌지 상상이 안 가네."

중후가 갑자기 문을 열고 들어온다. 중후가 의자에 걸터앉더니 후드 티에 달린 모자를 눌러쓴다.

"안 추운 날이 하루쯤은 있어야죠. 어제랑 첫날, 딱 이틀 쬐끔 덜 추웠거든요? 팀장님, 오늘 몇 시에 끝나요?"

"너 하기 나름이야. 그리고 여름보다는 겨울이 나아."

"정말요? 여름에 오는 놈들은 정말 이거 말고는 할 일 없는 놈들일 거야. 팀장님도 같이 뛰면 안 돼요?"

"난 널 지시해야지."

"제가 지시할게요. 빨리 저기 뒤에 거 다 돌리고 오세요. 그리고 팀장님, 우리 마지막 날 회식하죠? 저는 돈 내는 회식 따위 참석하지 않아요."

중후는 은근히 회식을 기대하는 것 같지만 사장이 알바생들을 위해 회식비를 내 줄 리 없다.

"이제 아파트 가죠?"

"아파트 없어."

"망했네. 그런 거 없어요? 시장! 전 그런 데가 좋아요. 높이 안 올라가고 그냥 돌리면 되잖아요."

"야, 시장 사람들이 상가수첩 보고 자주 사 먹겠냐? 시장에 먹을 것 천진데."

연철이 제일 쉬운 건 3층짜리 단독주택들 좍 늘어서 있는 곳이라고 한다. 문이 열려 있어서 그냥 올라가면 된다고 한다.

"저번에 8층짜리, 엘리베이터가 없는 거예요."

영화학과 대학원생이 들어오자 중후와 연철이 입을 꾹 다문다. 카리스마가 풍기는 형이라 좀 어려운 모양이다. 중후가 작은 소리로 연철에게 저 형에게 잘 보이라고 하자 연철은 영화와 음악은 엄연히 다르다고 한다. 중후는 융통성이 없는 놈이라며 그 바닥이 그 바닥이라고, 자기가 대신 말해 주겠다고 하더니 대학원생에게 말을 걸기 시작한다.

"형님, 혹시 저 말이에요. 영화배우로서의 자질 같은 거 없을까요? 가끔 그런 소리를 들어서요. 배우 해도 되겠다고."

연철은 기가 막혀 웃고 대학원생은 웃으며 노력해서 안 될 일이 어디 있겠느냐고 한다.

중후가 갑자기 나에게 누나는 무슨 대학을 나왔느냐고 묻는다. 나는 농담조로 누나는 의무교육만 겨우 마쳤고 그냥 평생 알바로 연명하고 있다고 말한다.

"왠지 누나 억척스러워 보인다 했어."

"그럼 나 공부 열심히 해야겠다. 대학 안 가도 되면 안 가려고 했는데 누나처럼 평생 수첩 담기만 할 순 없잖아요."

다들 농담조로 한 말인데도 기분이 쓸쓸하다. 대학을 나왔는데 수첩 담기 하는 사람이 나만은 아닐 텐데도.

곧장 차 안으로 들어오지 않고 저쪽에서 뻘쭘하게 서서 손에 바람을 불어넣는 귀마개를 보니 조금 안쓰러워 창을 내리고 말을 건넨다.

"근데 향수 비싸요?"

"네. 되게 비싸요. 6~7만 원이 기본이에요."

그는 자신이 좋아하는 향수에 대해 이상한 외래어를 섞어 길게 늘어놓는다.

옷 같은 깃보다 향이 좋냐고 물으니 그는 자기는 옷에도 관심이 많은데 미용 쪽에 더 관심이 많다고 한다. 그러고 보니 다른 애들이 뒤에서 비웃는 그의 패션도 나름 공들인 결과인 모양이다.

"지 주제에 무슨 미용 쪽이야. 수첩이라도 제대로 돌리면 다행이지."

팀장이 우리의 말을 듣고는 이렇게 말하자 시간 강사가 말한다.

"왜요, 앙드레김도 사람들이 보기엔 사차원이잖아요. 나중에 유명한 헤어아티스트가 될지 알아요?"

"미술 하신 분이 보기에는 그럴지 몰라도 우리 같은 사람들 눈에는……."

중후와 연철을 포함한 모두가 키득거린다. 기사 아저씨가 시간 강사에게 학생들이 말 잘 듣느냐고 하자 그는 아무렇지도 않게 말한다.

"아, 아저씨 저 잘렸잖아요. 강사 잘렸어요."

팀장은 시간 강사가 은근히 불편한 모양이다. 아침에 차 안에 나와 둘이 있을 때 자기보다 한 살 많아서 일을 시키기가 좀 그렇다고 했다. 그 순간, 호성이 우리 차 옆을 스쳐 지나가서 깜짝 놀랐다. 호성은 우리 차 앞에 주차된 빈 차 앞에 찌라시를 꽂더니 다리를 절룩거리며 저쪽 골목으로 사라진다. 저 다리를 해서 지금 아르바이트를 하는 건가? 당장 전화를 해서 소리치고 싶지만 가슴을 진정시킨다. 정형외과에서 며칠간 되도록 다리를 움직이지 말라고 했는데. 속상한 마음에 끝내 코끝이 찡해진다. 겉으론 태연한 척하지만 백수 처지인 것이 미안한 모양이다. 다행히 어제는 제법 규모가 있는 무역 회사로부터 면접을 보러 오라는 전화가 왔다. 언젠가는 중국에 무역 회사를 차리겠다는 꿈을 지닌 호성은 환호성을 지르며 기뻐했다. 간단한 축하 파티를 하고 기분이 한창 좋을 때였는데 호성의 어머니가 찾아오는 바람에 모처럼의 좋은 기분을 잡쳐 버렸다. 호성의 어머니는 작은 목소리로 나에게 호성과 헤어져 달라고 부탁했다. 아직도 같이 살고 있는 것을 호성 아버지가 알면 큰일 난다며, 아가씨는 빚도 있는데 우리 아들에게 미안하지도 않느냐고 말했다. 호성은 어머니에게 크게 화내며 자기가 알아서 하겠으니 어서 집에 가시라고 소리를 질렀다. 호성의 어머니는 내가 파산 면책을 받았다는 것을 알면서도 나를 며느리로 삼고 싶지 않은 모양이었다. 여전히 빚독촉장이 날아오고 있으므로 나도 딱히 할 말이 없었다.

호성의 어머니가 돌아간 후 나는 아무렇지도 않은 척 자리에서 일어나 세탁기를 돌리고 설거지를 했다. 그러다가 조금 울었다. 미로에 갇힌 것처럼 늘 비슷한 일이 반복된다는 것이 답답했다. 결국 우리는 호성 어머니의 바람대로 헤어지게 될 것만 같아 불안했다.

새삼 우울감이 밀려들며 눈물이 나려는데 또다시 화제는 귀마개로 옮겨 간다.

"그나저나 쟤가 향을 세 개나 뿌려. 구강청정제, 핸드크림, 향수. 머리에도 뭐 뿌린 거 같아."

동주도 거든다.

"팀장님, 저 사람 지금 고시원에 사는데 월세로 못 옮기는 이유가 뭔지 알아요? 주인이 보증금을 안 돌려줄까 봐서. 묻지도 않았는데 그러더라고요."

"라면도 자기는 5초 만에 빼서 먹는대. 부대찌개 둘이 먹으면서 그러더라."

분위기가 조금 썰렁해질라치면 귀마개 이야기가 윤활제가 되어 준다. 오늘도 귀마개 이야기로 즐거운 마무리를 짓는다.

호성은 자기 방에 잠들어 있다. 호성의 얼굴을 내려다보며 생각한다. 내가 먼저 놓아줘야 하는 걸까? 부모는 자식에게 피해 가는 일을 꺼리기 마련이다. 호성의 부모는 내가 호성의 앞날을 막을 것이라고 생각할 것이다. 호성과 헤어지려면 내가 또다시 잠적하는 수밖엔 없다. 호성과 헤어져 있던 때가 생각난다. 다시 만난 호성은 몰라보게 수척해져 있었다. 도망치는 일에는 일가견이 있던 난 밤새 짐을 싸 도망쳤고 그는 텅 빈 내 방에 들어서자마자 "겁이 났다"고 했다. 어린 시절 시장통에서 어머니를 잃어버렸을 때처럼 무서웠다고 했다.

신대방동

도림천을 따라 나 있는 신대방길을 달린다.

"태평양제약, 중외제약이 여기 있었어. 여기 신대방동이 예전엔 영등포구와 구로구 다음 가는 공업지대였어. 도림천 덕분에 공장이 많이 들어섰지."

기사 아저씨는 보라매공원 자리에는 예전에 공군사관학교가 있었다고 덧붙인다. 차가 신호에 걸려 멈춰서자 아저씨가 또 말한다.

"여기가 군사 마을로 알려졌어. 1950년대 후반에 공군사관학교가 생겼어. 해군본부, 공군본부가 들어와서 신대방동이라고 하면 군사 마을, 그랬지."

"근데 보라매가 무슨 뜻이에요?"

"우리 중후 질문 한번 잘했다. 태어난 지 1년이 안 된 매를 보라매라고 해. 산에서 1년이 지난 매는 산진이, 사람 손에서 1년 길들인 매는 수진이야."

"아저씨, 보라매만 물었는데요. 산진이, 수진이랑 소개팅이나 시켜 주세요."

아저씨는 꿋꿋이 매 강의를 끝마친다.

"사람 손에서 3년 이상을 난 장수 매를 삼계참……."

"삼계탕요? 아, 갑자기 삼계탕 먹고 싶다."

중후가 팀장에게 우리 기사 아저씨는 교수님이나 하지 왜 상가수첩 기사 아저씨를 하고 있는지 모르겠다고 하자 팀장은 기사 아저씨가 7년 전만 해도 이렇게 지역에 대해 자세히 설명해 주지 않으셨다고 한다.

"김 팀장이 이 회사 다닌 지 벌써 7년이야? 세월 빨라. 하긴 나도 이 짓 하면서 공부하게 된 거지. 처음엔 잘 몰랐어. 내가 20년 넘게 했고 한 해에 두 번 이 동네에 왔으니까 중후야 한번 계산해 봐라. 지금까지 몇 번 왔는지."

중후가 박수를 치며 말한다.

"와, 마흔 번이네요. 아저씨. 교수님 되실 만하네요."

"공부도 공부지만 25년간 동네가 변하는 걸 직접 본 사람이야, 내가."

팀장도 거든다.

"그럼요. 아저씨는 역사의 산증인이시죠. 상가수첩과 서울의 주요 동과 골목 변천사의 산증인. 그런 책이 서점 가면 있나요? 아저씨가 책 내셔도 되죠."

중후는 나에게만 들리게 작게 말한다.

"누나, 가장 놀라운 건 이 지겨운 짓을 20년 넘게 하셨다는 거예요."

신대방동 골목을 샅샅이 돌다 보니 어느새 배가 고파 온다. 일요일이라서인지 분위기가 평소보다 썰렁하다. 점심때가 될 때까지 다들 별다른 말없이 일을 한다. 중후도 차가 오르막길을 오르는 동안 입을 꾹 다물고 팔짱을 낀 채 눈을 붙이고 있다. 집에 있는 거 맞지? 나는 호성에게 확인 문자를 보낸다. 호성은 다음 주까진 당일치기 아르바이트도 하지 않기로 단단히 약속했다. 귀마개가 창밖을 내다보며 말한다.

"아, 예전에 나 여기 살았었는데."

"다 내려라. 어? 문 닫았다. 야, 다시 타. 밥집도 너희를 거부한다."

애들이 대꾸가 없자 팀장은 사실 자기 때문이라고 한다.

"노총각은 여자와 식당이 거부해."

"왜요?"

"노총각은 사람을 하나 더 데려오지 않잖아요."

다시 차에 올라타 식당을 물색한다. 5000원 이하의 식사를 찾는 것은 생각보다 힘들다. 연철이 삼겹살에 소주가 먹고 싶다고 하자 팀장이 창밖을 보며 말한다.

"여기 묵은지 뼈다귀탕 있다. 이 집 들어가자. 내려!"

중후가 "삼겹살 먹지." 하자 팀장이 주차장이 있으니까 여기에 가자고 한다. 중후는 막노동을 하는데 메뉴 결정권도 없다고 투덜댄다.

점심을 먹는데 선형에게서 핸드폰 문자가 온다.

―오늘은 지난달보다도 더 춥네요. 언니, 이번엔 왜 신청 안 했어요?

그러고 보니 오늘이 이번 달 텝스 시험 날이다. 선형은 이사를 간 지금도 나를 보겠다고 가끔 우리 동네로 신청을 한다. 우리는 그런 식으로 넉 달에 한 번은 얼굴을 본다. 이번엔 못 한다고 미리 연락하는 것을 잊었다.

텝스 스태프 아르바이트는 주로 자기 거주지 근처로 선택을 하는데 워낙에 이사를 자주 다니다 보니 서울 곳곳의 중고등학교를 구경할 수 있었다. 나는 여기 신대방동에 살던 친구 집에 한 달간 얹혀살았고, 그달의 텝스 시험 일에도 스태프로 일했다. 감독관은 교직원이나 대학과 관련이 있는 사람들이 했지만 진행 요원인 스태프는 별다른 자격 조건이 없었다. 시험장에 수험생이 아니라 감독으로 간다는 것은 기분 좋은 일이었다.

선형이를 처음 만난 날이 어렴풋이 기억난다. 아침 일찍, 시험이 치러지는 중학교에 도착해 진행 요원 패찰을 목에 걸고 주의 사항을 다시 한 번 확인했다. 상자에서 답안지를 빼는데 생각보다 무거웠다. 연약해 보이는 스무 살 초반의 여자애가 있었지만 별다른 도움은 안 되었다. 그 애는 일할 생각은 않고 연신 핸드폰만 들여다보았다. 하지만 별로 밉지 않았다. 저 나이 때는 요령 있게 일하는 법도 잘 모르고 예뻐 보이는 것이 중요하기 때문에 힘쓰는 일은 적극적으로 하지 않는다. 운동도 할 겸 힘이 필요한 일은 내가 나서서 했다.

"언니 힘 정말 세시네요."

여자애가 해맑게 웃었다. 참 예뻤다. 젊음만으로도 사람은 예쁘다는 생각이 들 때마다 내가 정말 청춘을 지나쳐 버린 건가 싶어 의아스러웠다. 그리고 잠시 후엔 아르바이트를 하다가 청춘을 빨리 흘려보낸 것인가, 하는 생각이 들었다.

머리가 희끗한 고사본부장님이 들어와 방송 음량 체크를 하는 동안 나는 난방이 제대로 되는지를 점검했다. 유난히 추운 날이라서 난방기가 고장 나면 항의가 들어올 것이다. 너무 온도가 높아도 시험에 방해가 되므로 적당한 온도를 만들어야 했다. 그때 낯익은 소리가 들렸다. 야구방망이에 공 부딪치는 소리였다. 본부장님이 창가에서 아래를 내려다보며 말했다.

"시험이라고 써 놨는데 왜 또 저래?"

본부장님은 나에게 미안하지만 갔다 오라고 했다. 한두 번 있는 일도 아니고 해서 나는 총알같이 아래로 내려갔다. 시험은 겨우 10분 남아 있었다.

나는 운동장 철망을 잡고 수용소에 감금된 포로처럼 절실하게 외쳤다.

"아저씨! 이제 시험 시작인데 야구하시면 안 돼요!"

산적처럼 투박하게 생긴 아저씨가 다가와 물었다.

"시험? 무슨 시험?"

"텝스요."

"그게 뭐여?"

"Test of English Proficiency developed by Seoul National University의 준말인데요. 서울대에서 주최하는 국가공인영어 시험이에요."

그가 내 유창한 발음에 놀랐는지 입을 쩍 벌렸다.

"그래? 나도 함 볼까? 난 알파벳밖에 몰라."

그가 배시시 웃고 고개를 한 바퀴 천천히 돌리며 말했다.

"근데 그거랑 내가 야구하는 게 무슨 상관인데?"

나는 손을 모아 싹싹 빌며 말했다.

"아저씨, 안 그럼 저 죽어요. 저기 고사본부장이 완전 똘아이거든요. 막 소리치고 때릴지도 몰라요. 아저씨, 저 좀 살려 주세요. 저 빚이 좀 있어서 일요일에도 알바하는 거거든요."

"그래? 젊은 아가씨가 안됐구먼. 그럼 뭐…… 좀 일찍 점심 먹고 오지 뭐. 그리고 아가씨 심심하면 시험 끝나고 호프집으로 오든가. 야구하고 맥주 마시면 끝내 주거든. 젊은 여자가 따라 주는 술 마셔 본 지 오래됐네."

나는 속으로는 잘도 지껄이네, 하면서 말했다.

"고마워요, 아지씨. 심심하면 갈게요."

이럴 때는 애교가 즉효다. 1년 전에도 비슷한 일이 있었다. 축구부 주장이라는 40대 남자는 경찰을 부를 거라고 했더니 큰 소리로 노래를 부르며 축구공을 쫓아가면서까지 머리로 박아 댔다.

야구 아저씨들이 떼로 몰려 밥집으로 가는 모습을 확인한 후 4층으로 올라가려는데 얼굴이 창백해져 쩔쩔매고 있는 여학생이 보였다.

"야! 1분 지났는데 왜 안 된다는 거야? 내가 여기에 도착했을 땐 분명히 49분이었어. 너랑 싸우다가 51분 된 거잖아!"

시험을 보고 회사에 가는지 양복 차림의 남자였지만 깡패가 따로 없었다. 이번에도 못 말리는 진상이 등장한 거다. 갑자기 그런 용기가 어디에서 나왔는지 나는 버럭 소리를 질렀다.

"아저씨! 어디서 행패예요? 이 친구가 아저씨 딸이에요?"

너무 크게 소리를 질렀는지 아저씨가 잠깐 멈칫했다.

"우린 힘없는 알바예요. 저기 사무실 가서 말하세요. 경찰을 불러오시던가아아!"

왜 그렇게 화가 났을까. 나도 이해가 안 갈 정도로 화를 냈다. 여자애는 분한지 눈물을 뚝뚝 흘렸다. 그때 1층 교실의 남자 진행 요원이 나왔고 우리는 그에게 뒷일을 맡기고 안으로 들어왔다. 여자애는 2층 담당이라고 했다. 자세히 보니 참 귀엽게 생겼다. 기껏해야 스물한 살 정도로 보였다.

교실에 들어가자 감독관이 진행 요원들에게 우유와 빵을 나눠 주었다. 특별할 게 없는 빵과 우유인데 묘하게 자꾸 생각나는 맛이었다. 이 시험장 안에서만 맛볼 수 있는 맛이랄까. 여자애는 지금쯤 아래층에서 눈물 젖은 빵을 먹고 있을 것이었다.

이번 시험에도 초등학생 아이가 한 명 보였다. 두꺼운 안경을 쓰고 외국인의 발음에 귀 기울이는 아이를 보니 안쓰러웠다. 하지만 저 아이는 저기 맨 뒷자리에서 힐끗힐끗 앞자리 청년의 답안지를 커닝하는 아저씨보다는 장밋빛 미래를 보장받을 확률이 높은 것 같았다.

시험 내내 마킹을 안 하고 있다 시험이 끝나서야 마킹을 시작한 사람에게 감독관이 다가가 지금 마킹을 하면 안 된다고 했다. 결국 억지로 답안지를 걷는 것으로 시험이 끝났다.

교사 밖으로 나왔는데 누가 "저기요." 하고 말을 걸었다.

"아까 고마웠어요, 언니."

우리는 나란히 교문을 향해 걸었다.

"근데 몇 살이에요? 너무 어려 보이네."

"벌써 스물이에요."

"그래요? 우리 거의 띠동갑이네."

"정말요? 언니 20대 후반인 줄 알았어요."

그 말에 기분이 좋으면서도 인사말이겠지 싶었다. 나도 저 나이 때 30대로 보이는 여자들에게 저런 말을 립서비스로 하곤 했다. 꼬마가 자기 이름은 박선형이라고 했다.

"히히, 저 오늘 받은 알바비로 석 달 뒤 시험 보려고요."

그러고 보니 알바비가 시험 응시료보다는 비쌌다.

텝스 알바를 그만둔 건 한 달 전이었다. 나는 시험장에서 또 다른 알바를 하는 녀석을 목격했다. 형일은 복도에서 스마트폰으로 청해 문제를 녹음하고 있었다. 내가 뭐 하는 거냐고 묻자 그가 얼굴을 조금 일그러뜨리며 말했다.

"못 본 걸로 해 줘요. 이것도 그냥 알바일 뿐이라구요."

"알바?"

"텝스 스태프도 알바죠? 이것도 알바일 뿐이에요. 아는 사람이 강남에서 유명한 텝스 강사예요. 리스닝 녹음해서 갖다 주면 돈 줘요."

적잖이 놀랐지만 태연히 얼마나 주느냐고 물었다. 그가 웃으며 말했다.

"말 안 할래요. 누나는 좀 순진해 보여서. 놀랄까 봐."

잠시 후 그가 나를 향해 100원짜리 동전을 들어 보였다. 100만 원이란 뜻이었다.

리스닝 시험이 끝나고 문법 시험 시간이었다. 문법 시간이니 형일은 할 일이 없는지 연신 핸드폰만 만지작거렸다. 형일의 뒤로 시험 시작 전에 수거해 모아둔 수험생들의 핸드폰이 보였다. 시험 주최측의 생각은 시험을 치르지 않는 스태프 알바생의 핸드폰을 수거해야 한다는 데까지는 미치지 못했다.

형일은 한 달에 한 번씩 근 반년을 봐 왔다. 집에 가는 길에 편의점에서 함께 음료수를 사 먹기도 했다. 그는 외국계 기업에 취직하고 싶어서 어학연수를 갈 생각인데 돈이 없어서 돈을 모으고 있다고 했다. 눈치가 빠르고 성격이 밝아서 얼굴을 보면 기분이 좋아지곤 했다. 겨울이면 따끈한 캔커피를 동료 아르바이트생들에게 돌리는 것도 그였다. 나는 얼결에 그에게 그림 공부를 한다는 이야기를 했고 그는 매달 시험장에서 만날 때마다 요즘은 뭘 그리느냐고 묻곤 했다.

어디에선가 타다닥, 하는 발소리가 들렸다. 참새였다. 참새한 마리가 나가는 길을 찾지 못하고 복도에 발자국을 찍고 있었다. 참새는 마치 고무줄놀이를 하듯이 타닥거리는 소리를 내며 복도를 잰걸음으로 걸었다. 슬금슬금 목이 간지럽더니 불길한 예감이 엄습했다. 갑자기 재채기가 나기 시작했다. 형일이 물었다.

"누나 왜 그래요?"

"사레 들렸나 봐."

그 말이 입에서 떨어지기가 무섭게 견딜 수 없이 목이 간지러웠다. 마치 참새가 목구멍으로 들어간 듯 참새는 보이지 않았다.

나는 입을 틀어막고 1층으로 뛰어 내려가 재채기를 했다. 재채기 소리 때문에 방해를 받은 사람이 있을까 봐 가슴이 조마조마했다. 화장실에 들어가 10분이나 재채기를 했는데도 시원하지 않았다. 다시 시험장으로 올라가면 재채기가 날 것 같아 불안했다.

시험이 끝나고 시험지와 답안지를 수거한 후 감독관이 시험지와 답안지 수를 헤아리고서야 일이 끝났다.

밖으로 나와 운동장을 가로지르는데 형일이 말을 걸어왔다.

"누나, 이상한 눈으로 보지 마요. 난 꿈을 이루고 싶을 뿐이에요. 우리 부모는 건강한 몸 말고는 내게 물려준 게 없거든요. 돈 모아서 유학 갈 거예요. 그래도 몸 파는 것보단 이게 낫잖아요?"

나는 무슨 말이건 해야 한다고 생각했지만 솔직히 할 말이 없었다. 나이 차도 크게 안 나는데 꼰대 짓을 할 수도 없는 노릇 아닌가. 그리고 솔직히 나도 한 푼 두 푼 모아 정직하게 사는 것과 구린 짓을 해서라도 기회를 잡는 것 중에 어느 쪽이 나은지 알 수 없었다. 나는 그저 얼른 이곳을 벗어나 그의 몸에서 나는 싸구려 향수 냄새를 맡고 싶지 않을 뿐이었다.

그런데 그 녀석은 왜 내게 그런 말을 쏟아 놓은 걸까. 나에게 위로라도 받고 싶었던 걸까? 아니면, 실은 호된 비난을 받고 싶었던 걸까.

밥을 먹고 나오는데 저쪽 팀과 마주친다. 팀장이 여팀장에게 내일 폭설 내리면 어쩌냐고 하자 여팀장은 그래도 할 거라고 한다.

오늘은 어쩐 일인지 우리 팀이 빠른 편이라 상대 팀으로 동주와 내가 투입된다. 여팀장은 신속하게 지시를 내린다.

"너 잘 왔다. 이쪽, 이쪽 그리고 여기 해. 데려다줄게. 여보세요? 어? 어머니, 일."

집에서 온 전화도 잽싸게 끊고 아이들에게 일을 지시한다. 아이들의 반응이 초반처럼 박력 있지 않다. 창밖을 보는 효종도 피곤하다는 표정이다.

"어머, 반장님, 기어 넣으신 거예요? 막 뒤로 가요. 애들 힘드니까 올려다 주세요."

반장님은 전화 통화를 하느라 바쁘다.

"예예, 예약이 하나 있긴 하거든요. 좀 늦게 했으면 좋겠는데요. 한 7시에."

반장님도 다음 알바를 준비 중인 것 같다.

"반장님, 입구에서 애들 기다린대요."

"올라가?"

"네. 참, 반장님, 저 아파트 언제 다 돼요? 책을 좀 남겼다가 입주 시작하면 돌리려고요. 3개월 뒤면 좋겠다 했는데요."

여팀장도 재개발 중인 아파트를 올려다보며 남팀장과 같은 소리를 한다. 그저 수첩 돌리기밖에는 관심사가 없는 모양이다. 여팀장이 지도를 펼쳐 손가락으로 짚으며 말한다.

"자, 여기가 여기야. 꼭대기까지 갈 거거든."

"이 상가 하라구요?"

"해야지. 어차피 올라가는 길에 있으니까. 이 길만 하면 다 끝나. 아, 이 녀석들이 느리네. 예전엔 안 그랬는데."

다들 일부러 늑장을 부리는 눈치다. 덕분에 나도 천천히 손목을 돌릴 여유가 있다. 효종이 들어오자 여팀장은 태식이 형은 어디에 떼어 놓고 왔느냐고 묻는다.

"몰라요. 절 싫어하나 봐요. 다가가면 멀어지고 다가가면 멀어지고."

"여자냐? 멀어지게."

맨 뒷자리에서 머리를 감싸 쥐고 있는 귀마개는 여기에서도 모두에게 다가가기 힘든 존재다. 남팀장은 혹시나 여팀장이 귀마개의 상태를 알아챌까 봐 몸이 안 좋은 것 같으니 한 시간만 이 차에서 쉬게 해 달라고 했다. 짐작이지만 귀마개가 또 심각한 실수를 해서 팀원들이 팀장에게 안 보이는 곳으로 치워 달라고 한 모양이다.

텅텅텅 금속 두드리는 소리가 공사장에서 들려온다. 전화벨이 울리자 여팀장이 잽싸게 받는다.

"여보세요? 사장님, 1동? 거긴 끝났어요. 다 넣었어요. 다른 데 하고 있어요."

다 넣었다고 여팀장이 솔직히 고한 바람에 다들 다른 동네로 실려 가 몇 바퀴 더 뛴 뒤에야 일이 끝난다.

나는 혹시나 호성이 약속을 어겼을까 봐 즉시 집으로 간다. 호성은 집에 없고 책상 위에 잠깐 친구를 만나러 갔다 오겠다는 쪽지가 있다. 쪽지 옆에는 "아이러브유"라고 적힌 종이를 품에 안고 있는 인형이 놓여 있다. 지난해 화이트데이 때 호성이 선물해 준 것이다.

지난해 겨울, 나는 화이트데이를 앞두고 사탕을 포장하는 단기 알바에 투입되었다. 중랑구에 위치한 사탕 공장은 고급 아파트 단지 바로 옆에 붙어 있었는데 그 아파트는 외부인의 출입을 엄격히 감시하는 것 같았다. 주소를 잘못 알고 아파트 안으로 들어가려다 아파트 주민에게 잡상인 취급을 당한 후에야 '유로일'이라는 상호가 붙은 사탕 공장을 찾았다. 한 남자가 몇 가지를 물어보더니 바로 다음 날부터 나오라고 했다. 첫 5일은 야간에, 나머지 5일은 아침부터 저녁 6시까지 정상 근무를 하기로 했다. 문을 열고 나가려는 나에게 주임이 보건증을 떼어 오라고 했다. 식품 쪽에서 일하려면 그게 꼭 필요하다고 했다.

나는 다음 날 아침 일찍 보건소에 찾아갔다. 내가 너무 일찍 와서 아직 직원들이 모두 출근하지 않은 상태인 것 같았다. 흰옷을 입은 40대 아저씨가 하품을 쩍 하며 엑스레이를 찍었다. 그러고는 다른 방으로 건너가더니 내게 기다란 스틱을 하나 가져와 건네주며 한 번 넣었다 빼면 된다고 했다. 그것을 비틀어 돌리니 기다란 면봉이 나왔다.

"네? 이걸요? 어디에요?"

"항문."

내가 뜨악한 표정을 짓자 그는 "똥꼬요, 똥꼬."라고 덤덤하게 말했다. 나는 얼굴이 발개져서 화장실로 갔다.

처녀에게 똥꼬라니! 정말 무식한 사람이었다. 하지만 문제는 그다음이었다. 도대체 나는 내 항문의 위치를 가늠할 수 없었다. 게다가 그곳에 면봉은 물론이고 그 어느 것도 넣어 본 적이 없는지라 면봉이 그곳에 닿았을 때의 느낌을 알 수

288

없었다. 5분간의 노력 끝에 애매하게 일을 마친 나는 다시 아저씨가 있는 곳으로 돌아가 전해 준 후, 그의 얼굴은 보지도 않고 잽싸게 집으로 돌아왔다. 보건증은 며칠 뒤에나 나온다고 했다.

저녁 7시, 공장에 도착하니 40~50대 아줌마가 서른 명 정도 모여 있었다. 삼삼오오 모여 커피를 마시던 그녀들은 탈의실에서 나를 물끄러미 쳐다보았다. 내가 아르바이트를 하러 왔다고 하자 그들 중 한 명이 작업실 안쪽의 한 여자를 가리키며 반장 언니에게 가 보라고 했다. 아침부터 일을 해서인지 다들 지친 기색이었지만 화기애애한 분위기였다. 나는 나도 모르게 이 모든 사람들이 보건증을 끊으러 가는 장면을 상상하며 키득거렸다.

반장 언니는 50대 초반으로 보였는데 작업실에 들어가려는 내게 손짓을 하며 들어오지 말라고 했다. 머리카락이 떨어지니 옷을 갈아입어야 들어올 수 있다고 했다. 나는 곧장 그녀가 건네준 옷으로 갈아입었는데 눈만 빼고 모두 가린 모습이 되었다. 머리카락이 한 올도 빠져나오지 않는 모자에 마스크, 흰색 상의, 앞치마가 내 작업복이었다. 평소 흰색 옷을 입는 직업을 지닌 사람을 은근히 부러워했으므로 기분이 그런대로 괜찮았다. 식품 쪽 일은 그런 규정이 있는지 반장 아줌마가 시계, 반지 등 액세서리는 모두 빼야 한다고 했다. 액세서리 같은 건 단 하나도 착용하지 않고 있었으므로 나는 바로 안으로 들어갔다.

그런데 반장 언니를 찾을 수 없었다. 얼굴을 잘 기억하지 못하는 데다 다들 마스크를 뒤집어쓰고 있으니 알아보기가 힘들었다. 멍하니 서 있는데 누군가의 팔이 나를 잡아끌어 작업대 앞에 앉혔다. 어디선가 튀어나온 반장 언니였다.

"미선아, 여기 앉아서 스티커 붙여."

난 미선이가 아니라고 하자 반장 언니는 일할 때 알아보기 힘들어서 여기선 그냥 서로 미선이라 부른다고 했다.

나는 한참 동안 원형의 투명통에 스티커를 붙였다. 밑바닥에서부터 윗부분으로 매듭을 묶은 리본이 기울어지지 않게 하기 위해서였다. 옆 사람이 무얼 하는지 볼 틈이 없을 정도로 계속해서 내 옆에 투명통이 쌓여 갔다. 그렇게 100개쯤 스티커를 붙이다가 슬쩍 오른쪽으로 고개를 돌렸다. 알고 보니 나는 넘버 파이브였다. 맨 가장자리에 앉은 사람은 전개도 모양의 원통을 입체적인 원통으로 만들어 옆에 앉은 넘버 투에게 주었고 넘버 투는 원통의 밑바닥에 제품의 원료 등이 적힌 둥근 스티커를 붙여 넘버 쓰리에게 넘겼다. 스티커 중앙에는 위로 올려 매듭을 지을 기다란 끈이 붙어 있었다. 넘버 쓰리는 사탕을 열여덟 개 담아 넘버 포에게 주고 넘버 포는 리본을 원통의 밑에서 위로 묶어 매듭을 지어 넘버 파이브에게 주었다. 넘버 파이브는 리본이 흔들리지 않도록 양 옆에 스티커를 붙여 커다란 쟁반에 담았다. 가끔씩 창고에서 남자들이 나와 커다란 쟁반을 들고 창고로 들어갔다. 아마도 트럭에 실어 각 체인점으로 옮겨 가는 모양이었다. 힘들 것 없는 일이었지만 잠깐 기침이라도 하거나 딴생각을 하면 사탕 통이 수북이 쌓여서 어제 면접을 본 주임이 곁에 와 쳐다보곤 했다.

점심시간이 다가오자 주임이 다가와 물었다.

"백인주 씨, 보건증 가져오셨어요?"

어째 그 말이 내겐 똥꼬에 면봉을 넣어 봤느냐는 말로 들렸다. 나는 며칠 뒤 가져오겠다고 하고선 스티커를 떼어 원형통에 붙였다. 한참을 붙이는데 옆에 앉은 아줌마가 말을 걸었다.

"그렇게 하면 시간이 많이 걸리니까 내가 하는 것처럼 이렇게 손톱으로 탁 떼어서 붙여."

그녀는 나와 같은 넘버 파이브로 내가 스티커를 붙이는 것이 마음에 들지 않았던 모양이었다. 그녀가 가르쳐 준 대로 했더니 스티커 한 개를 붙이는 데 1초를 아낄 수 있어 5분이면 꽤 여러 개를 더 붙일 수 있었다.

점심시간이 끝나고 다시 일이 시작되었다. 주임이 앞으로 나서며 외쳤다.

"이모들, 스탑! 이번엔 다른 거야."

이번엔 상자가 바뀌었다. 아까는 속이 훤히 들여다보이는 투명통이었는데 이번엔 하트모양의 분홍빛 상자였다. 건너편 사각 진열대에 양쪽으로 열다섯 명의 사람들이 늘어서 내용물을 채워 주면 우리 쪽 진열대 사람들은 "아이러브유 주뗌므"가 적힌 끈으로 매듭을 지었다. 매듭을 짓는 것은 생각보다 어려웠다. 아무리 힘주어 묶어도 헐거워서 다시 매듭을 지어야 하는 경우가 많았다. 이번에는 앞이건 옆이건 간에 매듭을 묶는 사람뿐이었다. 그래도 이건 단독으로 하는 일이라서 가끔씩 딴생각을 할 수도 있었다.

한참 매듭을 묶다가 건너편 진열대를 보니 그들은 쉴 새 없이 손을 움직이고 있었다. 자세히 보니 그들은 자그마치 넘버 나인까지 존재했다. 넘버 원, 파스텔 색상의 마분지로 하트모양의 상자를 만든다. 넘버 투, 상자에 인형을 넣는다. 넘버 쓰리, 인형 옆에 초콜릿 세 개를 넣는다. 넘버 포, 초콜릿 옆에 있는 인형의 품 안에 왕사탕 한 개를 넣는다. 넘버 파이브, 미니 사탕 스무 개를 담은 봉지를 초콜릿 아래에 놓는다. 넘버 식스, 투명 봉지에 담긴 비스킷 다섯 개를 미니 사탕 아래에 놓는다. 이때 비스킷이 부서지지 않았는지 살핀다. 넘버 세븐, 뚜껑을 닫는다. 넘버 에잇, 끈을 상자 밑에 넣어 위로 매듭을 짓는다. 넘버 나인, "사랑해 너만을"이라고 적힌 종이 태그를 단다.

이 아홉 가지 공정은 매우 빠른 속도로 이루어졌기 때문에 때때로 실수가 있었다. 얼굴이 시뻘게진 주임이 안으로 들어와 하트 모양 상자를 들고 소리쳤다.

"방금 체인점에서 반품 들어왔어요. 이거 봐요. 초콜릿이 없잖아! 정신 차려요! 정신!"

그가 들어 올린 상자 안에는 분명히 초콜릿이 없었다. 어제 야간조가 한 실수일 텐데도 초콜릿 넣기를 맡은 넘버 쓰리의 얼굴이 창백해졌다. 주임이 정신을 가다듬고 말했다.

"늦게까지 일하느라 힘드신 거 알지만 좀 더 정신 차려 주세요. 저 리콜 들어올 때마다 가슴이 조마조마합니다. 가슴이 쪼그라들어서 장가 못 들 거 같아요."

"강 주임, 장가는 가슴으로 가는 거 아니야."

"그치, 중요한 건 따로 있지."

"가슴이 아니라 혹시 그게 쪼그라드는 게 아닌가?"

여기저기서 불꽃놀이 같은 웃음이 터졌다. 주임이 얼굴을 붉히며 "다시 시작!" 하고 외쳤다. 40~50대 아줌마들은 총각들의 얼굴이 붉어지는 말을 잘도 했다. 그건 삼촌들에게도 예외가 아니었다. 넘버 텐은 20대 초반의 남자들로 얼굴이 자주 바뀌었는데 아홉 가지 공정을 거친 제품은 넘버 텐인 삼촌이 커다란 쟁반에 올려 창고로 날라 갔다.

"지금 왔다 간 삼촌 누꼬? 참 이쁘게 생겼네."

"얼굴은 별로 안 예쁘고 엉덩이가 예쁘다."

그 말에 아줌마들은 일제히 하던 일을 멈추고 한곳으로 시선을 고정했다. 나도 힐끗 쳐다보다가 슬그머니 시선을 내렸다. 자동으로 눈이 따라가는 것을 보니 이제 나도 슬그머니 아줌마 대열에 합류하는가 싶어서 겁이 났다. 삼촌은 귀에 이어폰을 꽂고 있어 다행히 듣지 못한 것 같았다.

쉴새없이 매듭을 짓다 보니 손톱이 빠질 것처럼 아팠다. 다른 일보다 복잡한 일이라서인지 매듭을 짓는 넘버 에잇이 네 명이나 되었다. 내 옆에 앉은 미선 언니는 그야말로 달인이라 할 만했다. 내가 아무리 빨리 손가락을 놀려도 그녀가 네 개의 매듭을 지을 때 나는 한 개밖에 짓지 못했다. 헐거워지거나 길이가 맞지 않아 자꾸만 다시 해야 했는데 옆에 앉은 그녀와 속도가 비교되어서인지 더 손가락이 움직이지 않았다.

한 시간쯤 지났을까, 그녀가 내게 말을 걸었다.

"미선아, 나처럼 해 봐. 그렇게 하면 자꾸만 손가락이 미끄러지잖아. 왼쪽 손에 힘을 주고 매듭지을 때 중간 부분을 새끼손가락으로 잡아 주고 당겨. 잔소리한다고 할까 봐 말 안 했지."

나는 그녀의 손끝에서 자유자재로 움직이는 리본을 유심히 바라보았지만 모든 동작을 포착해 낼 순 없었다. 다른 사람보다 족히 서너 배는 빠른 매듭짓기의 비밀은 그녀의 손끝에 담겨 있는 것 같았다. 어쨌거나 그녀도 상가수첩 여팀장과 같은 소리를 했다. 잔소리한다고 할까 봐.

실제로 잔소리 때문에 다툼이 일어나기도 했다. 다른 쪽 테이블에서 한 아줌마가 옆자리에 앉은 사람에게 자기 방식대로 해 보라고 충고했다가 된통 혼이 났다.

"무슨 지청구가 그리 많어! 남 하는 거 신경 쓰지 말고 성주 엄마나 잘하라고!"

"아니 왜 화를 내? 자기가 늦어서 비법을 알려 준 건데."

상대가 코웃음을 치며 받았다.

"비법? 무슨 요리 대회라도 나왔어? 사탕 넣는 데 비법은 무슨 비법?"

"내가 세 개 할 때 자기는 한 개밖에 못 하잖어. 그래서 나처럼 왼손으로 봉지를 벌리고 동시에 한 줌씩 넣으라고 한 거야. 한 줌 쥔 다음에 손 안에 몇 개 들어가는지 세고 하면 시간이 더 들잖어."

"한 줌? 아니 성주 엄마는 늘 똑같은 개수가 손에 잡혀? 어떤 땐 다섯 개고 어떤 땐 여덟 개 잡히기도 하는 거지."

"감만 익히면 늘 같은 개수가 잡혀."

"감이고 뭐고 간에! 내가 내 식으로 하겠다는데 웬 참견이야! 늘 그래, 늘! 오늘만 그런 게 아니잖아!"

평소 쌓인 게 많았던지 그녀는 고래고래 고함을 질렀다.

"시끄러워!"

주임이 수습을 했다.

"정말 이모들 이럴 거야? 싸우려면 밖에 나가서 싸워! 일 하다 뭐 하는 거야? 이거 다 오늘 끝내야 해!"

고함 아줌마는 숨을 고르며 다시 일을 시작했지만 성주 엄마는 밖으로 나가 버렸다.

"10분 휴식!"

주임이 외치자 다시 다들 탈의실로 나갔다. 모자를 벗은 여자들을 둘러보니 대체로 30대 후반에서 40대 후반의 여성들인 것 같았고 50대 초반으로 보이는 사람도 서너 명 되었다. 여자들은 여고생들처럼 까르르 웃으며 수다를 떨다가 다시 마스크를 쓰고 작업장으로 들어갔다.

일을 마칠 시간이 되자 주임이 미선이들을 모아 놓고 말했다.

"여러분들 요즘 야근해서 힘드신 거 압니다. 그리고 손이 빠른 사람이 있고 느린 사람도 있어요. 옆 사람이 나보다 느려서 내가 더 일 많이 한다 생각하시는 분은 이 일 못 합니다. 그리고 자기가 아는 비법 누가 알려 주면 그냥 그런가 보다 하세요. 그게 기분 나쁠 수도 있지만 또 듣기에 따라서 고마울 수도 있는 거죠. 다 제가 일을 재촉해서 생기는 일이니까 저를 원망하세요. 그리고 한 가지 더 말씀드리면요, 이건 좀 치사할 수도 있는 이야긴데 아이들 준다고 너무 많이 집어 가시는 거 삼가 주세요. 왜냐하면 나중에 물량이 달리면 공급할 길이 없어요. 다들 아시죠? 전에 밸런타인데이 때처럼 남은 것하고 조금 하자 있는 건 전부 드릴 겁니다. 그럼 끝날 때까지 힘내 주시구요, 모두들 손 완전히 떼고 밖으로 나가 주세요."

몇 명의 범생이 아줌마들이 여전히 사탕 포장을 하고 있자 주임이 그들 곁으로 다가가 귓가에 버럭 소리를 지르며 쫓아냈다.

"그런다고 돈이 더 나와? 어서 가요!"

아줌마들은 밖으로 우르르 나가서 옷을 갈아입었다. 내 옆 칸에서 옷을 꺼내던 아줌마가 말했다.

"할튼 귀여워."

모자와 마스크를 벗는 그녀의 얼굴을 본 나는 흠칫 놀랐다. 그건 진숙 아줌마였다. 그녀는 매처럼 날카로운 인상의 소유자로 자타가 공인하는 일등 사원이자 모두가 겁내는 사람이었다. 다부진 몸 때문인지 취미로 이종격투기를 즐긴다는 소문이 있을 정도였다. 옆에 있던 아줌마도 "얄밉긴 해도 솔직히 귀엽지."라고 거들었다.

그것이 주임에 대한 이야기라는 것은 며칠 더 일하면서 알게 되었다. 작업장에는 늘 기묘한 기운이 흘렀는데 나는 그것이 여자가 남자를 좋아하면 발산되는 기운이라는 것을 자연스럽게 알게 되었다. 하지만 그것은 새콤달콤한 사탕 향에 묻혀 촉수가 발달한 사람이 아니고서는 쉽게 눈치채지 못하게 되어 버린다.

주임은 하루도 빼놓지 않고 여직원들과 알싸한 실랑이를 벌였다. 이튿날 진숙 아줌마가 한 삼촌에게 "총각 가서 오봉이 가져와." 하자 주임은 "쟤가 그런 말을 어떻게 알아들어?" 했다. 진숙 아줌마가 "왜 몰러?" 하자 주임은 "정말 이모랑은 세대 차이 나서 같이 일 못 하겠어!" 했다. 이모는 세대 차이란 말이 서운했는지 "같이 늙어 가는 처지에."라고 했다. 잠시 후 나이 어린 삼촌이 커다란 쟁반에 먹음직스러운 초콜릿을 가득 담아 들어왔다. 한입 물면 바삭 하는 소리가 날 것 같은 초코과자였다.

"깨강정이잖어. 먹고 싶다."

"크런키지 깨강정이 뭐야, 이모."

내 건너편의 정이 씨가 주임과 진숙 아줌마를 보며 웃다가 진숙 아줌마의 매서운 눈과 마주치자 웃음을 그쳤다. 정이 씨가 앞에 놓여 있던 작업 중인 사탕 봉지를 들어 올리며 말했다.

"근데 이거 사탕 너무 작다. 이거 한 2000~3000원 하나?"

말없이 일만 하던 명숙 아줌마가 말했다.

"이거 받는 여자는 기분 별로겠네? 돈 있는 사람은 좀 더 큰 사탕 줄 거 아냐."

덩치가 큰 명숙 아줌마 앞에 놓인 사탕 봉지는 한층 작아 보였다. 진숙 아줌마가 말했다.

"무슨 소리야. 진짜배기는 사탕은 이렇게 작은 거 사 주고 보너스로 더 작은 거, 여자들이 좋아하는 거 준다."

나는 작은 사탕과 비싼 보석을 더불어 받은 여자를 상상하며 사탕을 포장했다.

주임의 뒤를 졸졸 따라다니는, 온 지 얼마 되지도 않은 얼굴이 긴 총각이 큰 소리를 냈다.

"서둘러 주세요! 지금 수다 떨 시간 없어요!"

주임은 자기 생각은 하지도 못하고 "야, 너 엄마한테 그럼 쓰냐." 했다. 얼굴이 긴 알바생이 "제가 삼촌이라면서요."라고 했다. 그의 말에 웃느라 다른 사람들은 알아채지 못했을지 모르지만 나는 명숙 아줌마의 얼굴이 달아올랐다는 것을 알았다. 그녀가 버럭 소리를 쳤다.

"내가 무슨 엄마야? 내가 쟤 엄마면 지금 쉰셋이게? 나 아직 40대야! 마흔아홉."

눈치 빠른 주임이 금세 하회탈을 만들어 명숙 아줌마를 살살 달랬다.

"이모, 쉰셋은 무슨? 야, 너 스물셋이지? 엄마가 스물에 낳았으면 마흔셋이잖아. 난 이모 마흔셋인 줄 알았는데 마흔아홉이었어?"

오후 5시가 넘어 성수가 들어왔다. 인상이 좋은 성수는 스물다섯 살이었다. 사실 주임은 늑대 같은 능글과였지만 성수는 과묵하고 수줍음을 타는 것이 살짝 미소만 지어도 여자들이 픽픽 쓰러질 법한 순정 만화에서 튀어나온 것 같은 남자였다. 그가 곁에 다가오면 나도 괜히 기분이 좋아지곤 했다. 주임이 성수를 보자마자 욕을 해 댔다.

"이 새끼, 너 왜 네 맘대로야? 이게 애들 장난이야? 왜 네 맘대로 늦게 나와?"

성수는 눈웃음을 치며 어제 술을 많이 마셔서 늦게 일어났다고 했는데 얼굴은 마사지라도 받은 것처럼 피부가 뽀송뽀송했다. 게다가 아직 날씨가 쌀쌀한데 어디서 운동이라도 하고 왔는지 이마에는 건강한 땀이 송글송글 맺혀 있었다.

"삼촌, 사탕." 하는 소리에 성수가 냉큼 사탕 상자로 다가가 상자를 번쩍 들고 작업대에 들이부었다. 와르르. 그 순간 물고기가 날아들었다. 어쩜 그는 사탕을 쏟는 것도 그리 사랑스러운지 마치 어부가 그물에 가득 담긴 물고기들을 배에 쏟아붓는 것처럼 보였다. 그 순간 확 들이친 오렌지 향이 사탕에서 나는 것인지 그가 몸에 뿌린 향수에서 나는 것인지, 아니면 그의 젊음에서 비롯된 것인지 모를 노릇이었다.

누군가 말했다.

"총각은 왜 이런 거 해. 어디 영화판에나 가서 기웃거려 보지."

주임이 끼어들었다.

"뭐야? 이모들 사람 차별해? 난 이제 찬밥이야? 나도 왕년
엔 배우하란 소리 들었는데."

아무도 그의 말에 대꾸를 안 해 주자 그는 성수를 족치기
시작했다.

"너 내일부터 나오지 마. 너 내 백 믿고 까부냐? 후배라도
이제 안 봐줘."

"삼촌 안 나오면 나도 안 나올 거야."

명숙 아줌마였다. 주임이 명숙 아줌마를 한 번 흘겨본 다
음 큰 소리로 말했다.

"오늘 야근을 해야겠어요. 내가 아무리 두드려 봐도 야근
안 하면 내일까지 못 끝내. 다들 할 거지? 안 되는 사람 손들
어 봐."

알바생 몇 명과 아줌마 세 명이 손을 들었다.

"순자 씨, 왜 안 돼?"

"오늘 수요일이잖아. 교회 가야 해."

"기도? 기도 저기 원료실에서 해. 내가 깨끗이 치워 줄게.
열심히 돈 벌면 뭐 하냐? 교회에 다 갖다주면서."

나도 얼결에 야근에 투입되었는데 야근 때는 다들 적잖이
풀어진 분위기였다. 주임이 자리를 비우자 순자 씨가 앞에 앉

은 영희 씨에게 말했다.

"언니, 애수 알아?"

"애수?"

"웅이 엄마 옮겨 간 데. 거기 돈 꽤 준대."

"얼마나?"

그녀가 입 모양으로 200이라고 하자 영희 씨의 입이 크게 벌어졌다가 천천히 다물어졌다.

"그래도 싫어. 술 취해서 지랄하는 꼴들을 어떻게 봐. 좀 덜 벌어도 여기가 낫지. 그래도 100만 원 넘는데 그게 어디야."

그녀는 고개를 돌려 주변을 둘러보더니 주임이 듣는다며 작게 말하라고 했다.

귀를 쫑긋 세워 들어 보니 애수란 곳은 여자들도 나오는 룸살롱 같은 곳인 모양인데 웅이 엄마는 그곳 주방에서 일하는 모양이었다.

"그리고 내 친구는 강남에서 일식집 다니는데 늦어지면 택시 타고 가라고 돈 쥐어 주고 그런다더라. 그래서 설거지를 해도 강남에서 하라는 거야."

"여기저기 옮길 생각 말고 붙어 있어. 여기 할 만하잖아."

"그럼 뭐해? 애들은 크는데."

"넌 아직 중학생이잖아. 그럼 막내라도 제대로 시킬 수 있지. 난 우리 애들 과외 한번 제대로 못 시켜 줬어. 첫째야 그렇다 치고 둘째는 시켜만 줬으면 일류대 갔을 텐데. 그게 그렇게 가슴에 남더라."

"웅이 엄마가 애들 과외비 때문에 옮긴 거잖아. 그치는 주말에도 알바해. 그렇게 꼬박 250인가 벌어서 애 과외비로 다 들어간대. 그 집 아들이 그렇게 공부를 잘한대. 못 하면 모를까 잘하니까 안 대 줄 수가 없는 거지."

"하긴 애 출세하면 이 고생한 거 본전 뽑는 거지."

순자 씨의 얼굴에 언뜻 미소가 떠올랐다. 그녀의 손가락 움직임이 순간 급속히 빨라졌다. 마치 리본이 리듬체조 선수의 손가락 위에서 춤을 추는 것 같았다고나 할까.

작은 사건은 아르바이트가 끝나던 날에 벌어졌다. 조촐한 뒤풀이가 있었는데 취해서 우는 아줌마도 나왔다. 아들이 학교에서 급우를 때려 이빨을 부러뜨렸는데 배상을 해 줘야 한다는 얘기였다. 주임은 이 자리 저 자리로 옮겨 다니며 술잔을 돌리고 있었다. 주임은 우는 아줌마에게 큰 소리로 말했다.

"미선 이모! 나도 어렸을 때 친구 이빨 세 개나 부러뜨렸어. 근데 지금은 효도해. 걱정하지 마!"

그녀는 울다가 웃으며 말했다.

"나 미선이 아니야. 주임님은 자기 맘에 드는 사람 이름만 기억하더라. 모르면 미선 이모라고 하지. 그러지 마. 미선이들 섭섭해."

"내가 이모 이름을 왜 몰라. 인선이잖아. 이름이 유난히 예뻐서 모르는 척했지."

인선 씨의 입꼬리가 슬며시 올라갔다.

주임이 우리 쪽 테이블로 와서 건배를 독촉하더니 슬그머니 내 옆에 앉은 여대생에게 술잔을 건넸다. 전공이 뭐냐, 자취생이냐 하는 등의 질문을 하는데 그답지 않게 말을 더듬고 수줍어했다. 나보다도 늦게 투입되어 사흘간 일한 여대생의 이름은 어떻게 알았는지 호칭도 선경 씨였다. 선남선녀의 모습을 흐뭇하게 바라보는 아줌마들 틈에 질투의 불을 내뿜으며 술잔을 들이켜는 몇 명의 아줌마들이 보였다. 그때 저쪽 테이블에서 술을 마시던 진숙 아줌마가 손에 뭔가를 들고 우리 쪽으로 건너왔다. 그녀는 주임 옆에 털썩 주저앉더니 자기 잔에 술을 따랐다.

"아니, 이모 왜 자작을 해? 내 손 서운하게."

주임이 말하며 술병을 든 순간 그녀는 뒤에 숨기고 있던 사탕 봉지를 그에게 내밀었다.

"어, 이거 뭐야? 사탕이네."

그는 여대생에게로 고개를 돌리다가 다시 사탕 봉지에 시선을 주더니 흠칫 놀라며 말했다.

"뭐야? 이거 우리 거 아니잖아? 진숙 이모, 이거 샀어? 경쟁사 걸 사면 어떡해? 어쨌든 고마워."

진숙 아줌마의 얼굴이 발그레한 건 술 때문인지 수줍음 때문인지 알 길이 없었다. 명숙 아줌마와 인선 씨와 수많은 미선이들의 얼굴도 술기운 때문인지 발그레했다.

집에 가는 길에 여대생과 나는 방향이 같아서 전철에 나란히 앉아 잡담을 나누었다. 휴학생이라는 그녀는 비싼 학비 때문에 언니랑 교대로 휴학을 하며 학교에 다닌다고 했다. 그녀가 가방 안에 든 핸드폰을 꺼내는데 핸드폰과 함께 진숙 아줌마가 주임에게 건넨 사탕 봉지가 달려 나왔다. 그녀가 사탕 봉지에서 사탕을 하나 꺼내 내게 주었다. 사탕 겉면에 '캐러멜 맛'이라고 적혀 있는데 이상하게 쌉싸름한 맛이 났다.

정작 화이트데이에는 감기에 걸려 방 안에 틀어박혀 있었는데 호성이 나를 불러냈다. 아프다는데 한사코 자기를 마중 나오라고 성화였다.

호성이 내 앞에 사탕을 내미는 순간 깜짝 놀랐다. 원래 그런 날을 챙기는 데 관심이 없는 남자여서가 아니라 그것이 내가 포장한 수천 개의 사탕 세트 중 하나였기 때문이다. 하긴, 전국에 체인점이 가장 많은 제과점에 납품될 사탕이었으니 이런 우연이 그리 극적인 것도 아니었다. 그래도 파란색, 분홍색, 빨간색, 갈색 상자 중에 내가 포장한 분홍색을 호성이 집어 들었다는 건 극적인 우연이라고 할 수 있지 않을까. 포장을 풀었는데 초콜릿은 조각나고 사탕 봉지도 빠진 불량이었다. 어쩜 골라도 이런 걸 골라 왔을까. 불량품이 나올 확률은 백 개 중 다섯 개도 되지 않는데.

피식 웃는 내게 호성이 사탕을 까서 입에 넣어 줬다. 열흘 간 하루에 스무 개씩 먹었던 사탕이라 사실 먹고 싶지 않았 지만 입안에 넣고 천천히 녹였다. 그런데 이상한 일이었다. 처 음 먹어 본 것처럼 달콤한 맛이 났다.

그곳에 면봉을 넣은 덕분에 남들은 노는 설날이나 추석에 도 나는 식품 관련 단기 알바를 할 수 있었다. 한순간의 수치 로 종종 돈벌이를 한 것이니 그만하면 본전 뽑기였다.

단란주점에서 일하는 수지 언니를 알게 된 건 그즈음 설 화 언니를 통해서였다. 설화 언니는 이태원의 클럽에서 댄서 노릇을 하는 눈치였지만 가끔 유혹의 손길을 뻗쳐 오는 술 집에는 나가지 않는다는 것이 철칙이었다. 이태원의 클럽에 서 알게 되었다는 두 사람은 내가 질투할 정도로 죽이 잘 맞 았다. 수지 언니는 연예인처럼 예뻤는데 코와 눈을 살짝 손봤 다고 설화 언니가 귀띔해 주었다. 수지 언니는 예전에는 강남 의 룸살롱에서 일했지만 최근엔 잘 나가지 못하는 모양이었 다. 그녀의 보건증은 내것보다 비싼, 혈액검사를 겸하는 것이 었는데 나는 그녀가 면봉과 조우한 적이 없다는 사실에 적잖 이 분개했다. 빚 때문에 어쩔 수 없이 그 바닥에 발을 집어넣 었다는 그녀는 자신들을 도와주는 '고마운' 의사가 있어서 업소 아가씨들은 모두 그에게 보건증을 받는다고 했다. 물론 아무런 검사도 하지 않고서 말이다. 그녀는 조금 분한 얼굴로 그 의사 새끼는 룸살롱, 단란주점에 줄기차게 출입하는 인간인데 자기가 아무리 오라고 해도 자기 가게에는 오지 않는다고 했다. 병이 옮을까 봐 걱정되어서일 거라고 했다. 그녀와 보건증에 대한 추억을 나눌 수 없다는 것이 나는 못내 아쉬웠다. 나는 한가할 때 한번 보건증을 받으러 가 보라고 말하고는 슬쩍 미소를 지었다.

고등학교 때 미술부였던 수지 언니는 프랑스에서 미술 공부를 하는 것이 꿈이라고 했다. 그 점이 내가 그녀를 더욱 가깝게 느끼게 만든 결정적인 계기가 되었다.

"나이를 다섯 살이나 속이고 일하는데 다음 해엔 접어야겠지?"

수지 언니가 한숨을 내쉬며 말했다. 서른여섯이라는 나이가 믿기지 않을 정도로 앳되어 보이는 수지 언니는 그 순간은 족히 마흔 살은 되어 보였다.

언니는 많진 않지만 이 바닥에서 야무지게 일해 유학을 가는 애들이 더러 있다고 했다. 유학을 가는 사람들이 부럽지 않은 건 아니었지만 나에겐 나만의 알바 수칙이 있다. 첫째, 잠은 밤에 잔다. 따라서 밤에 하는 일은 무조건 거절이다.(가발 가게에서 일한 이후로 이 수칙은 철저히 지키고 있다.) 둘째, 몸을 상하게 하는 알바도 절대 금지. 건강을 해치면 돈이 배로 들기 때문이다. 두 번째 수칙으로 인해 술 따르는 직업은 당연히 내 알바 목록에서 삭제되었다. 몸을 함부로 굴리면 안 된다는 식의 고리타분한 이유 때문이 아니다. 몸을 파는 것이 윤리적으로 문제가 있는 것인지 여부도 모르겠다. 다만 더 큰 비용을 지불해야 할 위험이 있는 일에는 뛰어들지 않는 것뿐이다. 술 따르는 것뿐 아니라 먹기 대회에도 절대 안 나간다. 1등해서 상 타면 뭐하나. 위가 늘어나 두고두고 고생한다. 한때 매력을 느꼈던 네일아티스트에 대한 꿈을 접은 것은 나의 병적인 노파심 때문이다. 친구에게서 네일아티스트와 치과 의사는 에이즈 감염에 노출되어 있다는 말을 들은 순간 가슴속에 두려움이 자리잡았다. 위험한 배달 알바 같은 것은 여자라서 써 주지도 않겠지만 절대 사절. 하지만 이러한 확고한 알바 수칙에도 불구하고 나는 위험한 아르바이트로부터의 유혹에 흔들린 적이 있다.

2박 3일에 50만 원! 이름 하여 지금은 널리 알려진 생동성 시험 아르바이트였다. 아르바이트 희망자 명단에 이름을 올리고 수많은 지원자들과 대기실에서 시답잖은 이야기를 나누다가 나는 기니피그가 머릿속에 떠올라 마음을 바꾸었다. 그곳에서 빠져나온 나를 기다린 것은 수지 언니였다. 나는 설화 언니의 집에서 초주검이 된 수지 언니를 간병해야 했다. 오랜

만에 지방에 영화를 찍으러 간 설화 언니의 부탁을 받은 일
이었다. 산부인과 병원에서 오는 길이라는 것을 알았지만 나
는 짐짓 모르는 척 수지 언니의 목까지 이불을 덮어 주었다.

수지 언니는 침대에 누워 무표정한 얼굴로 텔레비전을 봤
지만 정신이 반쯤은 나간 것 같았다. 나는 인터넷을 뒤져 한
번도 만들어 본 적이 없는 백숙을 만들어 주었다. 일주일간의
병간호를 마치고 내가 그 집에서 나오던 날, 언니는 내 귀를
뚫어 주었다. 바늘이 두려워 미루던 일이었는데 수지 언니는
능숙하게, 아프지 않게 귀를 뚫어 주었다. 병에 감염될까 두
려워 네일숍에도 가지 못하는 내가 그날은 왜 아무런 거부감
없이 그녀에게 귀를 맡겼는지는 지금 생각해도 모를 일이다.
어쨌든 그녀와 난 그즈음 몸을 찢는 고통을 공유한 셈이었다.

밤늦게 편의점에 택배를 찾으러 간다. 빚쟁이들이 혹시나
문 앞에 있는 택배상자에 적힌 내 이름이라도 볼까 싶어서
가급적 택배는 집에서 조금 떨어진 편의점에서 찾는다.

"택배 주세요. 14번가요."

그러고 보니 그새 사람이 바뀌었다. 내가 안경 쓴 남학생
은 관뒀느냐고 물으니 그는 그렇다고 말하고는 한참을 헤맨
다. 나는 서명을 하려고 볼펜을 들었는데 그가 내민 종이에는
서명난이 없다. 내가 "이거 아닐 텐데. 서명난이 없잖아요." 하

자 그는 당황하며 이리저리 뒤지더니 다른 종이를 내민다. 어리바리 남학생이 인수인계를 제대로 못 한 모양이다. 엉터리 인수인계가 세습된 것이다. 그는 바코드 찍는 것도 제대로 못해서 술 취한 남자 손님의 눈살을 찌푸리게 만든다. 남자 손님이 나간 후 나는 그에게 바코드 찍는 법과 택배 물건 처리하는 법을 알려 준다. 예전에 편의점 알바를 해 본 적이 있어서 다행이다. 남학생의 피로에 지친 얼굴을 보니 야산에 편의점에서 카운터를 지키다가 험한 인상의 남자 손님이 들어오면 지레 겁을 먹고 핸드폰으로 슬그머니 손을 가져가던 예전의 내가 생각난다. 더불어 그즈음 늘 내 주변을 감싸고돌던 막연한 불안감과 외로움의 냄새도.

집 앞 편의점에서는 머리가 희끗한 아줌마가 카운터 앞에서 졸고 있다. 나는 안으로 들어가 깜빡 잊고 사지 않은 생수를 하나 들고 카운터로 간다. 안에서 중년 남자가 나오더니 아줌마에게 그렇게 졸 거면 나오지 말라고 핀잔을 준다. 이런, 사장인 줄 알았더니 알바생인 모양이다. 요즘 바뀐 아르바이트 풍토 중 하나는 10대, 20대의 전유물이었던 편의점 알바의 연령층과 국적이 다양해졌다는 것이다.

환갑이 넘은 엄마도 나처럼 아르바이트 중이다. 나이가 많아 고정적인 일자리를 얻기 힘들어서 자주 일이 바뀐다. 엄마는 마치 죽을 때까지 일을 해야 주변 사람들에게 진 빚을

갚을 수 있다는 듯 한시도 쉬지 않으려 한다. 엄마는 예순
이 넘은 이후로 일자리를 구하기 힘들다며 푸념한다. 요즘은
20~30대 조선족을 쓰려고 하지 엄마를 쓰려고는 안 한단다.
며칠 전까지 엄마가 한 일은 직업소개소를 통해 소개받은 가
사도우미였다.

"엄마 요즘 텔레비전에 나오는 대궐 같은 집에서 산다."

그 집 일을 시작할 즈음 내게 전화를 걸어 엄마가 처음으
로 한 말이었다. 엄마는 강남의 주상복합아파트에서 일하는
데 그 집 주인은 중소기업 회장이라고 했다.

"그래도 파출부는 좀 그렇지 않아?"

내가 중학교에 다닐 때만 해도 엄마는 친구가 파출부로 자
식들 과외비를 번다는 이야기를 듣고 자기는 무슨 일이 있어
도 자존심 상하게 남의 집 일은 하지 않겠다고 선언했다.

"파출부 아니야. 청소는 30분 정도 놀듯이 그냥 바닥 한
번 쓸면 되고 아침 9시에 와서 밥 차려 놓고 나 하고 싶은 대
로 텔레비전 보고 놀다가 6시에 저녁 차려 놓고 집에 가면
돼. 그러니까 영양사라고 할 수 있지."

그렇게 일하고 받는 돈은 월 110만 원이라고 했다.

"그래도 너무 편해. 내 나이 대의 사람을 쓰려는 곳이 없거
든. 그리고 텔레비전 보고 푹신한 소파에 앉아서 놀다가 베란
다에서 밑에 내려다보면 여기가 내 집 같아. 회장님 혼자 살

아. 사모님이 3년 전에 죽었대. 아참, 회장님 아들도 같이 산다. 근데 방에서 잘 안 나와."

엄마가 그 집 일을 나간 지 석 달이나 지나서 안 일이지만 그 집 아들은 정신병을 앓고 있었다. 엄마는 자기가 그 집의 가신이라도 되는 줄 아는지 그 말을 한사코 입 밖에 내지 않으려 했다. 결국 그 집에서 엄마를 고용한 건 아들 때문인 것 같았다. 그는 무슨 병인지 혼자서 슈퍼에 나가 물건을 사지도 못하고, 대체로 조용하고 상냥하지만 한 달에 한 번 정도 소리를 지르며 울어 댄다고 했다. 엄마는 전화로 종종 말하곤 했다.

"정말 이해가 안 가. 이렇게 돈도 많고 행복할 수 있는 사람들이 왜 이렇게 살까? 우중충하게 방 안에만 틀어박혀 있고."

회장이란 사람은 회사 경영을 다른 사람에게 맡겼는지 일주일에 한 번만 회사에 나가고 방 안에 하루 종일 틀어박혀 있다고 했다.

"회장님이 얼마나 양반이신지 몰라. 아침에 가면 오셨어요? 하고 인사하시고 나갈 때는 안녕히 가세요, 하고. 그 외엔 이것 해라 저것 해라 말 안 시켜. 장 보고 영수증 갖다 놓으면 통장으로 입금해 주고. 세상에 이렇게 좋은 사람이 또 있을까 싶다. 아들도 제정신일 땐 참 착해. 초등학생처럼 아줌마,

콜라 사다 주세요 한다. 어릴 때 열병을 앓았나?"

엄마는 자신이 그 집의 구세주라도 되는 냥 그 집 식구들을 걱정했다. 회장님이 재혼을 해서 해외로 이민 가게 되는 바람에 엄마는 그 일을 그만두었는데 아직도 그 집 아들을 걱정하고 있다.

그러고 보니 오늘 수첩 돌리는 일이 끝나 갈 즈음 미술 학원 원장으로부터 전화를 받았다. 그는 혹시 주변에 나이 든 모델이 있느냐고 물었다. 몇 살 정도면 되느냐고 물으니 환갑 넘으신 분이라고 하더니 잠시 후에 쉰 살만 넘어도 된다고 했다. 그는 "그 나이 대 지원자가 워낙 없어서요."라고 덧붙였다. 나는 나이 드신 분들이 하려고 할지 모르지만 한번 알아보겠다고 했다. 왜 그때 엄마 생각은 하지 못했나, 생각하며 전화를 걸어 슬쩍 물어본다.

"엄마 알바 하나 할래?"

엄마는 반색하며 어떤 일이냐고 묻는다.

"모델이야. 미술 학원에서 가만히 앉아 있으면 돼."

"초상화 그리니?"

"아니. 얼굴 보고 형태를 만드는 거야. 조소."

엄마는 즉시 하겠다고 한다. 자기는 그런 일에 자신이 있다고 한다.

엄마는 이른 아침 정확한 시간에 약속 장소에 나타난다.

학원이 문을 열려면 20분이 남아 있으므로 근처 카페에 들어가서 빵을 먹자고 했는데 엄마는 한사코 편의점 샌드위치면 충분하다고 한다.

"넌 배보다 배꼽이 더 커. 요즘 애들이 왜 돈을 못 모으는지 아니? 알바비 3만 원 받아서 만 원짜리 밥 먹기 때문이야."

결국 우리는 편의점에 들어가 앉지도 못하고 시식대에 비스듬히 선다. 엄마가 샌드위치를 먹으며 사실 자신이 젊었을 때 모델 제의를 여러 번 받았다고 한다.

"마흔다섯 살 때였나? 사우나에 갔는데 누드 모델 하라고 하더라. 자기가 화가라면서 할 마음 있으면 연락 달라고 했어."

"난 또. 엄마가 삼겹이 너무 탐스럽게 잡혀서 그리고 싶었나 보지."

처녀 때 멸치처럼 말랐던 엄마는 지금은 무릎이 시큰할 정도로 과체중이다. 얼핏 보면 부잣집 마나님처럼 보인다.

미술 학원 계단을 오르며 괜히 엄마를 불렀다고 후회한다. 아무래도 환갑을 넘긴 엄마에게는 힘든 일이란 생각이 든다. 움직이지 않고 있는 것이 가벼운 노동을 하는 것보다 힘들 것이라는 생각이 그제야 든다.

원장이 엄마를 반겨 준다. 엄마는 고등학생들이 손주처럼 보이는지 연신 방긋거리지만 아이들은 자기들끼리 키득거리며 난감한 표정이다. 내 눈에도 엄마의 주름이 그날따라 많아 보인다. 눈 밑에 무겁게 내려앉은 지방과 턱 밑으로 늘어진 살도 유난히 두드러지는 것 같다.

엄마가 자리에 앉자 아이들이 진지한 표정으로 작업을 시작한다. 형광등 밑의 엄마 얼굴은 낯설다. 저 사람이 내 엄마인가 싶을 정도로 어딘가 이상하다. 연극 무대에 선 친구의 모습을 본 것처럼 기분이 좋은 것도 아니다. 이런 기묘한 기분은 시간이 지남에 따라 더 진해져 간다.

엄마의 머리가 조금씩 형체를 잡아 간다. 오랜 세월 동안 서서히 자리 잡은 주름들은 학생들의 손에 의해 빠른 시간에 만들어진다. 한 학생이 "너무 어렵다."라고 중얼거리며 한숨을 푹 내쉰다. 나는 속으로 어서 시간이 흐르기를 바란다.

점심시간이 되어 엄마에게 다가갔다.

"안 힘들어? 엄마 목 좀 돌려 봐. 디스크 오겠다."

40분마다 잠깐씩 쉬긴 했지만 세 시간 동안 같은 자세로 앉아 있었는데도 엄마는 싱글벙글이다.

"야, 뭐 이런 일이 다 있냐? 가만히 앉아 있는데 돈을 다 주고."

문제는 그로부터 한 시간이 조금 더 지나서 일어난다. 엄마가 식곤증으로 꾸벅꾸벅 졸기 시작한 것이다. 나는 잠시 학생들에게 양해를 구하고 엄마를 데리고 복도로 나온다. 엄마가 창피한지 내가 건넨 커피를 마시며 실은 어젯밤에 찜질방에서 알바를 했다고 한다.

"한 달만 격일로 나가기로 했어. 하루 가서 밤샌 다음 하루 쉬고 그 다음 날 나가는 거야. 둘이서 번갈아서 해."

왜 그런 힘든 일을 하느냐고 하니 엄마는 이 나이에는 그런 일밖에 없다며 지난주에는 이웃집 할머니가 하던 일을 이어받아 심야 극장 청소를 며칠 했는데 중간에 다른 아줌마들과 들어가서 영화 보다가 다 같이 잘렸다며 여고생처럼 키득거린다. 하긴, 엄마는 왕년에 새벽 장사를 했던 사람이 아닌가. 그나저나 나도 환갑이 넘으면 어쩔 수 없이 알바 수칙을 어겨야 하는 거 아닌가 하는 생각이 든다.

엄마는 다시 모델이 되었고 이번엔 졸지 않고 40분간을 견뎌 낸다. 엄마가 화장실에 가자 승기가 자신의 작품을 내려다보며 말한다.

"이게 누나 30년 후 모습이네요?"

나는 엄마와 붕어빵이란 말을 종종 들었으므로 승기가 만든 엄마의 얼굴을 유심히 들여다본다. 엄마의 얼굴에 이렇게까지 주름이 많았나 싶게 주름이 자글자글하다. 보통 사람들은 눈치채지 못하는 미세한 주름까지 잘 표현되어 있다. 엄마처럼 고생하진 않을 테니 이보다는 덜하겠지만 30년 후의 내 모습은 이와 비슷할 것이다. 그 순간 아직은 잘 눈에 띄지 않는 내 주름들이, 나만 아는 그 주름이 팬 자리들이 간지럽게 느껴진다.

승기가 어딘가로 가더니 무언가를 끙끙대며 들고 온다. 며칠 전에 만든 내 두상이다. 엄마의 두상 옆에 놓으며 승기가 "봐요, 닮았죠?" 한다. 어디를 닮았느냐고 하니 엄마의 두상 얼굴을 가리키며 여기 주름을 몽땅 평평하게 하면 옆에 놓은 두상과 똑같을 것이라고 한다. 나는 한사코 아니라고 고개를 젓는다. 순간 승기가 엄마의 두상에 손을 가져가 힘주어 주름들을 꾹꾹 누른다. 내가 왜 작품을 망치냐고 했더니 승기는 실패작이라서 괜찮다고 한다.

"난 아직 나이 드신 분들 얼굴은 무린 것 같아요. 다음에 다시 할래요."

그의 말끔한 손이 엄마의 얼굴에 난 주름들을 꾹꾹 누르자 이상하게 가슴이 아리다. 저렇게 손가락으로 눌러 엄마 인생의 굴곡진 부분을 평평하게 만들 수 있다면 얼마나 좋을까.

정말로 비슷한 두 개의 얼굴이 나를 물끄러미 바라보고 있다. 엄마가 다가와 보더니 "젊어졌네?" 한다. 그 말에 피식 웃음이 나며 끝내 내 눈에서는 눈물이 한 방울 흘러내린다.

엄마가 한사코 내 방에서 자겠다고 해서 성급히 전화로 호성을 방에서 몰아낸다. 같이 사는 윤아는 출장 중이라고 둘러댄다. 호성의 방에는 이럴 때를 위해 준비해 둔, 윤아의 사진이 든 액자를 걸어 두었다.

엄마가 방 한구석에 놓아둔 화구통을 보더니 누군가와 같은 소리를 한다.

"너 낚시도 하니?"

"엄마 어디 가서 그런 소리 하지 마. 무식하다고 해. 화구통이야. 나 그림 배워."

엄마가 미심쩍은 듯이 쳐다본다.

"그림을 왜 배워? 미대 갈 것도 아니고."

"못 갈 것도 없지."

엄마는 그림은 아무나 그리느냐면서 내 유전자엔 그림 같은 건 없다고 한다. 아빠도 엄마도 예술과는 거리가 멀다면서.

"엄마 생각 안 나? 나 초등학교 때 미술 학원 선생님이 나예중 보내라고 했잖아. 그림에 소질 있다고."

엄마는 처음 듣는 소리라는 듯 날 쳐다보더니 웃는다.

"아, 그 여자. 자그맣고 머리가 하얗던 미술 선생."

"나 사실 미술 하고 싶었어. 고등학교 때 집안 사정만 괜찮았다면 시켜 달라 했을 거야."

엄마는 피식 웃으며 말한다.

"넌 그 말을 믿었니? 그때 그 학원 넘어갈 상황이었어. 너랑 같이 다녔던 우현이 있지? 걔네 집에도 전화했다더라. 애

318

가 피카소의 재능을 타고 났으니 미술 시키라고. 나야 귓등으로도 안 들었지만 옆집 선화 엄마는 1년 치를 한꺼번에 끊었지. 너는 그리고 얼마 안 있어 그만뒀지만 선화네는 학원비 다섯 달 치 떼였어. 주말 밤에 다 싸서 도망갔다더라."

머리를 얻어맞은 듯 기분이 이상하다. 거짓말 같진 않다. 나는 밥맛이 뚝 떨어져 저녁밥에 수저도 대지 않았다. 그럼 난 가짜 스승의 거짓말에 속아 내게는 있지도 않은 재능에 집착하며 언젠가는 화가가 되겠노라고 김칫국을 마셨단 말인가.

평소보다 일찍 잠자리에 든다. 엄마와 나란히 누우니 만감이 교차한다.

"근데 어째 방에서 시큼한 냄새가 나는 것 같다?"

"무슨 냄새?"

"글쎄 개 냄새 같기도 하고 네 아빠 발 냄새 같기도 하고. 청소 좀 해야겠다."

나는 윤아가 잘 씻지 않는 편이라고 둘러댄다.

엄마에게 예전에 했던 질문을 다시 한다. 뭣 때문에 그렇게 돈을 벌려 했느냐고. 사채를 빌리면서까지. 구치소에서는 너희를 위해서였다고 했던 엄마가 잘 모르겠다고 말끝을 흐리다가 곯아떨어진다.

엄마의 얼굴에 퍼진 주름처럼, 골목마다 늘어선 길들처럼 방향과 끝간 데를 알 수 없는 것이 삶이 아닐까, 생각하는 사이 졸음이 밀려온다.

미술 학원을 다니기 시작했을 즈음 엄마는 내게 『달과 6펜스』라는 책을 사다 주었다. 서점 직원이 권해 준 책이라고 했다. 초등학생에게는 다소 어려운 책이었지만 그날 밤 나는 밤을 새워 그 책을 읽었다.

소설에는 광기에 사로잡힌 화가가 나온다. 그는 어느 날 갑자기 가정과 안정된 직장을 버리고 세상을 떠돌아다니며 살아간다. 그림을 그리지 않으면 견딜 수 없게 된 그는 타이티라는 외딴섬에 들어가 그곳에서 만난 원주민 소녀와 동거하며 그림을 그린다. 그는 결국 일생의 역작을 남기게 되는데 그 그림을 불태워 달라는 유언을 남긴다.

그렇게 말할 수 있는 그가, 나는 너무나 부러웠다.

개포동

마지막 날은 어린 시절을 보낸 개포동이다. 나는 개포동과 일원동의 경계지점에 살았는데 개도 포기했다는 개포동이나 일원짜리 동네라는 일원동이나 사촌들에게 놀림감이긴 마찬가지였다. 나중에 알게 된 사실이지만 개포동은 갯벌에 있어 개펄이라고 하던 것이 한자로 개포가 된 것이었다. 일원동은 이 마을에 일원이라는 서원이 있어 일원이라는 이름이 붙여졌다. 또 이 마을의 사방이 대모산에 가려 '숨어 있는 마을' 또는 '편안한 마을'이라고 해서 붙여진 이름이라고도 했다. 나는 후자가 마음에 들었다. 숨어 있는 편안한 마을.

아빠는 당시 살았던 일원동의 아파트를 볼 때마다 저 집을 팔지 않았으면, 하고 중얼거리곤 했다. 30여 평의 그 아파트는 지금 시가 10억여 원에 달한다.

엄마는 강남의 8학군에 들어가기 위해 꽤나 애를 썼다. 엄마는 자식들이 8학군에서 공부를 해야 좋은 대학에 갈 확률도 높을 것이라고 생각했다. 엄마와 같은 생각으로 8학군에 자리를 잡은 사람들이 한둘이 아니어서 초등학교 2학년 때 우리 반 학생의 수는 무려 90명이었다. 하지만 몇 학년 더 위로 올라가자 반 친구 상당수가 옆 동네에 세워진 초등학교로 이사를 갔다. 이렇게 중간에 학교를 지어 학생들을 분리할 정도로 그 동네는 이주해 오는 학생들로 골머리를 앓았다. 강남 8학군으로의 인구 집중은 벌써 그때부터 시작된 것이다.

조용히 눈을 감고 예전의 기억을 되새겨 본다. 내 기억이 맞다면 내가 초등학교 2, 3학년 때만 해도 일원동에 비닐하우스가 있었다. 대모산 너머의 개발되지 않은 곳은 시골처럼 보였는데 그곳에서는 농사를 짓고 소를 키웠다. 엄마는 나와 여동생을 데리고 토요일에는 꼭 대모산에 올랐다. 물론 지금은 그곳에 대규모 아파트 단지가 들어서 있다. 일원동 비닐하우스가 있던 자리에는 삼성병원이 들어섰고 아파트도 세워졌다. 일원동에서 30분 정도 걸으면 지금의 타워팰리스 자리가 나왔고 계속해서 걷다 보면 오래된 아파트인 은마아파트가 보였다.

주말에는 종종 엄마 친구네 가족과 서초동 양재 시민의 숲으로 고기를 구워 먹으러 갔다. 나는 삼겹살 냄새가 숲의 냄새와 섞일 때 나는 냄새를 좋아했다. 엄마 역시 그랬는지 온갖 야채와 고기, 음료수를 아이스박스에 넣으며 외출 준비를 할 때마다 얼굴에 웃음꽃이 피었다. 양재 시민의 숲에는 현재 삼풍백화점 붕괴로 사망한 사람들의 영혼을 위로하기 위한 위령탑이 세워져 있다.

삼풍백화점 사고는 내가 고등학교 2학년이 되던 해에 일어났다. 우리 반 친구들은 대부분 야간자율학습 중이었지만 아직 2학년이라서인지 중간에 잠깐 학교 밖으로 빠져나가 놀다 오거나 엎드려 잠을 자다가 집에 가는 아이들이 많았다. 나 역시 쏟아지는 졸음을 쫓으며 억지로 책에 고개를 박고 있었다. 그래도 빈자리는 별로 없었다. 모두들 수학능력시험이 이제 겨우 열여섯 달 정도 남았다는 것을 믿고 싶어 하지 않는 눈치였다.

옆 분단에 앉은 친구가 정적을 깨며 갑자기 "어머, 어떡해?"라고 했다. 그 친구는 라디오 방송을 듣고 있었는지 귀에는 이어폰을 꽂은 상태였다.

"지금 삼풍백화점 무너졌대. 완전 난리 났어. 온통 그 얘기야."

누군가 "또야?"라고 했다. 이어폰을 꽂은 친구가 이번엔 다리가 아니라 백화점이라고 했다. 우리는 한참 동안 웅성거리다가 집으로 돌아갔다. 사실 우리는 조금 면역이 되어 있었더 랬다. 여덟 달 전 성수대교 붕괴 사고 때 받은 충격에 비하면 금세 잠잠해졌다.

성수대교가 무너지던 날, 나는 3교시 수업이 시작되기 전에 옆반 친구에게 처음 그 소식을 들었다. 그 친구는 교무실에 내려갔다가 선생님들이 하는 소리를 들었다고 했다. 오후 시간에 수업에 들어온 선생님들도 그 이야기를 짧게 전달했지만 내가 그 사건에 대해 자세히 들은 것은 학교가 파한 후 단짝과 보습 학원에 갔을 때였다. 우리는 그곳에서 학원 선생님들을 통해 사고 경위를 자세히 들었다. 우리가 사는 곳에서 그리 멀지 않은 곳에서 일어난 사고라 더 화젯거리였던 것 같다.

학원이 끝난 후 곧장 집에 갔는데 텔레비전에서도 종일 성수대교 붕괴 사고 얘기였다. 뉴스에서는 붕괴된 다리와 다리 밑으로 추락하는 버스의 모습을 여러 번 보여 주었다. 처참하게 붕괴된 기이한 모양의 교량이 마치 억지로 생이별한 연인처럼 서로를 향해 손을 내뻗은 모양을 하고 양쪽으로 갈라져 있었는데 차들은 가속도를 어쩌지 못해 밑으로 추락했다. 그리고 버스 한 대가 달려오다가 부러진 다리에 걸려 멈춰 섰고 마치 어금니가 흔들리듯이 떨어질듯 말듯 앞뒤로 움직이다가 아래로 떨어졌다. 내 입에서는 짧은 비명이 쏟아져 나왔다.

다음 날 아침, 학교에서 그 버스에 중학교 때 같은 반이었던 친구가 타고 있었다는 얘기를 전해 듣고는 머리가 멍해졌다. 이젠 얼굴도 잘 기억나지 않고, 말을 길게 나눠 본 적도 없는 친구였지만 께름칙하고 기묘한 공포가 온몸을 감쌌다. 학교 선생님들은 수업 시간에 부실 공사가 어떻고 하며 이야기했지만 나는 이상하게 어금니가 아팠다. 자꾸만 앞뒤로 흔들흔들하던 버스의 모습이 떠오르며 어금니 깊숙한 곳이 살살 쑤셔 왔다. 성수대교는 아침 7시 40분경 붕괴되었다. 그 친구는 왜 하필이면 그때 그 시간에 그 다리를 지나가는 버스를 탄 걸까? 단짝과 나는 한두 번 정도 답이 없는 질문을 서로 주고받았던 것 같다.

충치가 생겼나 해서 치과에 갔더니 의사 선생님은 이빨에는 아무런 이상이 없다고 했다. 스트레스를 받은 일이 있느냐면서 이빨의 신경이 뇌와 연결되어 있어 신경성으로 이가 아플 수도 있다고 했다. 나는 며칠간 악몽에 시달렸지만 어금니의 통증은 금세 사라졌고 그 사건에 대해서도 조금씩 무뎌졌다.

내가 여섯 살이 되었을 때 엄마가 달뜬 얼굴로 들어와 말했다.

"엄마 아르바이트할 거야. 남대문에서 새벽에 옷 파는 건데 너희들 잘 때 나가서 일하고 아침에 들어올 거야. 다 컸으니까 네가 인정이 잘 보살펴 줘야 해. 알았지?"

아직 어린 동생 때문에 엄마는 낮이나 저녁이 아닌 새벽

아르바이트를 택했다. 아빠가 사우디 중동 건설 현장에서 일
한 지 2년 만의 일이었다.

어느 날부터 엄마의 아르바이트는 사업이 되었다. 엄마는
대출을 받아 점포를 샀다. 엄마의 사업은 날이 갈수록 번창했
다. 내가 일곱 살이 되었을 무렵 아빠가 귀국했지만 엄마는 이
미 예전의 엄마가 아니었다. 엄마는 아빠가 버는 것보다 훨씬
많은 돈을 벌었으므로 일을 그만둘 생각이 없었다. 여자라고
원하는 만큼 공부하지 못했던 엄마는 딸들만큼은 외국 유학
을 보내고 싶었다. 중학교 때 혼자 서울에 올라와 중고등학교
를 마친 엄마는 이재에 밝았다. 같은 층에 들어선 점포 중 엄
마의 옷가게가 가장 장사가 잘 되었다. 엄마가 가장 돈을 많
이 번 때는 1990년부터 1994년까지였다. 옷을 팔아 돈을 번
것이 아니라 상품을 소개하고 수수료를 받는 일을 통해서였
다. 사교적이고 여장부다운 구석이 있던 터라 상품 소개를 해
달라는 사람들이 점점 늘어 갔다. 당시에는 일본 보따리 장사
아줌마들이 한국에 많이 들어왔는데 500장, 1000장을 주문
받아 500원씩만 남아도 수수료가 짭짤했다. 엄마의 단골 중
엔 제주도 상인들도 있었다. 원래 가계수표는 잘 안 바꿔 주
었는데 제주도 단골들과는 가계수표로 거래를 했다.

1994년에는 남대문의 패션타운상가에 자리를 얻었는데 엄
마는 장사하는 것보다 선이자를 떼고 돈을 바꿔 주는 속칭

'수표와리깡'이 엄청난 이득을 안겨 준다는 것을 알게 되었다. 주변에서도 가게에는 점원을 두고 이 일을 중점적으로 하라고 부추겼다. 그렇게 버는 돈은 매달 1000만 원, 많게는 2000만 원까지 되었다. 겁이 나서 한두 번 하다가 그만두는 사람들과 다르게 담이 큰 엄마는 날이 갈수록 승승장구했다. 엄마는 가게를 네 개로 늘렸고 직원도 몇 명 두었다. 동대문 시장에 도 진출해 점포를 샀다. 엄마는 낮과 밤이 완전히 뒤바뀐 생 활을 했는데 돈이 늘어 가는 재미에 몸이 힘든 줄도 몰랐다. 집에는 일주일에 두세 번 파출부가 왔고 엄마는 건물을 하나 사서 임대세를 걷고 다녔다. 아빠는 처음에는 집안일에 소홀 한 엄마를 마뜩지 않아 했지만 점차 엄마의 사업 성공을 반 기는 눈치였다. 아빠는 차를 바꾸었고 친구들과 술 먹고 늦게 들어오는 날이 예전보다 늘었다. 여동생과 나도 씀씀이가 늘 었다. 전에는 관심도 없던 유명 메이커 옷을 사 달라고 조르 기도 했다.

그 당시의 엄마는 마치 다른 사람 같았다. 수십 장의 수표 를 손에 쥐고 세는 엄마의 눈에는 옅은 광기마저 엿보였다. 옅은 미열이 있는 것처럼 뺨은 발그레했고 표정은 신들린 사 람처럼 조금 기괴했다. 엄마는 밖에 나갔다가 들어왔을 때 품 에 뛰어드는 우리 자매를 안아 주었지만 예전처럼 길게 안아 주진 않았다. 엄마는 우리를 금세 물리고 스타킹도 벗지 않은 채로 장부를 뒤적이며 계산기를 두들기고 임대세가 늦는 사람에게 전화해서 독촉을 해 댔다. 가끔 고성이 들리기도 했다. 엄마는 석 달간 임대세를 내지 않고 있는 사람에게 소리를 지르다가 나와 눈이 마주쳤다. 엄마는 조금 부드러워진 목소리로 이번 주까지는 꼭 내라고 하고는 전화를 끊었다. 그러고는 나에게 방에 들어가서 공부를 하라고 소리를 질렀다.

감기 몸살이 심한 날에도 엄마는 가게에 나갔다. 엄마가 없으면 직원들이 건성으로 일을 할까 봐서였다.

우리 집에 파출부로 오는 아줌마는 예전부터 알고 지내던 교회 집사님이었다. 엄마는 집사님의 집안 사정이 어려운 것을 알고는 혹시 우리 집 살림을 도와줄 수 있느냐고 조심스레 말을 건넸다. 파출부 일을 한 지 2년 정도 된 집사님은 엄마의 제안을 흔쾌히 받아들였다. 아무래도 아는 사람이니 일이 쉬울 것이라고 생각했던 것 같다.

집사님은 집안 청소는 물론이고 강아지 목욕까지 완벽하게 해 냈다. 청소와 요리는 물론이고 우리들에게 공부하라고 잔소리하는 것까지 빼먹지 않았다. 아빠는 집에 일하러 오는 사람이 있는 것 자체를 불편해해서 집사님이 오는 날에는 늦게 귀가했다. 엄마는 집에 돌아와 집사님에게 밖에서 있었던 이야기를 늘어놓는 것으로 하루의 피로를 풀었다. 엄마는 집사님에게 시장에서 만난 '천박한' 상인들에 대해 이야기하며 때론 눈물을 짓기도 했다. 집사님은 엄마를 위해 기도해 주었고 엄마는 세상에서 자신을 진심으로 걱정해 주는 것은 집사님밖에 없다고 말했다. 엄마는 집사님 같은 사람은 세상에 없다고 나에게 집사님을 엄마처럼 생각하라고 했지만 나는 집사님이 부엌에서 쓰는 행주를 걸레와 같이 세탁기에 돌리는 것을 자주 보았다. 강아지는 별다른 잘못 없이 집사님의 발길에 차였다.

나는 집사님이 일을 하다가 전화 통화하는 것을 종종 들었는데 그녀는 늘 돈에 쪼들리는 것 같았다. 그녀는 돈을 재촉하는 전화에 쩔쩔매다가도 나와 눈이 마주치면 앞니를 드러내며 입술 끝을 올려 샐쭉 웃곤 했다.

항상 미소를 짓고 있을 것만 같던 엄마의 입술에도 경련이 일어나기 시작했다. 가계수표, 당좌수표로 늘 결제가 잘 되었는데 어느 날 모두 펑크가 났다. 알고 보니 그동안 가계수표, 당좌수표를 주던 사람들은 재산이 없는 사람들이었고 어디로 증발했는지조차 알 수 없었다. 때마침 실명제를 실시하고, 은행에서 5000만 원 이상 입금을 하면 세무 조사를 실시한다고 해서 그런 일이 일어난 것 같았다. 결국 수표는 부도가 났다.

엄마가 구치소에 있는 사이 그동안 엄마가 사들인 점포와, 4층짜리 건물, 분당의 상가에 사 놓은 디브이디점, 24평짜리 학원이 모두 경매로 넘어갔다.

그동안 우리 가족은 구치소에 있는 엄마와 다를 바 없는 삶을 살았다. 부도를 막기 위해 엄마가 급하게 돈을 빌린 사람이 한둘이 아니었다. 상당수가 지인과 친척들이라는 것이 다행이라면 다행이었다. 제각각 큰 액수는 아니었지만 그들의 얼굴에 드러난 절망과 분노는 어린 내 마음에 선명히 새겨졌다. 득달같이 몰려온 그들의 모습도 제각각이었다. 사채업자들처럼 폭력을 휘두르진 않았지만 더 깊은 상처를 남겼다. 오랜만에 만난 고모가 반가워 달려간 여동생을 고모는 뿌리쳤다. 우리가 어렸을 때 종종 우리를 무등 태워 주었던 아빠 친구는 우리에게 눈길 한 번 주지 않았다. 누군가는 땅에 주저앉아 울었고 누군가는 안절부절못하며 앉았다 일어섰다를 반복했다. 그들은 모두 어떻게 돈을 갚을 것인가를 물었다.

집사님은 얼굴이 파랗게 질려 아빠를 찾아왔다. 엄마가 집사님에게까지 돈을 빌렸다는 것은 충격이었다. 투명 망토라는 것이 있다면 나는 영혼이라도 팔아 사고 싶었다. 집사님의 얼굴을 보고 싶지 않았다. 아니, 그녀와 눈을 마주치고 싶지 않았다. 나와 여동생을 버리지 보듯 보던 그 눈을 마주하고 싶지 않았다. 집사님은 한 번도 빨간색 립스틱을 바른 적이 없지만 마지막으로 본 그녀의 입술은 검은 모피 코트를 입은 여자의 빨간 입술과 비슷했다. 색깔은 다르지만 같은 모양의 입술. 나는 알 수 있었다. 우리에게는 들리지 않게 뭐라고 중얼거리는 그녀의 입술이 사기꾼이라고 읊조리고 있다는 것을. 나는 쭈그리고 앉아 우리 집 변기를 닦고, 거실을 닦고, 강아지 목욕을 시키던 집사님의 돈을 빌린 엄마가 밉고 싫었다.

구치소에서 100일을 살다 나온 엄마는 또다시 장사를 시작했다. 엄마는 다시 시작하기만 하면 빚을 모두 갚고 재기할 자신이 있었다. 몇 달간 무얼 할까 고민하다가 덤핑 장사를 하기로 했다. 직접 옷을 만드는 도매와 달리 덤핑은 그냥 옷을 싸게 넘기는 일이었다. 칠레 등에 겨울 니트와 무스탕 잠바를 수출했는데 하루에 몇 천 장씩 팔기도 했다. 브라질 교포, 페루 등에서 온 원주민, 우즈베키스탄과 일본의 상인들이 엄마를 찾아왔다. 하지만 2002년에 또다시 신용카드 한도가 줄어서 위기에 봉착했다. 물건 값을 지불하고 공장에 제품 만들 공임도 줘야 하니 카드론, 리볼빙 카드로도 모자라 일수를 쓰고 급기야 급전까지 빌리게 되었다. 급전은 열흘에 이자가 10만 원이나 되는 무서운 돈이었다. 일수를 빌릴 때는 가게 계약서를 가져오라고 하는데 엄마는 옆에 있던 사람이 권하는 대로 그 자리에서 계약서를 써서 줬다. 관례적으로 행해지는 흔한 일이어서 크게 걱정하지 않았다. 하지만 다섯 명의 사채업자들은 이자를 갚지 못했다는 이유로 계약서를 위조했다며 사문서 위조와 사기죄로 엄마를 고소했다. 사문서 위조를 권한 사람이 그들이라는 것은 증명할 방법이 없었다.

2004년, 다시 구치소에 들어간 엄마는 그곳에서 파산 면책이란 것에 대해 알게 되었다. 같은 방에 있던 사람들이 파산 면책을 받아 도중에 풀려났다. 영치금도 받기 힘든 처지였던 엄마는 구치소 안에서도 자진해서 설거지를 했다. 사실 같은 방을 쓰던 절도죄로 들어온 여자에게 눈치가 보여서였다. 한 번씩 돌아가며 간식을 샀는데 엄마는 영치금이 모자라 간식을 살 수 없었다. 그래서 설거지를 하다가 늦게 들이가 가급적 같은 방 사람들과 마주치지 않으려 한 것이다. 구치소 식판은 멜라닌 재질이어서 요령이 있어야 깨끗이 씻을 수 있었다. 절도죄로 들어온 여자는 그곳에서 나갈 때 자신이 쓰던 담요를 엄마에게 건네주었다. 엄마는 설거지를 했다는 이유로 원래 형기보다 일주일을 감량받았다.

엄마는 그곳에서 나오자마자 식당 설거지 아르바이트를 시작했다. 구치소 설거지에 비하면 일도 아니었다. 엄마는 한 달간 아침 저녁으로 설거지를 해서 번 돈으로 법무사를 찾아가 파산 신청을 했다. 엄마는 법무사 사무소에서 나오자마자 다시 영화관 청소부로 취직했다. 그곳에서 두 달간 일한 돈은 두 딸의 파산 신청을 하는 데 들어갔다.

애들이 차 쪽으로 다가오는 것을 보며 팀장이 오늘은 6000원짜리 한식 뷔페에 가야겠다고 한다. 6000원짜리 뷔페도 있느냐고 물었더니 시에서 운영하는 식당이라서 그렇단다.

차에 올라탄 승조가 무표정한 얼굴로 발에 감각이 없다고 한다. 연철은 파스를 붙였는데도 아프다며 병원에 가야겠다고 한다. 중후는 웬일인지 아무 말이 없다. 팀장이 눈치 없이 여름에 할 수 있겠느냐고 묻자 중후가 버럭 화를 낸다.

"여름이고 가을이고 간에 이제 이거 안 해요!"

팀장은 피식 웃으며 다들 그렇게 말했지만 반 년 만에 또 보게 된다고 한다.

중후가 승조에게 대학생이 되면 용돈이 얼마나 필요하느냐고 묻자 승조는 "글쎄." 하더니 핸드폰비까지 다 합쳐서 40~50만 원 정도 든다고 한다.

"아껴 쓰면 20~30이면 되지. 장기 알바 찾아봐. 단기 알바는 원래 다 이렇게 힘들어."

"팀장님, 발목 아파 죽겠어요. 파스 붙이면 이삼 일 괜찮다가 또 아파요."

팀장이 중후의 발목을 툭 치며 어린데 벌써 이럼 어떡하느냐고 하자 중후는 "저 안 어리거든요? 팀장님이 나이 먹은 거죠. 전 젊은 거예요." 하고 말한다. 팀장이 기사님 앞에서 그런 얘기를 하냐고 했더니 자다 깬 기사 아저씨가 "뭐라고? 또 입 나불거려?"라고 한다. 중후가 헐떡이며 언덕을 오르는 귀마개를 보며 혀를 끌끌 찬다.

"저렇게 늦게 오고 남에게 피해 주는 애는 시키면 안 돼요. 정말 물어보고 싶다. 왜 하냐?"

팀장이 얻은 교훈은 없느냐고 묻자 중후는 잠시 생각하더니 단호히 말한다.

"알바는 신중히 구하자."

애들이 우르르 나가자 팀장은 자기도 이직을 해야겠다고 한다. 매해 힘들어 하는 애들을 보니 힘이 빠진다고 한다.

다시 차 안으로 들어온 중후는 언제 그랬냐는 듯 연철과 싱글벙글이다.

"이런 바지 알바할 때나 입지 어떻게 입냐? 입고 나가면 왕따 당해. 우리 동네는 그래."

"근데 어디 보니까 잘사는 동네 애들은 차리고 나가면 바보 취급당한다던데. 추리닝만 입어도 뽀대 난다고."

"그게 강남에 갓 이사 온 애들이 퍼뜨린 얘기야. 가오 상하게 말이지."

중후가 팀장님의 팔짱을 끼며 "근데 솔직히 끝나고도 팀장님과는 연락하고 지내는 게 좋을 것 같아요." 한다. 팀장이 "왜?" 하자 중후는 사회생활에 대한 조언도 해 줄 것 같고 왠지 도움이 될 것 같다고 한다.

"만날 이런 알바만 소개해 줄걸. 노래방 알바 같은 건 어때?"

"패밀리레스토랑 그런 데 가고 싶어요. 이건 완전 농락이에요 농락. 처음엔 서너 시에 끝날 것처럼 하다가 나중엔 매일 5시, 6시. 춥고 배고프니까 이건 거지나 다름없죠. 거지보다 나은 건 돈 받는 거? 이걸 누구에게 소개해요? 다신 안 볼 사람 말고."

다들 고개를 끄덕이며 듣고 있다. 팀장이 그래도 다른 사람들은 몇 년간 하고 있지 않느냐고 하자 중후는 단호히 그건 능력이 없는 거라고 한다. 승조가 20대 중반 되면 할 일이 준다고 한다. 패밀리레스토랑도 어린애들을 좋아한다고. 승조는 그래서 자기도 이 일을 하는 거라고 한다. 중후가 그런데 패밀리레스토랑에선 왜 어린애들을 쓰느냐고 하자 승조는 뭐 그런 걸 묻느냐는 얼굴로 "그럼 넌 다 늙은 애들 얼굴 보면서 밥 먹고 싶냐? 한 살이라도 젊은 얼굴 보면서 밥 먹고 싶지." 하고 말한다.

"지금 고민이에요. 개근상 포기하고 그만두느냐."

중후가 내게 동의의 눈빛을 구해서 나는 힘없이 말한다.

"몇 시간 안 남겨 놓고 고민해? 누난 그냥 할 만해. 이제 익숙해졌어."

"마지막 날에 익숙해지면 뭘해요. 그리고 누난 차 안에 있잖아요. 차가 보디가드잖아요. 차가 보호해 주잖아요!"

"너도 잠바가 보호해 주잖아."

그리고 누나는 뛰어다니지 않으니 춥긴 마찬가지라고 속으로 말한다.

어느새 차는 뷔페 식당 주차장에 멈춰 선다. 6000원짜리 뷔페 식당은 정말 존재했다. 생각보다 음식 가짓수도 많아서 애들은 정신없이 퍼 담는다.

식당에서도 아무도 귀마개 건너편에 앉으려 하지 않는다. 야광 추리닝은 도시락을 싸 왔다고 차 안에서 먹는다고 했다. 나는 음식을 담아 귀마개 건너편에 앉는다.

밥 먹으면서도 차 안에서의 이야기가 이어진다. 팀장이 "그래도 여름에 해. 경력자가 되는 거야." 하자 중후는 목에 칼이 들어와도 안 한다고 한다. 승조가 저쪽 차의 자기 친구가 보낸 핸드폰 문자를 확인하며 "저쪽은 술 먹는대요." 하자 중후는 불쾌한 듯 말한다.

"술 안 마셔요. 술 먹고 열 내라는 거잖아. 내가 무슨 술상무도 아니고."

중후가 평소보다 밥을 적게 먹자 팀장이 더 먹으라고 한다. 중후는 "내가 돼진 줄 아세요?" 하고는 자리에서 일어난다.

"야 더 먹어, 인마."

"일 많이 하라고 그러는 거죠? 팀장님은 사람도 아니에요. 전 기계가 아니라 사람입니다!"

연철도 "윗사람을 잘 만나야 해요. 알바든 뭐든." 하고는 중후를 따라 나가 버린다.

달리는 차 안에서도 중후는 여전히 맥 빠진 상태다.

"기사님, 1단 기어로 좀 천천히 달려요. 저희들 좀 쉬게. 누나 갈 때 이거 한 묶음만 가져가 주세요. 그리고 뿌려 주세요. 쓰레기통에."

연철이 사실 자기는 딱 한 번 한 집에 다섯 개 넣었다고 하자 중후는 연철의 머리를 쓰다듬으며 나에게 가져가서 누나 동네에 뿌려 달라고 한다. 팀장이 춥다 하지 말고 안에 따듯이 입고 오라고 하자 중후는 "속바지 입었어요. 근데 추워요. 옛날 우리 여인네들처럼 수십 개의 속바지를 입었거든요? 근데 추워요."라고 한다. 중후가 팀장 들으란 듯이 목소리를 높여 연철에게 말한다.

"너 아프다고 하는 애를 죽기 직전까지 때려 본 적 있어? 지금 우리가 딱 그 꼴이야."

중후의 말이 신경 쓰이는지 팀장은 한숨을 길게 내쉰다. 한동안 잠잠하던 기사 아저씨가 입을 뗀다.

"너희들은 성공할 거야. 이런 일도 해 봐야지 나중에 사장 되면 아랫사람들을 이해하지."

"그런 위로, 기분만 나빠요."

마지막 하루를 남겨 놓아서인지 아이들은 속 안의 이야기를 마구 뱉어낸다.

개포동과 일원동의 경계 지점을 모두 돌리고서야 일이 끝난다. 수첩이 조금 남았지만 그만 철수하라는 명령이 여팀장으로부터 떨어진다.

차는 개포동에서 다시 상가수첩 회사 근처로 움직인다. 회사에서 5분도 안 떨어진 곳인데 시간이 조금 남았으니 마저 놀리라고 사장이 지시한 모양이다.

승조가 하품을 하며 투덜댄다.

"뭐야, 우리 동네잖아요. 여기 돌리라고요? 아침에 여기 돌리고 개포동 갔음 됐잖아요."

팀장도 투덜댄다.

"나도 오늘 여기 나올 줄 몰랐어. 사장이 가래."

팀장이 차 밖으로 나가 있는 야광 추리닝을 가리키며 기사 아저씨에게 묻는다.

"쟤가 3년째죠?"

"응. 쟨 친구도 있어. 저번에 같이 왔어. 상태는 좀 더 좋은 것 같애, 귀마개보다."

"둘이 사귀는 거 아니야?"

그 말에 다들 웃어 댄다. 야광 추리닝 옆에 선 귀마개는 전에 없이 미소를 짓고 있다.

중후가 자기는 회식 때 회비 만 원 이상이면 빠진다고 하자 연철이 팀장님이 5만 원 낸댔으니까 우리가 만 원씩만 내면 되지 않겠느냐고 한다. 내가 오늘 회식하면 뭘 먹느냐고 묻자 팀장이 내게 "뷔페 갈래요? 고기 뷔페?" 한다. 동주가 "그래요. 한 2만 원씩만 모으면 되지 않을까요?" 한다. 팀장이 소고기 뷔페는 1만 3900원이라고 하자 승조가 기지개를 켜며 "오늘 개처럼 일해서 4만 원 버는데 1만 4000원은 너무하지 않나?"라고 한다. 비교적 말이 없던 승조가 그런 말을 하니 팀장도 조금 놀란 눈치다. 하지만 요 며칠간 우리가 함께한 일을 표현할 말로는 그것보다 더 적합한 말은 아무래도 찾기 어려울 것 같다.

"밥 묵웃나?"

"밥 묵웃나?"

중후가 연철을 따라한다.

"가가 가가?"

"가가 가가? 또 부산 사투리 갈쳐 줘."

"네가 나에게 이렇게 기대. 그럼 머라 하나?"

"비비지 마."

"비비지 마라가 아니라 문대지 마라."

"문대지 마라! 으흐흐흐흐."

왜 그렇게 사투리 연습을 하느냐 물었더니 중후의 대답이 또 가관이다. 나중에 부산 갈 일 있으면 부산에서 아르바이트할 때 써먹을 생각이란다.

팀장이 내리라고 하자 다들 꾸물거리듯 천천히 내린다.

중후가 귀마개랑 자기를 가리키며 "이렇게 둘이 가는 거예요?" 하자 팀장이 고개를 끄덕인다. 중후의 눈이 더 동그래진다. 팀장이 빙그레 웃으며 말한다.

"너 205, 너 204. 마지막 날이라서 특별히 아파트로 깔맞춤한 거야."

한바탕 뛴 애들을 싣고 오르막길을 오른다. 언덕 너머에 거대한 아파트 단지가 있다고 한다. 영화감독과 시간 강사는 둘 다 눈을 붙이고 있고 중후와 연철은 마주보고 종알댄다.

"지금은 5도?"

"4도야."

"그게 그거지."

"난 제일 처음 일한 게 공장에서 겨울에 일한 거였거든. 장갑에 고무 입히는 거. 그거 한 번 하니까 웬만한 건 오케이."

중후가 연철의 손을 들여다보며 "장갑 꼽은 손이네?" 한다. 중후는 내비게이션 말투를 흉내 내며 연철과 연신 장난질이다. 하지만 차가 멈춰 서자 험악한 표정을 지으며 문을 쾅 닫고 나가기 전에 한마디 한다.

"귀마개가 회식 가면 난 안 갈 거예요. 아셨죠?"

아까 함께 돌릴 때 귀마개가 중후를 여간 힘들게 한 게 아닌 모양이다.

다시 들어온 중후는 남은 시간 동안 자기는 짝이 없어도 되니 혼자서 하겠다고 한다. 기사 아저씨가 뒤돌아보며 중후에게 혼자 하는데 안 힘드냐고 묻자 중후는 진지하게 답한다.

"아니요, 원래 인간은 혼자니까요."

연철이 "난 혼자가 더 힘들던데." 하자 팀장은 "멋진데. 쿨한데." 하며 중후를 치켜세운다.

"강남 스타일은 원래 그래요. 혼자임을 즐기는 거죠."

"그래? 그럼 즐기면 나도 이제부터 강남 스타일인 거야? 많이 가져가. 한 번에 끝내게."

"한 방에요?"

기사 아저씨가 고개를 뒤로 돌려 말한다.

"강남은 내가 결제할게, 하는 거잖아. 오늘 회식 결제해."

"그런 애들은 원조 강남 스타일이 아니에요. 졸부의 자식이죠. 아빠 잘 만난 애들."

연철이 뒤에 몇 개 남았느냐고 하자 승조가 여섯 개라고 한다. 물론 여섯 묶음을 말하는 것이다. 팀장이 셋이 같이 가면 되겠다고 하자 중후는 "우리가 여자예요? 같이 가게." 한다.

"넌 오줌 눌 때도 같이 가잖아."

"뭔 소리야? 그땐 좀 무서워서 그랬지. 어두컴컴해서."

"어두컴컴하면 귀신이 니 고추 잘라먹나?"

"이 저질! 누나도 있는데."

연철이 "누난 여자가 아니잖아. 열 살 많으면 여자가 아니야."라고 한다. 나는 눈 앞에서 소변을 봐도 돌아서서 안 보겠다고 안심을 시킨다.

기사 아저씨가 주변을 둘러보더니 여기도 안 본 사이에 많이 바뀌었다며 요즘은 뭐든 빨리 바뀐다고 한다. 중후가 뜬금없이 "어디 책에서 봤는데 남자는 소모품이고 여자는 전리품이래요." 한다. 팀장도 "진짜 우리는 소모품이야."라며 동의한다. 기사 아저씨가 "우리 중후는 그걸 어떻게 벌써 안다냐? 퇴직하면 완전 찬밥이야. 밥도 밖에 나가서 먹어야 한다니까." 하자 중후가 "할머니가 밥 안 해 주세요?" 한다.

"너 이 녀석, 나한텐 아저씨라고 하고선 왜 내 마누라한텐 할머니라고 해?"

속마음을 들킨 중후는 당황하며 말실수였다고 한참 동안 애교를 떨며 만회하려 애쓴다.

두 묶음이 남았다. 나는 잠시 손을 멈춘다. 아직 담아 놓은 수첩이 한 무더기 남아서 서두를 이유는 없다. 팀장이 왜 안 하느냐고 묻는다. 나는 한숨을 작게 쉬었다가 답한다.

"음미하면서 하려구요. 다음번 여름에 와서 인수인계할게요."

팀장은 "인주 씨 역시 독특해." 하더니 마지막 감시를 하러 밖으로 나간다.

사무실로 향하는 차 안에서 팀장은 중후에게 개근상은 기대하지 말라고 한다. 중후가 뭘 주는지 아느냐고 묻자 팀장은 자기도 잘 모른다고 한다. 중후가 "돈이죠?" 하자 팀장은 "나도 정확힌 몰라. 하지만 많진 않은 거 같아." 한다.

"돈이 아니면 사기예요. 설마 하니 양말 같은 거 넣어 주는 건 아니겠죠?"

중후가 크게 실망할 것 같아 안쓰러운 마음에 나도 한마디 한다.

"세상에 정해진 돈 이상을 주는 데는 별로 없어."

"그런 게 어딨어요. 남자 입이 왜 그렇게 가벼워. 잘라 버려야겠네. 졸라 열 받네 정말. 어리다고 농락하는 거예요?"

"안 주는 건 아닌데 적다는 거지."

"그 자리에서 땡깡 피워야지. 울고불고 그 자리에서 진상 부려야지. 돈으로 달라고. 전 안 주면 땡깡 부리거든요. 아주 꼬장 부려요. 사장님 감사합니다. 그러다가도 돈 안 주면 그 앞에서 욕해요. 씨발, 좆나 열 받네. 이렇게요. 이게 세상 사는 법이죠."

나는 월급을 안 주는 곳은 있어도 알바비를 떼먹는 곳은 그렇게 많지 않을 거라고 위로 아닌 위로를 한다. 그러자 중후는 "그래요? 그럼 평생 알바만 해야지." 한다. 승조가 자기가 아는 형이 옛날에 어디 다니다가 관뒀는데 아직도 두 달치 못 받았고 지금은 망해서 사장이 잠적했다고 하자 중후는 "바로바로 받아야죠. 무슨 수를 써서든. 최소한 사장 핸드폰이라도 뺏어 와야죠. 돈 주면 준다고." 한다. 중후가 핸드폰을 낚아채는 시늉을 하며 어깨를 들어 올렸는데 얼굴을 찡그리며 금세 내려놓는다.

"아, 이깨 아프다. 어깨가 이상하게 아파요. 어떤 땐 뭘 해도 안 아파요. 근데 어떤 땐 여기 이상이 안 올라가요. 계속 아프면 침이라도 맞고 병원이라도 가겠는데 가끔 아프니까 골치예요. 병원 갔는데 안 아프면 어떡해요."

나는 나 나름의 조언을 해 준다.

"자격증을 따. 안 그러면 이렇게 몸으로 뛰는 거 해야 해. 카페 이런 데는 20대 중반만 돼도 안 쓰려 하더라. 그 바닥에선 스물다섯이 늙은 거야."

"제 친구는 수중 안전 요원 한대요. 방학 때마다. 나도 그거 따야지. 근데 누나, 귀마개는 회식 간대요? 나 그럼 싫은데."

나는 그와 몇 마디 나누어 본 것으로 판단해서 그 사람이 불우한 환경에서 자란 것 같더라고 말했더니 조용히 앉아 있던 동주가 말한다.

"그런 게 변명이 되나요? 다 자기 기준에선 불우한 환경에서 자랐어요."

며칠 전에 귀마개는 뜬금없이 나에게 자기 누나를 닮았다고 했다. 누나는 결혼했느냐고 물으니 어려서 헤어졌는데 어디에 있는지 모른다고 했다.

팀장이 차를 세우고 말한다.

"이 아파트 중후가 세 동 나머지는 두 동씩 가. 조금씩만 들고 가. 마지막이니까."

"안 되죠. 그럼 저 아파트 주민들은 굶어 죽으면 어떡해요?"

"상가수첩 없다고 죽냐?"

귀마개가 귀마개 위로 손을 올려 귀를 부비며 차 안에 들어와 엉거주춤한 자세로 선다. 팀장이 귀마개에게 네 가방이냐고 묻자 귀마개는 빼앗기지 않으려는 듯 자기 가방을 그러쥐며 "네. 제가 담을래요." 한다.

"네가 많이 담을까 봐 내가 담아 주는 거야."

"그래요? 팀장님이 많이 담으실까 봐서요."

팀장이 귀마개 가방 안의 비닐을 모조리 빼낸 후 수첩을 잔뜩 넣으며 말한다.

"남으면 가져와. 버리지 말고."

팀장이 귀마개의 지도에 형광펜으로 구역을 칠해 주자 귀마개는 밖으로 나간다. 팀장은 "그어 주면 뭘 해." 하고 중얼거린다.

중후가 잠시 후 들어와 향수 냄새가 나는지 코앞에서 손짓을 하며 말한다.

"저 10, 11동이죠? 몰래 들어갈 거 없죠? 경비도 없던데. 이제야 하는 소리지만 그게 참 싫었어요. 도둑도 아니고. 참, 누나, 귀마개한테 가자고 했어요?"

"아직. 그게 물어보기가 좀 그러네. 정말 간다고 할까 봐."

중후가 차 안으로 들어오며 일부러 뛰어 올라갔다 왔다고 한다. 회식 때 많이 먹으려고 칼로리를 소비했다는 것이다. 연철이 "이 자식 보이는 데만 슬쩍슬쩍 그런 거 잘해요." 하자 중후가 연철의 머리를 툭 치며 "멘소래담 냄새다. 귀마개 왔다 갔죠?" 한다. 나는 내가 손목이 시큰거려서 바른 거라고 한다.

월남치마를 입은 아줌마가 지나가자 중후가 고개를 숙이며 작게 말한다.

"저 아줌마 때문에 죽을 뻔했어요. 왜 돌리냐고 그래서요."

"근데 왜 책이 안 남았냐?"

"무슨 말이세요. 팀장님이 세지 않고 막 줘서 그렇죠."

첫날 팀장이 무심코 왜 책이 남았느냐고 했을 때 미안한 표정을 짓던 중후가 생각난다. 초반에는 왜 남았느냐고 묻던 팀장이 요 며칠간은 왜 남지 않았느냐고 묻는다. 모두들 책을 안 돌리고 남겨 오는 것보다 한 집에 몰아 넣고 오는 것이 눈

속임이 쉽다는 것을 깨우친 모양이다. 것도 아니면 어리바리한 팀장이 애초에 제대로 헤아려서 주지 않았거나.

느릿느릿 차로 다가온 귀마개는 이번에도 표시해 준 곳에 넣지 못했는지 가방에 수첩이 잔뜩 남았다. 팀장은 그에게 됐으니 타라고 한다. 귀마개는 기다렸다는 듯이 차에 올라탄다. 팀장이 조금 두려워하는 눈빛으로 회식하러 안 갈 거냐고 묻는다.

"네, 죄송합니다. 바로 가야죠."

귀마개는 정말로 죄송한 눈치다. 내가 집에 가면 뭐하냐고 물으니 "그냥 이것저것 좀 볼 것도 있고."라고 한다. 내가 "영화요?" 하고 물으니 손톱을 깨물며 말한다.

"아니요, 영화는 아니고."

"그럼 책?"

"전 책 안 봐요."

중후가 살살거리며 "안 가도 돼요. 이제 끝났는데 눈치 볼 것도 없고." 하고 말한다. 팀장이 "친구 만나냐?" 했더니 귀마개는 코를 벌름거리며 "아니요. 만난 지 되게 오래됐어요. 친구들은 기억이 안 나요." 한다. 중후와 연철은 뒤쪽에서 입을 막고 킥킥댄다. 팀장이 귀마개에게 요즘 술은 안 먹냐고 물으니 귀마개는 "가끔 와인 정도. 소주는 안 해요." 한다. 와인이란 말이 웃겼는지 뒤에서 중후와 연철은 웃음을 간신히 참다가 서로의 얼굴을 보고는 또 웃음을 터뜨린다. 팀장이 중후에게 내일 뭘 하냐고 묻자 중후는 승조 형이 따로 일을 구해두어서 5일 뒤부터 연철까지 셋이 함께 택배상하차 알바를 하기로 했다고 한다. 팀장이 "그거 힘들다던데." 하자 중후는 상가수첩도 돌렸는데 뭘 못하겠느냐고 비아냥댄다.

차가 멈춰 서자 승조가 주택을 올려다보며 말한다.

"호화로운 집이구마. 왠지 가기 싫다. 이런 집은 성가수첩 필요 없을 것 같아."

연철도 그 말에 동의하며 입주 요리사가 있을 것 같다고 한다.

팀장이 중후에게 가방에 책이 남았느냐고 묻자 중후는 두 권 남았다고 답한다. 중후가 자세를 바로잡으며 말한다.

"우리 오늘 어차피 시간도 남는데 수첩 한 사람에게 몰아주기 할까요? 나만 아니면 되잖아요. 누나도 끼기!"

나는 불쌍해 보이는 얼굴로 누나는 지도 볼 줄도 모르고 생각보다 몸이 약하다고 말한다.

"누나 이거 하면 살 빠져요. 여자들은 살 빼는 게 제일 중요하잖아요. 팀장님도, 기사님도 해요."

아무도 동의하지 않았지만 중후는 해사한 미소를 지으며 "세 명 뽑기, 콜?" 한다. 사다리 타기로 나와 귀마개, 기사 아저씨가 뽑혔다. 하지만 팀장은 큰 소리로 "시끄러워, 어서 나가!" 하고 소리치고 아이들은 자동적인 동작으로 문밖으로 튕겨 나간다.

"이게 무슨 게임인 줄 알아? 알바생은 시키는 일 하는 거야."

중후는 자기가 다 하겠다며 승조와 연철에게 차 안으로 들어가라고 하더니 바람처럼 수첩을 돌리고 돌아온다. 차 안에 들어온 중후의 팔다리를 연철이 주물러 주는데 웬일인지 중후는 입을 꾹 다물고 스마트폰만 들여다본다. 기사 아저씨가 중후를 빤히 보더니 "다음에도 중후 와라." 한다. 중후는 기사님은 보고 싶은데 상가수첩이 보기 싫다고 한다. 중후는 금세 화제를 바꾼다.

"형, 군대엔 이층침대 없어요?"

"최전방엔 있대."

"동반 입대하면 최전방에 가잖아요. 후방으로."

"형도 동반 입대했어."

"진짜요? 어땠어요?"

"이렇게 동기잖아, 세 명이? 얘가 잘못하면 다 혼나."

"그럼 생각해 봐야겠다. 전 똑똑해서 그럴 일 없지만 내 친구들은 다 똑똑하진 않거든요."

"너는 군대 가면 엄청 사랑받겠다. 그리고 많이 맞을 거야."

아직도 남았는지 차는 한 번 더 멈춰 선다.

수첩을 한바탕 돌리고 차가 이동하는 5분여 시간 동안 아이들은 꾸벅꾸벅 존다.

"건널목에서 한 블록 더 가시고. 네, 여기요."

팀장이 아이들에게 손짓을 하자 다섯 개의 머리통이 지도를 내려다본다.

"여기 여기 여기 여기야. 시작!"

그 '여기 여기 여기 여기'를 다 돌고 나서야 길고 긴 상가 수첩 로드무비가 막을 내린다. 어제 밤늦게까지 난을 쳐서일까. 지도 위로 그어진 형광색 선이 마치 난을 그린 것 같다.

사무실로 가는 차 안에서 모두들 완전히 곯아떨어진다. 중후만은 자지 않고 연신 '개근상'을 외치며 기대로 가득한 표정을 짓는다. 어느새 조수석으로 옮겨 탄 팀장이 뒤를 돌아보며 너무 기대하지 말라고 또 한 번 말한다.

"기대하지 말긴요. 사장님이 얼마나 멋진 분인데 설마 쥐꼬리만큼 주겠어요?"

어휴, 저 순진한 녀석. 입으로는 세상 다 아는 척하더니만. 내가 알기론 세상에 알바생들을 대접해 주는 사장은 없다.

"으쌰 으쌰, 저 혼자 개근이니까 오늘 회식 때 좀 더 낼게요."

미소식당 간판이 걸린 사무실 앞에 차가 도착한다. 온천수도 얼려 버릴 듯한 추위는 여전하다. 사장은 우르르 몰려 들어가는 우리를 힐끗 보더니 한 명 한 명에게 수고했다고 말하며 봉투를 건넨다. 기대에 가득 찬 중후는 "감사합니다!" 하며 얼른 자기 봉투를 사장의 손에서 낚아채 밖으로 나가 돈을 센다.

"뭐야! 겨우 5000원?"

길가의 쓰레기통을 발로 세게 걷어찬 중후는 한동안 발을 손에 쥐고 있어야 했다.

다 함께 고기 뷔페가 있다는 봉천역으로 걸어간다. 상가가 죽 늘어선 거리를 걷는데 연철이 말한다.

"와, 이상해. 자꾸만 들어가야 할 것 같아. 들어가서 수첩 쳐야 할 것 같지 않냐?"

팀장이 그럼 가서 치라고 하자 중후와 연철이 동시에 "팀장님이 쳐요!" 한다.

"그래도 가만히 앉아 있는 알바보다는 덜 힘들걸. 마네킹 알바 같은 거 되게 힘들대."

"누난 우리 맘 몰라요. 우린 완전 뱅뱅이 돌았어요. 완전 직업병이에요. 누난 한곳에 앉아 있었으니 알 수 없어."

알 수 없긴. 나도 머릿속은 시공간을 뱅뱅 돌았다. 내가 나는 봉지만 보면 뭘 집어넣고 싶다고 하자 중후가 내게 월급봉투를 내밀며 그럼 여기 한 장만 넣어 달라고 한다.

덜 추운 날만 나왔던 현서는 뒤풀이 자리에는 시간 맞춰 나타난다. 중후는 현서에게 눈을 가늘게 뜨며 이 일 하면서 널 다시 봤다고 말한다.

고기를 먹으며 여전히 중후는 입을 놀린다.

"뷔페는 부패한 고기를 파나 봐. 별로 맛이 없다."

팀장이 말한다.

"부패하긴. 너무 많이 먹어 그런 거지. 좀 쉬면서 먹어라."

하긴 내 입에도 고기 맛이 영 별로다. 중후가 "어떻게 쉬어요. 돈이 얼만데. 만 원이면 두 시간 수첩 돌리는 시간인데." 하자 그 말을 들은 현서도 "어, 정말?" 하더니 고기를 마구 입에 쑤셔 넣는다. 중후가 생각났다는 듯이 연철에게 "들어봐." 하더니 자신이 그동안 수첩 돌리며 지었다는 '스토리'를 읊어 댄다.

"불굴의 가수 김연철, 제1집 음반 「상가수첩」 발매."

연철이 "연수라니까." 하자 중후는 수정하고 다시 시작한다.

"그래, 김연수. 김연수는 부산의 바닷가 마을에서 태어나 어려서부터 동네 깡패들 위에 군림했다. 어떻게든 주먹은 쓰지 않으려 했으나 하나밖에 없는 여동생 때문에 어쩔 수 없었다. 김연수의 여동생 김연화는 김연아 뺨치는 미인이다. 다섯 살 때부터 동네 중고생들의 가슴을 두근대게 하더니 고등학교에 들어가자 김연수의 경호가 아니면 학교에 다닐 수 없을 정도에 이른다. 결국 김연수는 연화를 탐내던 학교 선배와 싸움이 붙어 학교를 자퇴하게 된다. 하지만 바닷가 마을의 유명 싸움꾼 김연수를 찾아온 이가 있었으니 그가 바로 전직 상가수첩 팀장 출신 매니저 김철수다. 김철수는 상가수첩을 돌리며 김연수가 흥얼거리던 노래를 듣고 김연수의 재능을 눈여겨본 것이다. 김연수는 산속에 들어가 똥물을 마시며 2년간 가수 수업을 한 결과 「상가수첩」이라는 대단한 음반을 세상에 선보이게 되었다. 어때?"

"난 싸움 못 하는데."

"바보야, 그런 건 임기응변으로 넘겨. 쇼프로 같은 데서 싸움 기술 같은 거 보여 달라고 하면 한 사람의 인생을 망친 이후로 주먹을 쓰지 않는다고 해."

"부산이 바닷가 마을이냐? 엄청난 대도시다. 이 자슥아."

"그건 시적인 분위기를 내려고 한 거지."

"그리고 내 여동생 무지 못생겼다."

중후는 얼굴을 찌푸리더니 "정말? 게임 오버, 방금 한 말 다 취소." 하더니 고기를 석 점이나 입에 욱여넣는다. 팀장은 중후가 여동생을 소개받으려고 수작 부린 거라고 한다.

중후가 팀장에게 "아 참, 팀장님. 궁금한 게 있는데요. 왜 귀마개는 그렇게 봐준 거예요? 다른 애들은 잘랐잖아요. 왜 걘 안 잘라요?" 하고 묻는다.

"걘 오래 봐 왔잖아. 걔가 너만 할 때부터 했으니까 거의 10년이야. 10년 내내 매번 온 건 아니지만 1년에 한 번은 꼭 왔어. 10년이면 강산도 변한다는데 걘 그대로야."

모두들 와르르 웃는다. 그 웃음은 10년간 일한 베테랑이 어떻게 그렇게 초짜 같을 수 있는가 하는 의미인 것 같다. 중후가 뭔가 더 깊은 의미가 있는 거 아니냐고 묻는다.

"깊은 의미는 무슨. 다른 애들은 이거 말고 할 일 있겠지만 그놈은 없을 것 같으니까 못 자르는 거지."

"팀장님이 무슨 예수예요? 걔 하나 살리자고 나머지 우리 들을 이렇게 힘들게 하고."

"그리고 걔가 너보다 몇 살이나 더 먹었는데 걔가 뭐냐? 형이지. 그리고 걔는 군대에서도 살아남았잖아. 넌 군대나 갔다 와서 걔한테 걔라고 해."

중후는 눈을 가늘게 뜨며 혹시 귀마개가 낙하산이 아니냐고, 그러고 보니 눈매가 닮았다며 팀장님 형이나 동생이 아니냐고 한다. 팀장은 어디가 닮았느냐고 따지다가 중후의 머리를 한 대 후려친다.

귀마개에 대한 이야기를 끝으로 회식은 끝난다. 중후의 귀마개 성대모사는 지난 며칠간의 고된 노동을 잊게 하기 충분할 정도로 완벽했다.

모두에게 인사하고 전철에 올라타자마자 오랜 기억 속의
지하실로 들어간다. 문신이 옷 사이로 드러나는 덩치들이 몇
서 있는 방. 엄마는 나를 데리고 그들 앞으로 간다. 유리 테이
블을 사이에 두고 얼굴에 두세 개의 흉터가 난 무표정한 남
자를 마주본다. 그가 내 앞으로 종이를 내민다. 그의 손가락
이 내가 적어야 할 것들을 가리킨다. 내 손가락은 마법에라도
걸린 듯 하나 둘, 칸을 채워 넣는다. 그는 내게 한마디 했을
뿐이다.

"효녀구나."

옆에 선 덩치가 거들었다.

"넌 아무 걱정할 것 없어. 사인만 하면 돼. 네 이름으로 빌
리는 거지만 네 엄마가 갚는 거니까. 넌 그냥 이름만 빌려 주
는 거야."

나는 그가 하는 말은 하나도 들리지 않고 그의 목덜미에
선명하게 그어진 기다란 칼자국만 눈에 들어올 뿐이었다. 엄
마는 정신이 반쯤 나간 듯했다. "감사합니다. 사장님."을 연발
하는 엄마.

"이삼 년 새벽 장사 하면 다 갚을 수 있어요."

호성과 함께 먹을 치킨을 사서 집에 들어섰는데 고요한 정
적이 몰아친다. 이상한 낌새에 후다닥 호성의 방으로 간다. 호

성의 방 한구석에 놓여 있던 트렁크 가방도 없어졌고 빨랫줄에 널어 둔 호성의 옷 몇 벌도 보이지 않는다. 책상 위에 놓여 있던 책들도 함께 사라졌다. 가슴이 심하게 뛴다. 어디로 간 거지? 오래전에 홀로 남겨진 두려움이 다시 휘몰아친다. 다리에 힘이 풀려 주저앉아 호성에게 전화를 걸었는데 "지금 거신 번호는 없는 번호입니다."라는 멘트가 이어진다. 숨을 몰아쉰다. 대체 어떻게 된 거지? 왜 전화번호를 바꾼 거지? 설마……?

쿵쿵쾅쾅 쿵쾅쿵쾅. 나도 모르게 벌떡 몸을 일으키며 귀를 틀어막는다. 이마에 식은땀이 흐른다. 무슨 소리지? 십수 년 전 자정이 되면 들렸던 문 두드리는 소리가 아닌가? 오래전의 일을 몸은 기억하는지 공포가 전해지면서 온몸에 소름이 끼친다. 그 시절 나는 문 두드리는 소리와 비슷한 소리만 들려도 저절로 몸을 움츠리며 책상 밑으로 숨어들곤 했다. 의도치 않아도 저절로 몸이 움직여져 애를 먹었다. 사채업자를 피해 집에서 도망쳐 고시원으로 거처를 옮겼을 때도 고시원 총무의 문 두드리는 소리에 소스라치게 놀라며 귀를 틀어막았다. 그 버릇이 완전히 사라졌다고 생각했는데 내 몸은 여전히 그때를 기억하고 있는 모양이다.

발꿈치를 들어 현관으로 다가가 어안렌즈로 밖을 내다본다. 이 무도 없다 이젠 환청이 다 들리는가 싶어서 찬물을 들이켜는데 다시 문 두드리는 소리가 들린다.

"아무도 없어? 새댁!"

안도의 한숨을 내쉬며 문을 열자 주인 아주머니가 수도세를 내라고 하고는 위로 올라간다.

소주를 찾아 한 잔 두 잔 마시기 시작한다. 한 병을 다 비웠을 때쯤 모르는 번호가 액정 화면 위로 떠오른다. 호성의 목소리가 들리자마자 나는 한껏 소리를 지르며 지금 대체 어디냐고 묻는다. 호성은 놀랐는지 대체 왜 그러냐며, 자기 집에 와 있다고 한다. 결국 아버지가 알게 되었다고, 당장 본가로 들어오라고 해서 일단은 간단히 짐을 챙겨 왔다고 한다. 호성은 어조를 바꾸어 말한다.

"참, 좋은 소식 있어. 최종 합격 소식 들었어. 다음 주부터 출근이야."

축하한다는 내 말에 그는 조금만 참으라고, 당분간 집에서 출퇴근하며 아버지를 설득해 보겠다고 한다.

"대체 전화번호는 왜 바꾼 건데?"

"전화번호? 모르는 전화가 자꾸 와서. 취직도 했으니 다시 시작하는 마음도 가질 겸."

호성은 좀 허전하겠지만 일주일에 한 번은 들를 테니 당분간 혼자 지내라고 한다.

며칠간 악몽에 시달린다. 누군가의 멀어져 가는 뒷모습이 보인다. 나는 목이 끊어져라 소리를 지르는데 상대는 듣지 못하는지 작은 점이 될 때까지 뒤돌아보지 않는다.

어떤 밤에는 무인도에 홀로 표류되었다. 과일과 물고기, 살아가는 데 필요한 모든 것이 갖추어진 섬이지만 나는 로봇처럼 무표정하다. 웃음도 눈물도 없는 얼굴은 가면처럼 보여 어딘가 섬뜩하다. 나는 꿈에서 깨어나 중얼거렸다. 내가 두려워하는 건 결국 홀로 남겨지는 것일까? 나는 결국 버림받는 것에 익숙해져야 하는 건가? 내가 떠났건 떠나보냈건 결국 버림받은 건 나였다.

지난 몇 년간의 시간이 눈앞을 스쳐 간다. 다시는 그 누구도 사랑하지 못할 것 같았던 그 여름, 호성과 빠르게 가까워졌고, 오래도록 함께 있고 싶다는 소박한 바람이 생겼다. 내가 바란 건 단 하나, 사회적인 명예도, 호화로운 집도, 무소불위의 권력도 아니었다. 보통 사람처럼 사랑하고 사랑받으며 살아가는 것. 누군가에게 쫓기지 않고 아무에게도 멸시받지 않고, 내가 하지 않은 무엇인가로 인해 비난받지 않는 것. 누군가를 좋아하게 되었을 때 먼저 헤어질 것을 생각하지 않아도 되는 것. 누군가가 좋아지는 것을 겁내지 않아도 되는 것. 호성과 만나면서 나는 또 한 번의 소망을 품었다. 결국 헛된 소망이었던 걸까.

이번에 호성과 헤어진다면 나는 다시는 누군가를 사랑하

지 못할 것 같다. 평생 혼자서 살아갈 수 있을까?

화구통에 든 종이를 꺼내 바닥에 깔고 먹을 갈기 시작한다. 그림을 다섯 장째 그릴 때쯤엔 그림이 있어 다행이라는 생각이 든다. 평생 그림을 그리며 혼자 사는 것도 그리 나쁘진 않겠다는 생각이 든다. 나는 밤새 100장의 그림을 그리고선 잠든다.

며칠 지나지 않아 호성으로부터 반가운 전화가 걸려온다. 호성은 아버지가 나를 한번 보자고 했다면서 내일 집에 오라고 한다. 가장 좋은 옷을 입고 오라고 했다가 세상에서 가장 예쁜 여자니까 어떤 옷을 입어도 상관없다고 한다. 호성은 잔뜩 상기되어 있다. 큰 기대는 하지 말자고 스스로에게 되뇌면서도 나는 가장 멋진 옷을 찾느라 오래도록 옷장을 뒤진다.

호성의 기대처럼 호성의 아버지가 나를 예쁘게 봐주지는 않았다. 그는 오히려 아들에게서 나를 떼어 내려고 작정한 듯 보인다. 가정환경을 하나하나 캐묻고, 나의 가족을 은근히 멸시한다. 집안이 망했다고? 이유가 뭔가? 어머니가 사업을 하시다가…… 사채를 잘못 쓰시는 바람에…… 여동생은 아직 결혼 전이라고? 네. 아직 결혼 안 했습니다. 못 한 게 아니고? 나는 몇 년 전 그랬던 것처럼 자리에서 벌떡 일어나 나가고 싶은 충동을 애써 짓누른다. 나는 순간적인 분노로 호성을 놓치고 싶지 않다. 비굴해 보이더라도 그의 부모님의 눈에 들고 싶다.

터벅터벅 걷는 나를 호성이 뒤따라 나온다. 호성의 얼굴 위로 수년 전, 스포츠머리를 했던 한 남자의 얼굴이 겹쳐진다. 나는 가족의 언어폭력으로부터 나를 지켜 주지 못한 그를 호되게 비난했다. 하지만 이번엔 그럴 힘조차 없다. 나는 순간적인 분노로 사랑을 놓치고 싶지 않다. 무인도에 홀로 남고 싶지 않다.

혼자 갈 수 있으니 들어가 보라고 하자 호성이 나를 끌어안으며 말한다.

"미안해. 아버지 원래 저런 분이야. 하지만 난 절대 포기 안 해. 난 네가 아니면 안 돼. 그러니까 제발 나 버리지 마."

호성이 어린아이처럼 울고 있다. 택시에 올라타려는 내게 호성이 말한다.

"저번처럼 사라지기만 해 봐. 지구 끝까지라도 가서 찾아낼 테니까."

그 말에 피식 웃음이 난다. 택시에 올라 들어가라고 손을 내저으며 "그렇게 말하니까 꼭 빚쟁이 같아."라고 작게 중얼거린다. 그러고 보니 십수 년간 나를 쫓아다닌 것이 비단 빚쟁이만은 아니었던 모양이다. 길가에 뒹구는 검은 눈을 보니 괜스레 눈물이 난다.

집에 가는 길에 마트에 들러 박스 일곱 개를 얻는다. 집에 돌아오자마자 짐을 싼다. 이번이 마지막이길 바라면서. 다시는 짐을 쌀 일이 없길 바라면서. 수년 전 그랬던 것처럼.

수년 전, 나는 집에 돌아오자마자 짐을 싸, 지하철로 서너 정거장이면 갈 수 있는 곳으로 거처를 옮겼다. 밤늦게 여기저기 전화를 해서 어렵게 용달차를 구해 계약 없이도 들어갈 수 있는 고시원에 짐을 부렸다. 다음 날 일어나자마자 전화번호를 바꾸고 어제까지 사랑했던 남자를 머릿속에서 지웠다. 부동산으로 가서 다시 집을 구하고 아무렇지도 않게 아르바이트를 하고 삶을 이어 나갔다. 십수 년간 누구보다 자신 있는 건 단 하나, 도망치는 거였다. 아무도 찾지 못하는 곳에 꽁꽁 숨기. 나를 애타게 찾고 있는 누군가를 빨리 잊기. 머릿속에 지우개가 하나 있는지 대부분 빨리 잊었지만 그렇게 지운 사람들은 생각지도 못한 곳에서 불쑥 튀어나왔다. 수년이 지나서 내가 버린 그 사람과 비슷한 머리를 한 사람을 보고 소스라치게 놀라기도 하고, 꿈속에서 한 손에 채찍을 든 누군가에게 죽을 정도로 맞다가 얼굴을 들었는데 나를 내려다보고 있는 낯익은 얼굴과 맞딱뜨리곤 했다.

호성도 결국 그렇게 지워질 것이다. 가장 오랫동안 만났고 가장 많이 사랑했던 사람이지만 결국엔 지나가는 사람이 될 것이다. 박스를 직육면체로 만들어 청색 테이프로 붙이고 짐을 하나씩 넣는다. 생각처럼 속도가 붙지 않는다. 몇 벌 되지 않는 옷과 신발, 가방을 세 개의 박스에 넣고, 몇 권 되지 않는 책을 하나의 박스에 넣고, 이런저런 잡동사니들을 두 개의 박스에 싸자 박스가 하나 남았다. 그곳에는 호성과의 추억이 담긴 물건들을 담는다. 쓰레기봉투에 담아 텅 빈 방 한구석에 세워 두었던 수년 전과는 다른 점이다. 이 물건들을 지금 당장은 버릴 자신이 없다. 일단 가져가서 나중에 버리기로 한다. 늘 도망칠 준비를 해야 했던 나는 짐을 박스 여섯 개 이상으로 늘리지 않았다. 한 개 더 늘어난 박스는 호성과의 추억의 무게다.

새벽 1시. 텅 빈 방에서 소주를 마시는데 문이 벌컥 열린다.

"이럴 줄 알았지."

추리닝 차림의 호성이 서 있다. 호성의 눈에 눈물이 조금 차오른다. 호성이 내가 마시던 소주를 병째 들이켠 후 말한다.

"넌 먼저 버리면 그게 버린 거라고 생각하는 모양인데 그게 아니란 거 알잖아. 사채업자들도 10년 넘게 쫓아다니는데 네가 도망가면 난 20년은 너 찾아다닐 거야."

텅 빈 방 안에 호성의 목소리가 퍼져 나간다.

"다른 사람도 아니고 그놈들에게 질 순 없지."

호성은 내가 싼 박스를 풀어 짐을 제자리에 놓는다. 세 개의 박스를 풀 때쯤 내 눈에서 눈물이 흘러내린다.

헛된 희망을 품고 기다리는 것이 싫어 도망치려 했다. 기다리며 너덜너덜해지는 것이 싫어 도망치려 했다. 하지만 짐을 푸는 호성의 뒷모습을 보니 한 번 더 너덜너덜해지더라도 갈데까지 가 보자는 생각이 든다. 그러고 보니 빚쟁이에게 쫓기는 것처럼 사랑도 늘 쫓고 쫓기며 해 왔다. 도망치는 것으로 빚을 떨쳐 낼 수 없었던 것처럼 도망친다고 사랑을 완전히 버릴 수는 없었다.

다음 날 집에는 뜻밖의 반가운 손님이 도착한다. 호성이 받아 책상에 올려놓은 봉투에는 '서울서부지방법원, 특별송달'이라고 적혀 있다. 나는 잽싸게 봉투를 뜯는다.

서울서부지방법원

결 정

사 건 : 2011타채94×× 채권압류 및 추심명령

채 권 자 : 최정현(4112××-10×××××)

　　　　　서울 강남구 도곡동 ××아파트 ×동 ×호

채 무 자 : 백인주(7812××-20×××××)

　　　　　서울 서대문구 연희동 215-× B101

제3채무자 : 박경영

　　　　　서울 서대문구 연희동 217-×

주 문

이 법원이 2011. 5. 13 자로 한 2011타채94×× 채권압류 및 추심명령은 이를 취소한다.

이 유

채무자 회생 및 파산에 관한 법률 제423조에 "채무자에 대하여 파산 선고 전의 원인으로 생긴 재산상의 청구권은 파산 채권으로 한다.", 제566조에 "면책을 받은 채무자는 파산 절차에 의한 배당을 제외하고는 파산채권자에 대한 채무의 전부에 관하여 그 책임이 면제된다. 다만, 다음 각 호의 청구권에 대하여는 책임이 면제되지 아니한다"고 규정하고 있으므로 파산 채권은 그것이 면책 신청의 채권자 목록에 기재되지 않았다고 하더라도 위 법률 제566조 단서의 각 호에 해당하지 않는 한 면책의 효력으로 그 책임이 면제된다.(대법원 2010. 5. 13. 선고 2010다33×× 판결)

기록에 의하면 채권자는 채무자가 2009. 2. 12. 인천지방법원 2007하면106××호로 면책 결정을 받아 그 결정이 확정된 이후 위 파산채권을 집행채권으로 하여 이 사건 채권압류 및 추심명령을 신청하였으므로 민사집행법 제 50조 제1항, 제49조 제1호에 의하여 주문과 같이 결정한다.

2012. 1. 20.

사법보좌관 김영조

그러니까 어쨌거나 내가 이긴 것이다. 더 이상 그가 나를 괴롭힐 수는 없다는 말이다. 그가 애써 제출한 보정서는 내 진술서 앞에서 힘을 잃었다.

많은 장면이 눈앞을 스쳐 간다. 환갑을 넘긴 그가 집주인에게 이 집에 백인주라는 60대 할머니가 사느냐고 묻는 모습이, 근 10년간 내가 전입신고를 했는가를 확인하는 모습이, 자기 아내와 김경순을 통해 스물두 살의 내 이름으로 어음을 쓰라고 엄마를 부추기는 모습이, 이자를 갚지 못한 채무자를 겁주고 오라고 자기 하수인에게 총을 건네주는 모습이, 수많은 백인주들 앞으로 법원결정문을 보내는 모습이.

호성에게서 뜻밖의 문자가 도착한다. 나 지금 구청이야. 네가 안 된다고 할까 봐 내 맘대로 혼인신고 했어. 내일 짐 싸서 집으로 들어갈게. 후회 안 하겠느냐는 질문에 금세 답이 온다. 평생 후회하고 싶진 않아. 우리끼리 식 올리고 그냥 살자. 빚에 시달리더라도 같이 시달리면 좀 나을 거야. 눈물이 흐른다. 기쁨에 겨워 끝내 울 듯이 웃는다.

나는 차를 한 잔 끓여 찻잔에 담은 후 다시 책상에 앉는다. 컴퓨터를 켠 후 "이번엔 강운호다."라고 중얼거리며 여유 있는 손놀림으로 또 하나의 진술서를 작성하기 시작한다.

이 소설은 빚에 시달리는 한 여자의 이야기다. 소설의 주인공은 빚에 시달리다가 개인파산, 면책을 받았지만 여전히 교묘한 방법으로 돈을 받아 내려는 사채업자들에게 시달린다. 스스로 어찌할 수 없는 상황에 내몰린 사람이 스스로를 존중하는 방법은 운명에 저항해 주체적으로 살아가는 것이라고 생각한다. 빚더미 속에서도 당당히 자신이 원하는 삶을 살아가는 사람의 이야기를 쓰고 싶었다. 나는 오래도록 운명에 대해, 그러니까 개인이 어찌할 수 없는 '운명'에 대해 생각해 왔고(생각할 수밖에 없었다!) 고달픈 운명을 극복하는 길 중의 하나는 '이야기'라고 믿어 왔다. '이야기'는 여전히 진행형이다.

소설 속에는 일부분 개인적 체험이 포함돼 있다. 하지만 지극히 개인적인 체험이라고 생각했던 경험이 나만의 것이 아니라는 사실을 나는 수많은 아르바이트를 거치면서 깨닫게 됐다. 세상에 빚 때문에 고생하는 사람은 빚처럼 널려 있었다. 빚의 덫에 걸려든 사람들에게 이 소설이 아주 작은 위로가 되어 줄 수 있다면 좋겠다.

굳이 돈이 아니더라도 세상의 모든 사람은 누군가에게 또는 무언가에게 무엇인가를 빚지고 있다고 생각한다. 십수 년 전부터 최근까지, 그동안 지나쳐 온 길 위에서 아르바이트를 하면서 만난 많은 친구들에게(그들에게 나는 분명 많은 것을 빚지고 있다.) 이 소설로 안부를 전하고 싶다. 특히나 너는 소설가가 되면 좋겠다고 말해 주었던, 함께 아이스크림을 팔았던 녹색 머리 친구에게 고맙다고 말하고 싶다.

빚을 '빛'으로 바꾸어 주신 심사 위원 선생님들과 많은 가르침을 주신 이순원 선생님, 처음 소설을 쓰라고 격려해 주신 조건상 선생님, 사랑하는 가족과 친구들, 문우들, 정성들여 책을 만들어 주신 출판사 관계자 분들께 감사드린다.

2014년 봄
김의경

김의경

1978년 서울에서 태어났다. 성균관대 국문과를 졸업했다.
2014년《한국경제》청년신춘문예에 『청춘 파산』이 당선되며 등단했다.

청춘 파산

1판 1쇄 펴냄·2014년 3월 7일
1판 5쇄 펴냄·2019년 4월 8일

지은이 김의경
발행인 박근섭·박상준
펴낸곳 (주)민음사

출판등록 1966. 5. 19. 제 16-490호
서울특별시 강남구 도산대로1길 62(신사동)
강남출판문화센터 5층 (우편번호 06027)
대표전화 02-515-2000 / 팩시밀리 02-515-2007
www.minumsa.com

ISBN 978-89-374-8896-2 (03810)